# Koude dood

Fedor de Groot

# KOUDE DOOD

Thriller

uitgeverij
marmer

Voor Esther

*There is no monopoly on common sense*
*On either side of the political fence*
*We share the same biology, regardless of ideology*

*Sting, Russians*

# Stasi-school 'Maria'

*1971*

**Schloss Stuvenberg, Oost-Duitsland**

Het gebouw dat tussen de besneeuwde dennen opdoemt, voldoet in niets aan zijn verwachtingen. De in lichtgeel geschilderde buitenmuren van het complex kunnen niet verbloemen dat hij naar een gevangenis kijkt; het heeft tralies voor de ramen, een hoog hek rond de tuin en prikkeldraad op het dak. Uit dit gebouw mag niemand ontsnappen. Langzaam maar zeker dringt het tot hem door dat zijn vader tegen hem heeft gelogen.

De banden van de auto knerpen in de sneeuw als die voor het hoofdgebouw tot stilstand komt. Zijn vader, die naast hem op de achterbank zit, geeft hem een duwtje tegen zijn schouder. 'We zijn er, Horst. Meld je bij Herr Krenz.'

Hij knikt. De naam van de directeur was vaak voorbijgekomen in de gesprekken tussen een mevrouw van het wervingsbureau van het *Ministerium für Staatssicherheit*, kortweg de Stasi, en zijn ouders, voorafgaand aan zijn uithuisplaatsing, waar hij ook bij zat. Een echte reden kreeg hij niet. De woorden dat 'we het de staat verschuldigd zijn' zingen rond in zijn hoofd. Wordt hij hier gedumpt omdat zijn ouders van hem af willen of zit er meer achter? Zijn moeder kon het niet aan om mee te gaan, ze gaat met zijn tante naar Oost-Berlijn om te winkelen. Zelfs als zestienjarige is hij nog nooit in de verdeelde stad geweest.

Hij opent de autodeur en trekt de reistas, die tussen hem en zijn vader in stond, met zich mee. Zijn vader staart voor zich uit. Direct na het dichtslaan van de autodeur trekt de chauffeur op. De auto verdwijnt uit het zicht wanneer de stalen hekken zich sluiten.

Het is een vreemde gewaarwording, maar de voordeur blijkt op slot te zitten. In het gebouw klinkt het luide geklingel van een bel, als hij aan een hendel trekt. Niet veel later zit hij op een stoel in een kale gang te wachten. Het kon even duren voordat de directeur naar hem toe zou komen volgens de vrouw die de deur opende en die door haar uniform op een bewaker leek.

'Herr Krenz is een drukbezet man.'

Het is schemerig en koud in de gang. Er komen zelfs ademwolkjes uit zijn mond. Aan de muur tegenover hem hangt een plateau met de naam van de afdeling: GESCHLOSSENE ABTEILUNG STRUVENBERG. Hij huivert. Het gaat er nu vast om dat hij zich hier meldt, zijn kamer kan niet anders dan in een ander gebouw zijn. Vermoeid door de reis dut hij in.

Een gil wekt hem uit zijn hazenslaapje. Het klonk gedempt. Hoelang heeft hij zitten slapen? Weer klinkt dat gegil. Voor zijn gevoel komt het achter een deur vandaan, verderop in de gang. Hij staat op, loopt ernaartoe en legt zijn hand op de deurklink.

'Wat ben jij van plan?'

Naast hem staat de bewaker van zo-even.

'I-ik h-hoorde gegil.'

'Wen er maar aan, dat gaat hier de godganse dag door.' De vrouw kijkt in een dossier. 'Neem je spullen mee, Horst. Herr Krenz kan je zo ontvangen.' Ze knikt naar de deur die hij net wilde openen. 'Hij is bijna klaar.'

Terwijl ze dieper het gebouw in lopen, haalt de bewaker een keer een deur van het slot en verderop nog een stalen hek. De onrust die hij voelde toen ze het terrein op reden, komt weer terug en wordt met de minuut sterker.

De vrouw klopt op een deur, waarna er een kort 'ja' vanachter de deur klinkt en hij het kantoor wordt binnengeleid. De directeur zit achter zijn bureau en ondertekent papieren. De vulpen maakt krassende geluiden.

Het kantoor is niet groot. Langs elke muur zijn boekenkasten geplaatst die tot aan het plafond reiken, alleen onderbroken door de deur en twee ramen. Hij houdt zijn hoofd schuin en probeert wat titels te lezen; het zijn voornamelijk boeken over het socialisme, Stalin en de Duitse Democratische Republiek.

Krenz is klaar met waar hij mee bezig was en opent de kartonnen map die de bewaker op zijn bureau heeft gelegd. Langzaam slaat hij de papieren om.

De stilte drukt op zijn schouders, zijn handen zijn vochtig en hij moet constant slikken. Dat tapijt voor hem op de grond – het liefst wil hij erin wegzakken, of liever nog: oplossen in de tijd. Af en toe wordt de stilte ruw onderbroken als Krenz luidruchtig zijn keel schraapt en dan weer verder leest.

Vanaf zijn plek midden in de kamer staart hij naar de directeur. Eind dertig moet in de buurt komen, veel jonger dan zijn ouders in ieder geval. Het zwarte krullende haar is lang, de borstelige wenkbrauwen zijn aangespannen en zijn helblauwe ogen schieten heen en weer langs de teksten op de papieren. Plotseling staat de directeur op en hij moet omhoogkijken als de man voor hem komt te staan.

'Goed, Horst. Je weet waarom je hier bent?'

'Nee, ik...'

'Nee, Herr Krenz.'

'Nee, Herr Krenz.'

'Respect voor de leiding vinden we belangrijk binnen dit instituut. Dat gaan we je zeker bijbrengen. Het antwoord op de vraag waarom je hier bent is simpel: je vader heeft je aangeboden, omdat hij denkt dat je geschikt bent om voor ons te werken. Uiteraard zal dat moeten blijken. Inzet en zoals gezegd respect zijn twee aspecten die ik van je verwacht. Je ouders zijn al lang vrienden van mij en voor hen…'

De rest van het gesprek gaat in een roes aan hem voorbij. In de korte tijd dat hij in het kantoor van de directeur is, is één ding glashelder geworden: met deze man valt niet te spotten. Iets anders werd ook duidelijk. Zijn ouders hebben hem op deze duistere plek voor langere tijd ondergebracht. Er moet iets tegenover zijn kosteloze opname staan. Kennelijk zijn zijn ouders Krenz nog iets verschuldigd en zijn ze daarom direct akkoord gegaan met de voorwaarden. Het lijkt hem geen goed idee om over die voorwaarden met deze man in discussie te gaan.

De bewaker brengt hem naar zijn kamer op de tweede verdieping. Het bovenste bed van het stapelbed dat er staat, is beslapen. Niemand is verder aanwezig.

'Je deelt een kamer met een ander object. Sepp, iets ouder dan jij.' De vrouw kijkt op haar horloge. 'Hij komt zo.'

'Wat is uw naam?'

De bewaker knijpt haar ogen samen. 'Waarom wil je dat weten?'

'Als ik vragen heb of…'

'Daar zijn de docenten voor. Mij zie je alleen nog als je hier voortijdig vertrekt.'

'Wanneer is dat?'

'Dat weet ik niet. Als ik je al zie vertrekken, betekent dat dat je het einde van de opleiding niet hebt gehaald. Heb je van Hohenschönhausen in Berlijn gehoord?'

'Nee.'

'Geloof me, daar wil je niet heen. Doe je best.'

De deur van de kamer slaat dicht. Hij ziet dat de kamer kleiner is dan het kantoor van de directeur waar hij eerder was. Zijn slaapkamer in de villa van zijn ouders in Leipzig is drie keer zo groot, en die hoefde hij niet eens te delen. Buiten het stapelbed staat er een kledingkast en een bureau met een stoel. Op de tralies voor het raam ligt een laagje sneeuw. Hij gaat op de bureaustoel zitten.

Wat zei Krenz net? *De opleiding hier is gratis.* Wat bedoelde hij daarmee? En wat hebben zijn ouders toegezegd? De vrouw noemde zijn kamergenoot een object. Dat zeg je niet over een leerling op een school. Waar is hij in vredesnaam terechtgekomen?

De kamerdeur gaat open. Een wankelende verschijning vindt steun tegen de deurpost en kijkt naar hem. 'Wie ben jij nou weer?' klinkt een rauwe jongensstem.

'Horst Vogel. Ben jij Sepp?'

De jongen knikt, wiebelt op zijn benen.

'Gaat het?' Horst schiet naar voren, maar de ander steekt zijn hand op.

'De elektrische schokken… zijn het ergst. Ze genieten ervan als je gilt, die vuile klootzakken.'

'Ik begrijp het niet. Dit is toch een school? Mijn ouders dachten dat ik hier beter tot mijn recht zou komen.'

Een geforceerde lach volgt, de ontblote tanden zijn grijs van de tandsteen. 'Het is een spionnenschool en de lessen worden gegeven door zwaar gestoorde personen.' Hij spreidt zijn handen. 'Dit is de gesloten afdeling, het zwaarbeveiligde deel voor de speciale Stasi-agenten die ze hier van ons maken. Je kunt hier alleen eerder weg met toestemming van Herr Honecker of als die verrekte Herr Krenz genoeg van je heeft. En ik weet zeker dat

Herr Krenz mij zat is. Je komt voor hem als geroepen.'

Er valt een stilte. Horst weet niet goed wat hij met de situatie aan moet. Iemand heeft vast een vreselijke vergissing gemaakt, dat hij nu in een kamer zit met een verwarde figuur. Hij moet Sepp te vriend houden, dat is zeker. 'Waar kom je vandaan?'

'Marienborn, aan de grens met West-Duitsland. Ik woon hier een maand of drie.'

'Het valt dus wel mee met hoe erg de opleiding is?'

Sepp trekt zijn wenkbrauwen omlaag, de blik in zijn ogen verhardt. 'Die klootzak…'

'Wie? Herr Krenz?'

'… experimenteert hier met martelmethoden, soms tot de dood erop volgt. Jouw voorganger heb ik moeten… *Kalter Tod*.' Sepp gromt en schudt zijn hoofd. 'Hij wil dat we superagenten worden en tegelijkertijd zijn wij zijn proefkonijnen.'

De deur wordt geopend. In de deuropening staat een man in een uniform van het leger. Hij wijst naar hen. 'Meekomen jullie, allebei.'

'Vecht er niet tegen', fluistert Sepp. 'Laat het over je heen komen. Des te sneller is het voorbij.' Volgzaam sloft hij de kamer uit.

Horst wordt door de man de kamer uit gesleurd wanneer hij niet reageert. De woorden 'vecht er niet tegen' verslappen zijn lichaam. Als een dronken fan van de *Berliner Fussballclub Dynamo* zwalkt hij door de gangen, over de trappen, ondersteund door de man. Wat gaan ze met hem doen? Sepp leek gebroken toen hij het over zijn vorige kamergenoot had. Wat bedoelde hij eigenlijk met *kalter Tod*? Dood is dood. Desondanks loopt Sepp nu gedwee voor hem uit. Hoe erg kan het dan zijn? Waarschijnlijk is het een verzonnen verhaal om hem bang te maken.

De wandeling door het gebouw eindigt in de kelder. De man

duwt hem een ruimte in. Links staat een stoel zoals bij een tandarts. Er staat een apparaat naast waar draden uit komen.

Sepp wordt een volgende kamer in geduwd. Horst kan, voordat de deur wordt gesloten, een glimp van de ruimte opvangen. Betegeld, smal en laag, met een dikke deur die voorzien is van een soort noppen. Sepp, althans zijn geschreeuw, is niet te horen.

Op verzoek doet hij zijn trui uit en neemt plaats op de stoel. Deze zakt zoemend achterover tot hij horizontaal ligt. De leren riemen rond zijn borst, polsen en enkels worden strak aangetrokken.

De geüniformeerde man schuift een band om zijn hoofd en sluit er draden op aan, terwijl Krenz plakkers op zijn borst bevestigt.

De handelingen worden routineus uitgevoerd en geven hem het vertrouwen dat het mee zal vallen. Sepp heeft hem onnodig bang gemaakt.

'We gaan samen een test doen, Horst. Als jij gilt, schept mijn collega hier een hoeveelheid van dit middel in deze bak.'

De andere man pakt met zijn gehandschoende hand een wit stuk op en laat het aan hem zien. Het lijkt op ijs.

'Zoals je ziet staat de bak in verbinding met Sepps cel. Het spul sublimeert. Weet je wat dat betekent?'

Hij schudt zijn hoofd.

'Het wordt geen vloeistof zoals bij ijs, maar een dodelijk gas – hoe vaker jij gilt. Nou, je begrijpt het wel, denk ik. Vier of vijf flinke scheppen is vaak al voldoende.'

'En Sepp dan?'

'Hem wordt verder lijden in de gevangenis bespaard. De test is duidelijk?'

Hij knikt langzaam. Je hoeft geen universitaire studie gevolgd te hebben om te begrijpen wat er staat te gebeuren.

'Je hebt potentie, Horst. Sepp is een watje, jij hebt het in je om te slagen voor deze opleiding. Dat heeft je vader goed gezien en hij zal trots op je zijn als ik met je klaar ben en je naar het buitenland wordt uitgezonden.'

De draden trekken aan de band wanneer hij zijn hoofd draait. Krenz' wijsvinger ligt op een rode knop op een ouderwets uitziend apparaat. De directeur grijnst naar hem als hij de knop indrukt, waarbij de meters op de machine uitslaan: Sepp loog niet.

# Lamberta's kamer

*1990*

## Schoorl

Met haar vinger volgt ze het patroon van het behang in haar kamer, terwijl ze staart naar de donkerbruine ruiten op een gelige achtergrond die in elkaar overlopen. Liever had ze iets met dieren gehad. Hoewel het behang oud is, wil haar vader het laten zitten. Eigenlijk is alles in haar kamer ouderwets. Wie heeft er nu nog een cassettedeck of een oranje televisie?

Op haar kamerdeur staat de naam Lamberta, die in kleurrijke letters op de slaapkamerdeur is geplakt, volgens haar klasgenoten een koeiennaam. Daarom noemen ze haar meestal Lara. Nu weet ze wat ze voor haar verjaardag wil hebben: een andere naam. 'Lara' klinkt goed. Lamberta is de naam van haar oma. Daar moet ze trots op zijn, vindt haar vader.

Ze haalt een cassettebandje uit de houder aan de wand. Eigenlijk heeft ze geen zin om naar muziek te luisteren en ze duwt het bandje weer op zijn plek. Het is zo stil in huis sinds haar moeder weg is.

Onder haar kussen pakt ze een polaroidfoto vandaan en ze gaat op bed zitten. Het is de enige afbeelding die ze heeft waar ze samen met haar moeder op staat. Haar vader weet niet dat ze hem heeft. Ze heeft hem uit het fotoalbum gehaald dat ze in de vuilnisbak in de garage vond. Waarom heeft hij het album weggegooid? Vroeger liet hij soms de foto's aan anderen zien, dat doet hij al lang niet meer. Maar er komt eigenlijk ook nooit meer iemand op visite. Dat is al een tijd zo, eigenlijk sinds het feestje van vorig jaar. Die muur was neergehaald in Berlijn en dat was volgens haar ouders iets om te vieren.

Het bed kraakt als ze er languit op gaat liggen. Van een afstand kijkt ze naar de polaroid. De gebeurtenis in Duitsland was belangrijk en maakte iedereen in huis vrolijk. Haar moeder lachte nooit, toen wel. De anderen, vrienden en kennissen, vierden feest. Een man van haar vaders leeftijd, Schnitzer of Schneider, was dronken naar haar kamer gekomen. Ze duwt de gedachte weg, komt overeind en legt de foto naast zich neer. Weer laat ze haar vinger over de lijnen op de muur glijden. De druk op haar borst neemt wat af.

Alsof het de eerste keer is dat ze hem ziet, zo bekijkt ze de foto nu. Haar moeder is mooi. Hier lijkt ze een beetje op de vrouwen die in de modebladen staan die in de wachtkamer liggen. Die magazines neemt ze een enkele keer mee naar haar kamer om erdoorheen te bladeren. Ook dat mag eigenlijk niet van haar vader. Had ze maar hetzelfde krullende haar als haar moeder. Mevrouw Bos vertelde onlangs tijdens de biologieles over erfelijkheid en dat je ouders de kleur haar of ogen aan je doorgeven. Waarom heeft ze zelf van dat sluike haar? En haar vader en moeder hebben allebei blond haar. Hoe kan dat van haar zwart zijn als je op je ouders lijkt?

Ze doet de foto weer onder het kussen en staat op. Vanuit het raam kijkt ze naar de oprit. De Peugeot van haar moeder staat al maanden op dezelfde plek.

'Ze is een paar dagen naar familie', had haar vader meer dan een halfjaar geleden op haar vraag geantwoord wanneer haar moeder terug zou komen. Vorige week had ze in de kledingkast van haar moeder gekeken, op zoek naar een trui die ze al een tijdje kwijt was. De kast was leeg. Ze weet zeker dat haar vader tegen haar heeft gelogen: haar moeder komt niet meer terug.

Haar oog valt op de kalender die boven haar bureau hangt. Vandaag is het Vaderdag en ze pakt het stenen beeldje op dat ze heeft gemaakt op school. Het was veel werk en leuk om te doen. Moet ze het aan hem geven? Een ander cadeau heeft ze niet. Net zoals haar moeder is hij niet echt aardig of geïnteresseerd. Dat dat niet normaal is, hoort ze vaak genoeg van klasgenoten, bij wie het anders gaat. Maar hij is haar vader en ze wil hem iets geven. Ze rent naar beneden.

'Hoi pap. Het is Vaderdag. Ik heb...'

'Wat! Doen ze nog steeds aan die onzin op school?'

'... een beeldje gemaakt. Volgens de docent van handvaardigheid moet ik heel trots zijn dat het zo goed is gelukt. Volgens hem heb ik talent.'

Een tinteling schiet door haar lichaam, ze lijkt plotseling groter te worden als ze het beeldje op tafel zet. 'Vind je het mooi?'

Hij bromt wat, pakt het beeldje op en loopt weg.

'Ik heb het in de wachtkamer gezet', zegt hij, als hij weer de woonkamer in loopt, zijn krant pakt, gaat zitten en verder leest.

Ze gaat aan tafel zitten, pakt de *Hitkrant* en bladert naar de pagina waar ze eerder is gebleven. Echt boeien doet het blad vandaag niet. Ze kijkt naar haar vader. Zou hij zo trots op haar zijn dat hij het beeldje in de wachtkamer heeft gezet, zodat iedereen het kan zien? Eigenlijk is ze wel nieuwsgierig waar het staat, maar ze weet dat ze er niet mag komen. Als er patiënten zijn, moet ze zelfs boven op haar slaapkamer blijven. Het lijkt alsof hij zich voor haar schaamt. Ze schuift de *Hitkrant* van zich af en staat op als de telefoon gaat, die haar vader opneemt.

De gang is, zoals ze verwachtte, leeg. Het is zondag, er zijn geen patiënten. Door de ruiten van de voordeur schijnt de zon naar binnen. Links is de trap naar de eerste verdieping waar haar kamer is, rechts is de wachtkamer. Ze loopt de ruimte in en ziet het beeldje nergens. Waar heeft hij het neergezet? De deur naar de behandelkamer staat open. Haar vader is nog steeds aan de telefoon en ze waagt het erop. Ze wil weten waar hij het heeft neergezet.

Eén keer eerder is ze in de werkkamer van haar vader geweest zonder dat hij er was; toen werd ze betrapt door zijn assistente. Vandaag is er niemand. Ze kijkt rond maar ook hier ziet ze het beeldje nergens. Wanneer ze de kamer uit loopt, valt haar oog op de prullenbak. Onder in de emmer ligt het, in twee delen gebroken. Ze moet een paar keer flink slikken om de tranen tegen te houden. Met trillende handen pakt ze het eruit.

In haar kamer gaat ze aan haar bureau zitten en legt de stukken van het beeldje voor zich neer. Wat moet ze doen? De krachtige sensatie die door haar lichaam raasde toen ze het vaderdagcadeau gaf, is verdwenen. Er is iets anders voor in de plaats gekomen: het besef dat ze in zijn ogen niets waard is, dat ze niet goed genoeg is en dat nooit zal zijn. Ze voelt zich als het beeldje: gebroken.

# 1

*April 2022*

**Winkelcentrum Megapolis, Moskou**

Via de roltrap komt hij op de derde verdieping van het gigantische winkelcentrum dat even buiten de centrumring ligt. Als hij om zich heen kijkt, ziet hij dat veel winkels van buitenlandse ketens zijn vervangen door lokale retailers. Eigenlijk is van alle westerse filialen alleen KFC nog over. Kennelijk is deze Amerikaanse fastfoodgigant nog niet van plan Rusland te verlaten.

Hij was hier eerder, in 2019, vlak voor COVID-19 wereldwijd toesloeg. Toen leek het hier op een *mall* als in iedere willekeurige Amerikaanse stad: te groot en te massaal. De speciale militaire operatie in Oekraïne heeft veel kapotgemaakt, maar in dit geval vindt hij dat niet erg. Hij haat de drukte bij KFC, maar het is ideaal voor een ontmoeting met zijn contactpersonen.

Via een zelfbedieningsscherm bestelt hij een broodje en een patat. Niet met het plan om het op te eten, maar zonder consumptie val je nogal op in een restaurant als dit. Nadat hij zijn bestelling heeft opgehaald bij de counter, neemt hij plaats aan een tafeltje in de verste hoek van de ruimte, dicht bij de toiletten en de nooduitgang. Overzicht, vluchtroute, drukte. Net zoals in de jaren tachtig in de V&D in Den Haag. Hij verkrampt; dat doet hij steeds als hij denkt aan de tijd dat hij in Nederland woonde. Het was begin 1990 toen de Sovjets zich opmaakten om zich terug te trekken uit Oost-Duitsland, waar hij opgroeide. Niet lang daarna ging zijn vaderland op in het territorium van de vijand. Erger kon het niet worden, dacht hij toen, maar dat bleek *wishful thinking*. Zijn toenmalige leidinggevende, Rolf Schneider, zocht hem op in Den Haag, waar hij in die tijd woonde. Die klootzak wreef hem fijntjes in dat hij was gebruikt, of beter gezegd: misbruikt, door de CIA.

Twee vrouwen lopen zijn kant op, ze hebben een milkshake in hun hand. Een van hen heeft een papieren tas van de Hackesche Höfe aan haar arm bungelen. Onlangs is hij nog in het winkelcentrum in Berlijn geweest en hij herkent de naam direct.

'Deze plekken zijn nog vrij', wijst hij uitnodigend naar de stoelen naast hem.

Terwijl ze gaan zitten, gebaart hij naar de papieren tas die op tafel staat. 'Hoe was het weer in Berlijn?'

De jongste van de twee vrouwen antwoordt. 'Bewolkt en regenachtig, maar dat is normaal in deze tijd van het jaar.'

De uitgewisselde codezinnen zijn correct. De papieren tas is een herkenningspunt, maar bewijst tevens dat ze in Berlijn is geweest om de Stasi-archieven te bezoeken, zoals afgesproken.

De oudste van de twee vrouwen zit naast hem. Ze is van zijn leeftijd. In eerste instantie herkende hij haar niet. Het is meer dan drie jaar geleden dat hij haar heeft gezien en de tijd heeft haar uiterlijk geen goed gedaan. Hij weet haar naam niet, en ook nu stelt ze zich niet aan hem voor.

De jongere dame naast haar moet nu begin dertig zijn. Zij was er drie jaar geleden ook bij. Olga, heet ze. Het was een grove fout van haar oudere collega om de jonge vrouw bij haar naam te noemen, ook al deed ze het per ongeluk. Ze is op een mooie en natuurlijke wijze ouder, rijper, geworden, deze Olga. Nergens in haar gezicht ziet hij sporen van botox of chirurgische ingrepen, op haar voorhoofd beginnen de eerste ondiepe rimpeltjes vorm te krijgen. Hij heeft liever dat dan de epidemie aan vrouwen met strakgetrokken gezichten en opgeblazen lippen.

'Bent u tevreden over wat u ziet?'

'Neem me niet kwalijk. Het is niet mijn bedoeling om...'

'Het geeft niet. Dat effect heb ik nu eenmaal op mannen. Ik ben eraan gewend geraakt.'

Ze is niet alleen knap, maar ook zelfverzekerd, op het arrogante af; zijn ideale vrouw. Maar zelfs als hij haar in bed zou krijgen, kan hij niets met haar. Dat zijn penis dienst weigert, weet niemand en dat wil hij graag zo houden.

De oudere vrouw schraapt haar keel. 'Ik heb de leiding overgedragen aan de volgende generatie.' Ze knikt naar haar jongere metgezel.

Haar strak vertrokken mond laat zien dat ze er moeite mee heeft dat ze met pensioen gaat. Hij begrijpt dat wel. Op een dag word je uitgekotst door de maatschappij omdat je niet hip en jong genoeg bent. Ervaring doet er niet meer toe, lijkt het. Ook zijn opdrachtgevers kiezen steeds vaker voor een jonger iemand.

'Hoe was uw reis?' vraagt de jongere vrouw.

Hij slikt als haar rode lippen zich om het rietje van de milkshake vormen. Ze zuigt voorzichtig aan het plastic. De ongemakkelijke prikkel in zijn kruis gaat over in een zeurende pijn.

'Goed te doen, ondanks de lange omweg.'

Een directe vlucht naar Moskou was vanwege de sancties lastig. Eerst is hij vanaf Berlijn naar Vilnius gevlogen, om daarna over de weg naar Kaliningrad te reizen, waar een Russisch militair vliegtuig wachtte dat hem vervolgens naar Moskou bracht.

'U heeft het initiatief genomen voor deze ontmoeting, maar

we hebben zelf ook een kwestie met u te bespreken.'

Hij kijkt om zich heen of hij handlangers van de vrouwen ziet. Als deze dames een probleem hebben, en hij is onderdeel van dat probleem, dan ziet het er niet goed voor hem uit. Deze vrouwen zijn agenten van de afdeling Special Operations van de Russische geheime dienst, een afdeling met een ouderwetse discipline, zonder drankmisbruik, corruptie of vriendjespolitiek. Alleen de beste mensen worden daar aangenomen, ongeacht wie je bent of juist niet bent. En ze zijn hard en gewetenloos. Nog eens blikt hij om zich heen, maar niemand valt hem op.

'Wees gerust. Het gaat niet om u persoonlijk. Nog niet althans. We waarderen het zeer dat u drie jaar geleden informatie over Operation B, de geheime actie van de CIA in de jaren tachtig, met ons heeft gedeeld. Uw advies om zo'n zelfde actie uit te voeren hebben we overgenomen. Dat past in de visie van onze president, die de Sovjet-Unie wil laten herleven en de inwoners van andere landen doen inzien dat ons politieke en economische stelsel uitstekend werkt. We hebben uw voorstel, om burgers in de westerse samenleving tegen elkaar op te zetten, vervolgens uitgewerkt en uitgevoerd, en voeren dat nog steeds uit. COVID-19 kwam wat dat betreft als geroepen. De maatregelen die werden genomen om verspreiding van het virus tegen te gaan, konden we goed gebruiken om mensen op te hitsen om ertegen te protesteren. Hierdoor konden we de polarisatie in de westerse samenlevingen verder op scherp zetten.'

'Het effect van uw inspanningen valt me, om eerlijk te zijn, tegen. En het aantal berichten met nepnieuws lijkt juist minder te worden. Of vergis ik me?' Dat het verspreiden van nepnieuws effectief kan zijn, hebben de Amerikaanse presidentsverkiezingen van 2020 wel laten zien. Als je maar vaak genoeg herhaalt dat er gefraudeerd is, wordt dat de nieuwe waarheid. Hij ziet in veel Oost-Europese landen de weemoed naar de Sovjet-Unie weer boven komen drijven, maar het echt grote effect blijft vooralsnog uit.

'U heeft gelijk. Onze cyberspecialisten hebben een tegenbeweging opgemerkt. Ze zien dat onze berichten worden verwijderd en vervangen door feiten. We weten nog niet wie daar verantwoordelijk voor is of waar het vandaan komt.'

Aan haar gezicht te zien lijkt ze zich niet druk te maken om de tegenvallende resultaten van hun *war on news*, zoals hij voor zichzelf de inmenging van de Russen in het westerse nieuws gekscherend noemt.

De oude vrouw trekt haar wenkbrauwen op. 'Goed. Waar we het met u over willen hebben...'

Hij knikt zwijgend.

'U heeft een zoon...'

Hij schrikt, maar herstelt zich snel. 'Mathias is niet mijn zoon. U weet dat de DDR hem aan mij ter beschikking heeft gesteld. We hebben dit drie jaar geleden al besproken en afgesproken dat hij buiten beeld moet blijven; die jongen heeft al genoeg moeten doorstaan.'

De jonge vrouw legt haar hand op de zijne. Een straalkachel geeft minder warmte af.

'Dat begrijpen we, maar Mathias zelf is niet datgene wat een veiligheidsrisico voor ons vormt. Wat dat wel is: u heeft ons een dossier over de CIA overhandigd, maar volgens onze experts bestaat er een tweede dossier. U heeft ons namelijk niet het origineel overhandigd, maar een kopie.' Ze zegt het zonder enige vorm van emotie.

'Dat klopt. Ik heb het origineel achtergehouden voor...'

'Mathias?'

'Waarom zou ik het belangrijk vinden dat mijn ter beschikking gestelde zoon dit dossier krijgt?'

'Ik denk', antwoordt ze poeslief, 'dat u een schuldgevoel heeft jegens hem. U wilt iets rechtzetten, uitleggen misschien?'

Hij pakt een frietje en stopt het in zijn mond. Zij is of echt goed of hij is een open boek. Waarschijnlijk is het het laatste, zo scherp als vroeger is hij allang niet meer.

'Wat ik wil zeggen: u heeft de informatie over een tweede dossier voor ons achtergehouden.'

Hij slikt en kijkt naar de ingang van het fastfoodrestaurant. Er is nog steeds niemand die er verdacht uitziet.

De vrouw leunt naar voren. 'Dat er een tweede dossier bestaat is zorgelijk, maar we vermoeden dat u Mathias het dossier nog niet heeft gegeven. Anders zou dat al in de kranten hebben gestaan.'

'Het dossier ligt veilig opgeborgen bij een notaris en niemand kan er nu bij, om de doodeenvoudige reden dat ik niet weet waar de notaris het heeft opgeborgen. Begin volgend jaar ontvangt Mathias het dossier, maar voordat hij er iets mee kan, heb ik het al bij hem weggehaald. Dat verzeker ik u.'

'Daar ga ik van uit. Als u daarbij hulp nodig heeft, laat het mij weten.' Ze kijkt hem strak aan en knikt dan naar haar oudere collega die het gesprek overneemt.

'Nu we het probleem met het dossier hebben getackeld, horen we graag wat u te vertellen heeft.' Ze pakt een map uit de tas en legt die op schoot. 'U heeft ons enkele weken geleden de namen gegeven van een aantal oud-leden van Operation B. Waarschijnlijk gaat het daarover?'

'Dat is juist. Deze mensen waren tot voor kort actief in Nederland op hoge posities en zijn...'

'Dat is ons bekend. Ik ben er nog steeds van onder de indruk dat het de CIA gelukt is ons destijds met deze operatie zo te misleiden. Het zegt iets over de professionaliteit en sluwheid van die organisatie dat het ze gelukt is Oost-Europa in te lijven zonder bloedvergieten.' Tegen haar jongere collega gaat ze verder. 'De term Operation B komt echter in geen enkel stuk voor in onze archieven in Moskou, terwijl het een langdurige en grootschalige actie was. De collega's van de KGB moeten destijds in slaap zijn gesust door de politiek van Gorbatsjov.'

Hij knikt bevestigend. 'Wat ik wilde zeggen: u heeft de namen die ik gestuurd heb, opgezocht in de archieven in Berlijn. En u heeft informatie over hen gevonden, anders had u niet ingestemd met deze afspraak. In tegenstelling tot Mathias vormen die lui van Operation B wel een risico voor het Russische plan. Ze zijn gevaarlijk.'

'Dat is de vraag', antwoordt de jonge vrouw. 'We hebben in het Stasi-archief eigenlijk niets negatiefs gevonden over deze CIA-leden. Bovendien, deze mensen zijn weliswaar intelligent, maar allemaal op leeftijd. Er is dus niets dat ons direct zorgen zou moeten baren. Maar dat kan...'

'Dat zou u wel moeten doen: u zorgen maken', onderbreekt hij haar. 'Het is de reden dat ik om deze ontmoeting heb gevraagd. Zodat ik u er persoonlijk op kan wijzen dat deze mensen een groot gevaar vormen voor het plan.'

'Daarom zijn we ook hier. Want de informatie in het archief kan gemanipuleerd zijn. En u kent deze mensen beter dan wij en ik geloof u als u zegt dat we actie moeten ondernemen. Dat gaan we ook doen en we kunnen uw hulp en kennis daarbij goed gebruiken.'

'Ik wil, zoals ik drie jaar geleden ook al heb aangegeven, niet actief deelnemen aan uw plan.'

'Over de Operation B-leden hebben we, zoals ik al zei, alleen opmerkelijk positieve gegevens gevonden. Of dat de waarheid is zullen we nooit weten. Niettemin was ons bezoek aan Berlijn niet voor niets. We hebben namelijk ook boeiende informatie over uw tijd als ondervrager bij de Stasi gevonden.'

De glundering op haar gezicht bevalt hem niet. Een korte flits schiet door de zenuwbanen in zijn kruis. In tegenstelling tot zo-even is het niet van opwinding. Zoals vrijwel iedereen in de DDR, en zeker bij de Stasi, was hij lid van de SED, de *Sozialistische Einheitspartei Deutschlands*. Daar valt nu niemand meer over, dus dat kan geen probleem zijn. De informatie over zijn werk in de gevangenis kan wel een probleem zijn. Maar dat deed hij onder een andere naam, in een andere tijd. Zou het toch in een rapport zijn beland? Dat zou betekenen dat de Russinnen weten dat hij tot op de dag van vandaag nog steeds hoog op de lijst van meestgezochte ex-Stasi-medewerkers staat. De meeste van zijn collega's kregen amnestie, dus het zijn er niet veel die op de lijst staan. Het vervult hem tegelijkertijd met trots en met zorg dat ze hiervan op de hoogte zijn.

'De informatie is vrij recent online beschikbaar gemaakt door het Stasi-archief voor wie er interesse in heeft, Horst Vogel.'

Meer dan dertig jaar heeft hij die naam verdrongen. Hij was er vrij zeker van dat alle bewijzen waren vernietigd. Hij zegt niets.

Ze legt een paar zwart-witfoto's op het tafeltje.

Het zijn kopieën uit een dossier, ziet hij. Er zijn blijkbaar meer opnamen gemaakt dan de opnamen die vernietigd zijn. Hij wil de foto's van tafel schuiven, maar ze houdt hem tegen.

'Het zijn schokkende beelden, Horst. Ik noem je maar bij je echte naam. Niemand kent die tenslotte. Tenzij diegene geïnteresseerd is in de verblijfplaats van een van de meestgezochte oud-Stasi-medewerkers én huurmoordenaars van deze tijd.'

Hij knikt traag. Hij pakt een van de A4'tjes op. Op de foto is hij een stuk jonger, een broekie nog. De foto laat niets aan de verbeelding over. De naakte man, naast wie hij lachend staat, hangt aan een ketting aan het plafond en lijdt pijn, dat is duidelijk. Hij stond erom bekend iedereen aan het praten te krijgen. De andere foto's die ze hem aangeeft zijn meer van hetzelfde. De gemene deler, als je dat zo kunt noemen, is hij.

'Dan heb ik ook nog deze lijst met namen...'

De namen op de lijst die hij aanpakt herkent hij direct. Het zijn doelwitten uit het meer recente verleden.

'Vanzelfsprekend blijven alle feiten over uw eh... inspanningen voor de DDR en uw huidige bezigheden onder ons. We hebben de informatie uit de jaren tachtig die online stond, veiliggesteld door het archief te hacken; het originele dossier is uit het archief gehaald en vernietigd.' Ze houdt haar telefoon omhoog. 'Het Stasi-rapport staat veilig op mijn YotaPhone en uw huidige identiteit blijft geheim voor de opsporingsdiensten wereldwijd. Is uw loyaliteit aan Rusland daarmee gewaarborgd?'

Hij weet nu zeker dat ergens in de enorme hoeveelheid data in het Stasi-archief een rapport lag waarin zijn echte naam wordt genoemd. Met weemoed denkt hij terug aan de tijd bij het ondervragingsteam in de gevangenis Bautzen II. In het Westen kende men de reputatie van Hohenschönhausen in Berlijn. Die gevangenis was een vakantiepark in vergelijking met Bautzen II. Een toptijd. Dan komt hij terug in het heden en denkt aan de lijst met namen. Als dat uitkomt krijgt hij niet alleen meerdere veiligheidsdiensten achter zich aan. Ook zijn cliënten in Midden-Amerika zullen er alles aan doen hem het zwijgen op te leggen en dat zal niet zachtzinnig zijn. Er is geen keuze. Hij was niet van plan actief mee te werken aan het plan van de Russen, maar wat voor leven heeft hij als hij met zijn huidige naam op een internationale opsporingslijst komt te staan of de kartels achter zich aan krijgt? Het enige positieve aan meedoen is dat hij wraak kan nemen op de klootzakken die de DDR hebben verraden.

'Ik doe mee.'

'Hoe ziet u de situatie?' vraagt de jongere vrouw.

Hij gaat verzitten op het kunststofstoeltje en kucht. 'De opzet van het plan is in grote lijnen hetzelfde als die van Operation B:

het tegen elkaar opzetten van burgers en het ondermijnen van de samenlevingen in het Westen door het verspreiden van nepnieuws. COVID-19 heeft ervoor gezorgd dat het verspreiden van nepnieuws niet opviel, maar nu die periode voorbij is, zal de CIA, maar zeker ook de oud-leden van Operation B, snel doorkrijgen wat wij van plan zijn. Bovendien hebben uw cyberspecialisten tegenwerking ondervonden bij het posten van het nepnieuws. Er is iets aan de hand.'

'Wat stelt u voor?'

Hij grimast, wat de jonge Russin beantwoordt met een brede lach. Ze heeft een prachtig gebit. Hij zou haar eerst alle hoeken van zijn hotelkamer laten zien en haar daarna doden. De tinteling tussen zijn benen trekt door naar zijn hoofd. 'De mensen die de uitvoering van het plan kunnen en zullen tegenwerken, moeten worden geëlimineerd. Niet opvallend: een natuurlijk overlijden lijkt mij het beste.'

'U doelt op het doden van de oud-Operation B-leden? Ik vraag mij af of het Kremlin zo ver wil gaan in deze tijd. Een actie op het grondgebied van een NAVO-lid is erg riskant. Aan de andere kant: u denkt zeker te weten dat de Operation B-leden een bedreiging zijn.' Ze denkt even na en gaat dan verder. 'Laten we het doen. U heeft toch ervaring in het doden zonder sporen achter te laten?'

De tijd dat hij een expert was in een natuurlijk overlijden ligt ver achter hem. Zijn favoriet was KT, *kalter Tod*, koude dood. Geen bloed, geen sporen. De laatste twintig jaar heeft hij die techniek niet meer gebruikt. Maar net als fietsen verleer je ook de uitvoering van *kalter Tod* niet. Zeker niet bij mensen die hem hebben gekleineerd, die Rolf Schneider voorop. 'Zeker, dat was mijn specialiteit.'

Ze knikt. 'Dat is dan geregeld.'

'Maar er is nog iets. Doden is één ding. We moeten er ook

achter zien te komen of de leden van Operation B iets vermoeden, of ze het hele plaatje zien. En we moeten uitzoeken wie er eventueel verder van afweten. Ik heb een voorstel, maar daar heb ik uw eh… invloed op mannen voor nodig.' Hij kijkt naar de jonge Russin. 'En ik weet wie van de oude Operation B-groep daarvoor gevoelig is.'

Ze lacht breeduit als hij zijn plan ontvouwt. 'Heeft u dit allemaal net pas uitgedacht?'

# 2

*2023*

## Overvecht, Utrecht

Het tien verdiepingen hoge flatgebouw waar ze langs rijdt heeft iets weg van de *Plattenbau* in het oude Oost-Berlijn, en staat in de steigers. Ze perst haar lippen op elkaar. Waarom heeft de Duitse hoofdstad zo'n idiote aantrekkingskracht op haar? Er zijn andere, veel mooiere steden. Maar die zijn niet zoals Berlijn. Daar leeft het, zoals ze zelf zou willen leven. Ongedwongen, extravert en vrij. Eigenlijk is Berlijn de tegenovergestelde variant van haarzelf.

Aan het einde van de straat reflecteren blauwe zwaailichten in de plassen op het asfalt. Ze remt af. Daar moet ze zijn. Het is een tijd geleden dat ze naar een plaats delict werd geroepen. In haar jaren bij de recherche van Amsterdam was het aan de orde van de dag. Bij de herinnering aan haar vorige baan steken de frustraties direct de kop weer op. Het werk was leuk en interessant, maar dat veranderde door de komst van een nieuwe leidinggevende met wie ze vanaf dag één in de clinch lag over het gebrek aan waardering, vertrouwen en verantwoordelijkheden. Het zijn juist de zaken waar ze zo behoefte aan heeft om haar sluimerende onzekerheid de baas te blijven.

Dit leidde zelfs tot een forse burn-out. Maar nog tijdens het re-integratieproces nam ze ontslag. Ze kreeg de kans om bij het Team Speciale Onderzoeken, kortweg TSO, van de AIVD aan de slag te gaan.

Ze parkeert haar Audi achter een surveillanceauto van de politie. Het begint weer te regenen. De natte spetters verwaaien in de harde wind. De temperatuurmeter op het dashboard geeft aan dat het net boven het vriespunt is. Niet vreemd voor februari, maar ze heeft een bloedhekel aan kou.

Haar gezicht zit vol vouwen, ziet ze in het spiegeltje van de zonneklep. Binnenkort vijfenveertig alweer, het is niet zo gek dat sommige plooien langer zichtbaar blijven. Ze wrijft over haar wangen, zonder het gewenste effect. Met het woelen door haar lange haar valt de uitgroei op, de afspraak bij de kapper moet ze maar snel maken.

Een onaangenaam gevoel bekruipt haar. Dat heeft ze vaker de laatste tijd. Er sluimert voortdurend iets van angst in haar hoofd en zo nu en dan neemt dat in intensiteit toe. Het smeulende vuur kan zomaar een uitslaande brand worden die ze niet kan bedwingen. Ze weet waar de angst en onzekerheid vandaan komt: haar jeugd. Ook al heeft ze die al lang geleden achter zich gelaten, daar iets aan veranderen kan niet meer. Ze moet met de erfenis ervan leren leven, al valt dat vaak niet mee.

Voordat ze uitstapt laat ze de stoelverwarming haar lichaam nog een paar minuten opwarmen. Ze blaast in haar handen en denkt aan haar vriend en aan wat ze aan het doen waren. Die rechercheur belde op een zeer ongelegen moment. Kots opruimen is nooit haar favoriete huishoudelijke taak geweest – niet van haarzelf en zeker niet van een stiefdochter die te veel heeft gedronken. Scott zal zijn dochter erop aanspreken zodra ze uit haar alcoholische coma ontwaakt. Ze koos voor hem en kreeg er een puber bij, hoewel Evy dat eigenlijk al niet meer is.

De wind en natte sneeuw slaan op haar neer als ze uit de auto stapt. Onder de steiger staat een agent te blauwbekken. De wind maakt het ongenadig koud en Lara kijkt om naar de auto. De stoelverwarming lonkt. Ze laat haar ID zien.

'Het is op de achtste.' De agent wijst naar de ingang.

De lift kraakt wanneer deze zich in beweging zet. Als ze omhoogkijkt, ziet ze in het plafond een serviceluik. Sinds ze de film *De lift* heeft gezien, is ze er als de dood voor. Alleen in uitzonderingsgevallen zet ze zich over haar angst heen. Zoals nu, met een slachtoffer op de achtste verdieping. Met een schok komt de lift tot stilstand.

De deur van het appartement waar ze moet zijn, staat op een kier. De weeïge geur van de dood omarmt haar. Een agent met een mondkapje noteert haar naam op een formulier.

'Heb je geen overall en mondkapje voor mij?' Nergens is een kist met beschermende kleding te bespeuren.

'De verpleegkundige van de ambulance vermoedt een natuurlijke dood. Als de schouwarts is geweest, wordt besloten of het onderzoek wordt opgeschaald...'

'Mevrouw Lamberta Fischer?'

Ze gruwelt van de naam. Met enige weerzin draait ze zich om naar de stem en beantwoordt de uitgestoken hand. 'Lara.'

'Robert Bodde, ik ben de onderzoeksleider van de recherche, hier in Utrecht. Ik heb je gebeld.'

'Hoe kwam je eigenlijk aan mijn telefoonnummer? Dat is maar bij een paar mensen bekend.'

'Ik heb mijn broer Mark over deze zaak ingelicht. Je kent hem. Hij werkt net als jij bij de eh...' hij kijkt om zich heen en praat fluisterend verder, 'AIVD. En dat weet ik omdat ik deel uitmaakte van zijn referentiecheck. Je bent er snel, trouwens.'

Ze realiseert zich dat de rechercheur haar leidinggevende bij TSO bedoelt. Die is normaal niet scheutig met het verstrekken van telefoonnummers van zijn medewerkers. Er moet echt iets aan de hand zijn. 'Wat heb je?'

'Een man. Hij zit er al even. Vermoedelijk enkele dagen.'

'Wie heeft het lichaam gevonden?'

'Er kwam een melding dat er iemand gezien zou zijn op de bouwsteiger bij dit appartement. Het is een flinke klim, maar niet onmogelijk.' Hij wijst naar buiten. 'De renovatie ligt al een paar weken stil vanwege asbest dat is gevonden, dus een persoon op de steiger valt op. Waarschijnlijk heeft het niets met deze zaak te maken. Er zijn namelijk geen aanwijzingen dat er iemand via die weg is binnengekomen. De agenten die poolshoogte kwamen nemen, checkten de steiger en de buitenkant van het appartement, en zagen de overledene in de kamer zitten. Hij reageerde niet op geroep en geklop.'

'Is er, voor je collega's hier waren, nog iemand binnen geweest?' Ze knikt naar de overloop.

'Er zijn geen sporen van braak. Het raam in de woonkamer staat op de kiepstand, maar is niet beschadigd. De schade aan de voordeur is ontstaan toen mijn collega's binnentraden.'

Ze loopt achter hem aan door de gang.

De deur van een kamer wordt door de rechercheur geopend.

De geur, die bij de liften nog op de achtergrond bleef, is nu overweldigend. Overal waar ze kijkt ligt een dikke laag stof. Haar schoenen laten sporen achter op de grond.

'Hier zit hij.'

'Hij' zit scheef weggezakt in een fauteuil. Met een grauwe kleur in het gezicht en gesloten ogen lijkt het alsof de man slaapt. Aan de muur hangen opzwepende posters uit de tijd van de DDR en een portret van Erich Honecker, met eronder een van zijn quotes: DE TOEKOMST BEHOORT AAN HET SOCIALISME.

Op een tafel tegen de muur staan oude computerbeeldschermen, een matrixprinter, militaire zendapparatuur en een asbak die tot de rand gevuld is met uitgedrukte peuken. Even vergeet ze de man in de stoel. Dit is een fantastische ontdekking, al kan ze nog niet duiden wat dat precies is.

'Wat denk je? Een KGB-hol?' De onderzoeksleider haalt zijn wijsvinger over de zender. Het laat een glimmend spoor achter op de verder bestofte lak. 'Hij is al jaren niet gebruikt, zo te zien.'

'De apparatuur is van VEB Stern, dat was een Oost-Duits merk. Dit lijkt me een typisch Stasi-safehouse.' Ze wijst naar de DDR-propaganda om haar heen. 'De Russen zouden die posters nooit ophangen, en zeker geen foto van Honecker.' Ze voelt haar hartslag toenemen. 'Deze plek is in ieder geval nooit ontdekt. Echt uniek.'

Opnieuw kijkt ze naar het lichaam. De man is zwaar, op zijn pafferige gezicht is een litteken zichtbaar; het dunne, grijze haar ligt plat over zijn schedel. Hij draagt een duur, op maat gemaakt pak. Een prikkeling in haar nek maakt haar alert. Kent ze hem?

De rechercheur opent een raam, waardoor de stank iets draaglijker wordt.

'Ik begrijp niet wat ik hier doe. Zo te zien is het een natuurlijk overlijden, maar het lijkt mij geen zaak voor ons onderzoeksteam.' Ze drukt op de spatietoets van een toetsenbord, maar er gebeurt niets. 'Deze ruimte zou ik verder willen onderzoeken.'

'Je lijkt mijn broer wel. Terroristen stalken is meer jullie ding.'

Zijn woorden klinken cynisch en ze wil hem een sneer terug geven, maar hij is haar voor en wijst naar de man.

'Herken je hem niet? Gert Verheijen was de secretaris-generaal van het ministerie van Defensie gedurende de laatste twee kabinetten-Rutte. Zo'n defensiedeskundige die nu niet van de televisie af te slaan is.' Hij steekt zijn vinger op. 'En hij heeft nog steeds veel invloed op het ministerie, als lobbyist voor Amerikaanse wapenfabrikanten en in Nederland voor Thales en Damen.'

Robert Bodde haalt een ID-kaart uit zijn zak en drukt die in haar handen. Op de foto kijkt een somber kijkende zestiger haar aan. Het is, ook al heeft de man in de stoel een baard, overduidelijk dat het om Verheijen gaat. Een flink aantal jaren ouder en zeker vijfentwintig kilo zwaarder. Ze geeft de kaart terug aan de rechercheur.

Ze begrijpt nu waarom de rechercheur zijn broer, haar leidinggevende, heeft gebeld. Gert Verheijen dood aantreffen in een oud Stasi-onderkomen is letterlijk een flink lijk uit de kast voor het ministerie van Defensie. Zijn dood mag natuurlijk lijken, deze plek is zeker niet de normale habitat van de oud-secretaris-generaal. 'Weet je zeker dat hij het is? Ik neem aan dat hij hier niet woonde?'

'De woning is in 1985 gekocht door Rheinhafen AG, een bedrijf dat gevestigd was in Helmstedt. We weten niet of het bedrijf nog bestaat. Het koopcontract is ondertekend door ene Rolf Schneider. Dat is ook de naam die op het belbord beneden staat. Naar hem zijn we op zoek.'

'Wat zei je broer eigenlijk over Verheijen?'

'Ik heb niets meer van Mark gehoord.'

De samenwerking tussen de lokale overheden en de AIVD gaat vaak moeizaam, beseft ze. Het moet voor deze Robert frustrerend zijn om vanaf het begin van een onderzoek achter de feiten aan te lopen. Voor haar eigen team heeft geheimhouding prioriteit.

'Is de pers...'

'Die zijn alweer weg. Een natuurlijk overlijden is niet interessant. Ze weten niets over deze kamer.'

'Laten we dat zo houden.'

'Dit lijkt mij echt een zaak voor jullie.' De ID-kaart van de heer Verheijen blijft tussen de twee in hangen.

Lara hurkt bij de man. Ze ziet geen sporen van geweld, maar de kleding belet een verdere inspectie. 'De schouwarts moet nog komen?' vraagt ze. 'Ik bedoel vandaag?' Ze merkt dat ze nu zelf cynisch klinkt.

'De dame is onderweg. Een vervangster uit Den Haag. De laatste weken is iedereen ziek bij de schouwartsen, volgens mij.'

'Is Mark de enige die weet dat het om Verheijen gaat?'

Robert knikt. 'En de twee agenten. Toen ze doorhadden wie de dode was, hebben ze mij gebeld en ik vervolgens mijn broer. Niet ongebruikelijk bij het overlijden van zo'n persoon en een setting als hier. "Precair" is het juiste woord.'

Ze komt overeind. Als ze deze rechercheur was geweest, zou ze zelf van de zaak af willen als de geheime dienst direct betrokken is en het om een slachtoffer van dit kaliber gaat. Ze pakt de ID-kaart aan. 'Ik neem het onderzoek van je over, tenzij het een moord blijkt.'

'Duidelijk. Kan ik je misschien ergens mee helpen?'

Het TSO-onderzoeksteam bestaat uit maar drie personen. Normaal gesproken ligt de executieve onderzoeksbevoegdheid bij de politie, maar omdat het team een testcase is van de minister van Justitie, mogen bepaalde onderzoeken door de AIVD zelf worden uitgevoerd. Alle hulp is welkom, zolang het de geheimhouding van haar werk niet schaadt. 'Zou je een buurtonderzoek kunnen doen? Misschien hebben bewoners Verheijen gezien of gesproken. Hij is door zijn postuur en pak een opvallende verschijning in deze buurt. En ik wil die eigenaar van het appartement spreken. Schneider, was het niet?'

'Geen probleem. Ik zet mijn mensen aan het werk.'

Nadat de rechercheur via de gang weg is gelopen, belt ze haar leidinggevende. Als hij niet opneemt, spreekt ze een boodschap in. Vervolgens appt ze haar collega's van TSO. Moet ze het forensisch team laten komen voor wat op een natuurlijke dood lijkt? Dan hoort ze een geluid achter zich en draait zich om. Voor haar staat een vrouw van in de dertig in een witte overall en met een mondkapje op.

De vrouw steekt lachend haar hand uit. 'Nora Bergman, ik

ben de vervangster van de schouwarts.'

'Lara Fischer. Ik begreep dat je uit Den Haag moest komen?'

'Zo ver is dat niet op de motor. Ik werk bij het NFI, maar ook voor de Vereniging Vrijwillige Schouwartsen. We staan stand-by als er lokaal geen schouwarts voorhanden is. Helaas kun je niet van tevoren zeggen waar iemand overlijdt, ik ben wel wat gewend qua reistijd.'

'Je doet dit werk vrijwillig?' Lara kijkt haar verbaasd aan.

'Vrijwillig in de zin van beschikbaarheid. Wanneer collega's in het land geen tijd hebben of ziek zijn, springen we in, maar we werken niet gratis.' De schouwarts wijst naar het lichaam. 'Ik wil nu graag aan het werk.'

Lara doet een stap opzij.

'Kun je misschien even helpen?' vraagt de schouwarts met een vluchtige blik.

Samen leggen ze het lichaam van Verheijen op de vloer van de kamer. De schouwarts zet haar onderzoek voort. Dat kan even duren, weet Lara uit ervaring, en ze besluit de rest van het appartement te bekijken.

De flat stamt uit eind jaren zestig: de tijd van smalle, lange gangen, kleine kamers, maar grote ramen. De deur van de volgende kamer klemt een beetje, maar gelukkig is een zachte duw voldoende. Ze staat aan de grond genageld, haar hart slaat over. Verbijsterd staart ze naar het behang – donkerbruine ruiten tegen een gele achtergrond. Dit is hetzelfde vreselijke behang dat ze vroeger in haar eigen slaapkamer had. Haar blik valt op het eenpersoonsbed, dat is opgemaakt met een bruine sprei met ribbeltjes. Ook die komt bekend voor. Ze loopt de kamer in, naar de rij cassettebandjes in een plastic houder aan de muur. Die had ze zeker. Als ze de kamer verder bekijkt, voelt ze een prikkeling in haar nek die langzaam langs haar ruggengraat naar beneden glijdt. Het Akai-cassettedeck, de geel-groene gordijnen, de oranje

Philips-televisie en de posters van iconische jarentachtig-popsterren. Haar ademhaling stokt. Dit is niet zomaar een slaapkamer, dit is háár slaapkamer.

Ze laat haar vinger over de chaotische lijnen op de muur glijden, precies zoals vroeger. De herinneringen verschijnen ongevraagd op haar netvlies. Voor haar ouders was ze een geestverschijning, die zagen haar niet staan. Ze kreeg geen complimenten voor haar hoge cijfers op school, laat staan een knuffel. Haar kamer was haar alles, een relatief veilig domein waar ze zich in terug kon trekken.

Ze zet een stap naar achteren en loopt de kamer uit, weg van de tijd waar ze niet meer aan wil denken. Ze opent de volgende deur die ze tegenkomt. Het licht springt automatisch aan. Ze staat in een volledig betegelde ruimte. In het stof op de tegels zijn veegsporen zichtbaar, alsof iemand een poging heeft gedaan de vloer schoon te vegen. Beduusd gaat ze op een houten krukje zitten. De deur valt dicht, de stilte die daarop volgt omarmt haar als een goede vriend en langzaam komt haar ademhaling tot rust. De beelden uit haar jeugd vervagen en maken plaats voor witte tegels, leren riemen en bruinrode vlekken op de muur. De omschrijving 'martelkamer' schiet door haar hoofd. Ze gaat staan, opent de deur en in de gang is een piepje te horen. Op een oud display, dat naast de deur hangt, knippert *51030 ppm*, onder de omschrijving $CO_2$ flikkert een rood lampje.

Vanuit de deuropening bezien is het echt griezelig hoe deze kamer lijkt op de kamer uit haar jeugd. Alleen was dat in Schoorl en niet in Utrecht. Toeval? De andere verklaring is onaangenamer. Een tinteling raast door haar rechterarm. Vooralsnog schudt ze dat idee van zich af.

Als de schouwarts haar roept, schrikt Lara op. 'Heb je iets gevonden?' vraagt ze, terwijl ze terugloopt naar de kamer waar Verheijen op de grond ligt.

‘Gaat het? Je ziet lijkwit.’ De schouwarts kijkt haar bezorgd aan.

‘Korte nacht.’ Lara knikt naar het dode lichaam: ‘Wat denk je?’

‘Ik heb geen aanwijzingen gevonden van opzet. Het is vermoedelijk een hartaanval.’ De schouwarts pakt een formulier uit haar tas. Ze trekt de capuchon van haar hoofd.

De bos blonde krullen van de vrouw lijkt op die van haar moeder. Haar verdwenen moeder.

‘Ik noteer een natuurlijke dood op de doodsoorzaakverklaring’, gaat de schouwarts verder. ‘De overlijdensakte vul ik in op kantoor. Wil je een kopie ontvangen?’

Lara knikt. Vreemd genoeg is ze opgelucht nu het overlijden van de hoge ambtenaar geen moordzaak blijkt. Er zijn nog wat zaken om af te wikkelen, zoals het antwoord op de vraag waarom Verheijen hier rondhing en hoe het kan dat nooit iemand de zendapparatuur van de Stasi heeft ontdekt. Binnen een week is het onderzoek af te sluiten. Dat is het zakelijke deel van deze zaak. De slaapkamer is persoonlijk en gaat meer tijd kosten. Al is het maar om te begrijpen waarvoor het diende.

‘Je laat geen autopsie uitvoeren? Ben je er zeker van dat het om Verheijen gaat?’ Ze schrikt van zichzelf. Waarom vraagt ze dit? Ze heeft zijn ID-kaart toch gezien en vergeleken?

‘Ik heb zijn vingerafdrukken gevonden in het systeem. Het is Gert Verheijen. Zijn dossier is afgeschermd, wat logisch is gezien zijn hoge functie op het ministerie. En ik vond dit in zijn jas.’ Ze geeft Lara een rijbewijs op naam van Verheijen. De foto is dezelfde als op de ID-kaart. ‘En als je een autopsie wilt laten uitvoeren, geef ik dat door aan de officier van justitie. Hij beslist daarover.’

‘Als jij vindt dat het een natuurlijke dood is, laat dan maar. Sorry, ik weet niet waarom ik het vroeg.’

Terwijl de schouwarts het papierwerk in orde maakt, bestudeert ze nogmaals het gezicht van Verheijen. Zonder zijn volle baard lijkt hij op iemand die ze kent van vroeger.

# 3

## Overvecht, Utrecht

De bestelbus met het lichaam van Verheijen verdwijnt in de regen, gevolgd door de schouwarts op haar motor. De vrouw is gedreven en zet zich in voor de samenleving. Lara is jaloers op haar zelfverzekerdheid. Misschien was ze een beetje gehaast, maar waarschijnlijk is het druk nu haar collega's ziek zijn en half Nederland doorkruist moet worden. De doodsoorzaak van Verheijen was dus een hartaanval. Nu moeten de overige vragen beantwoord.

Huiverend stopt ze haar handen in de zakken van haar jack. Voor het flatgebouw stopt een auto; de overige leden van haar team, Thomas en Lis, zijn gearriveerd. Het appartement is zojuist door de broer van hun chef verzegeld, agenten houden het gebouw in het oog. Met z'n drieën gaan ze op een later moment de etagewoning nog eens goed bekijken. Het is aannemelijk dat er buiten de Stasi-relikwieën niet veel meer te vinden is dan stof, maar je weet maar nooit. En dan is er de slaapkamer met haar spullen, moet ze er al over beginnen? Lara twijfelt, maar het kan later. Ze praat Thomas en Lis bij over de dode man en wat ze heeft aangetroffen in de flat. De rechercheur voegt zich bij hen en ze stelt Robert Bodde voor aan haar collega's.

'Het buurtonderzoek loopt?' vraagt ze hem.

De man pulkt aan zijn lip. 'Mijn collega's gaan straks de huizen langs. Verwacht er niet te veel van. Met het weer van de afgelopen dagen is er geen kip op straat. Ik denk niet dat iemand iets heeft gezien of gehoord. Ik laat je de resultaten zo spoedig mogelijk weten.'

Er valt een stilte.

'We nemen deze zaak op ons omdat de dode een hoge functie had bij Defensie', zegt Lara tegen Thomas en Lis. 'Robert van de recherche hier doet het buurtonderzoek. Volgens de schouwarts is het een natuurlijk overlijden, maar ik wil weten wat Verheijen hier deed en of hij is gezien met iemand.'

'Kunnen we dat uitzoeken vanaf kantoor?' Lis blaast in haar handen.

Lara knikt naar de weg, waar haar auto staat. 'Ik heb handschoenen in de auto liggen,' zegt ze lachend, 'want jij loopt vanmorgen met het buurtonderzoek mee.'

Lara start de auto, ze is blij dat ze weg is uit de wind en de regen. Samen met Thomas gaat ze op bezoek bij de weduwe van Verheijen. Hij heeft het adres in Blaricum opgezocht. Ongevraagd zet hij de verwarming lager.

'Waarom laat je het buurtonderzoek niet aan die rechercheur over? Lis kunnen we eigenlijk niet missen.'

'Robert Bodde deed nogal sceptisch over de uitkomst van het buurtonderzoek. Ik wil voorkomen dat het wordt afgeraffeld en ons onderzoek een valse start krijgt.' Ze buigt zich voorover en zet de verwarming weer hoger. 'En we hoeven niet met drie man naar de echtgenote van Verheijen.'

'Dat is zo.'

'Ik ben sowieso blij dat de recherche het buurtonderzoek op

zich wil nemen. We hebben er, met of zonder Lis, zelf de mensen niet voor, zoals je al zei.'

'Nog steeds geen zicht op versterking?'

Lara bestudeert het gezicht van haar collega. De harde gelaatstrekken verbergen zijn werkelijke aard: het is een grote vriendelijke reus, enorm begaan met zijn collega's en zijn werk bij het team. Ze weet waar hij op doelt: haar officiële verzoek om meer menskracht. De werkdruk is hoog en de hulp die ze van andere afdelingen krijgen marginaal. Veel van het inlichtingenwerk gebeurt in het buitenland, tijdens meer clandestiene acties. Haar team opereert uitsluitend in Nederland en dat botst maar al te vaak met de lokale politiekorpsen, omdat die in het verleden datzelfde onderzoek deden. Haar team is een succesvol experiment van de minister van Justitie: meer dan tachtig procent van de onderzoeken die ze oppakken resulteert in een arrestatie en het voorkomen van een aanslag. Ze hoopt dat dat succes wordt gezien. Verhoging van het budget en van het aantal mensen is meer dan welkom.

'Ik heb nog niets gehoord vanuit Zoetermeer', zegt ze terwijl ze wegrijdt en ze trommelt met haar vingers op het stuur. Ze weet dat het een teken is dat er iets in haar hoofd om aandacht vraagt. Heeft ze iets over het hoofd gezien? Het zou niet de eerste keer zijn. Haar gedachten springen naar haar vader; de slaapkamer die zo op de hare lijkt, heeft oude wonden opengereten. Ze duwt de herinneringen weg. 'Ik wil het appartement zo snel mogelijk nog een keer bekijken. Misschien moeten we er een expert bij halen voor de zendapparatuur en die martelkamer.'

'Heb je foto's gemaakt?'

Ze slaat haar hand voor haar mond. 'O sorry, wat stom, ik ben het helemaal vergeten.' Haar slaapkamer, de martelkamer, haar opluchting over de natuurlijke dood – ze heeft geen moment meer aan foto's gedacht. Ze zakt een beetje dieper weg in de stoel van de Audi.

'Heb je het koud?' Thomas kijkt haar bezorgd aan.

'Een beetje. Ik wil die foto's straks nog maken, na het gesprek met mevrouw Verheijen.'

'Kan Lis de foto's niet maken?' oppert haar collega. 'Ze is nog in de buurt. Wij kunnen na Blaricum dan direct terug naar Amsterdam. Ik heb een belangrijke afspraak.'

'Goed idee, app jij Lis?'

Hij typt snel wat in op zijn telefoon. 'Geregeld.'

'Zei je net "belangrijke afspraak"?' Lara lacht. Er moet iets speciaals zijn als Thomas op tijd terug wil zijn. Normaal gesproken maakt hij geen probleem van lange dagen. 'Heb je een date?'

'Eh...'

'Leuk! Hoe heet ze?' Ze voegt in op de A27. Het verkeer op de snelweg is niet veel beter dan in de stad, maar het rijdt. Van opzij ziet ze Thomas, die voor zich uit kijkt met een geheimzinnige lach op zijn gezicht. 'Wat is er?'

'Het is geen "ze", maar een "hij".'

Onbewust trekt ze haar wenkbrauwen op. Thomas met een man? Ze hebben samen een verleden. Weliswaar heel kort en het is al lang geleden. Voor hen beiden kwam de onenightstand op het juiste moment, in een tijd dat ze allebei behoefte hadden aan een liefdevolle arm. Het werd iets meer dan dat. Spijt heeft ze niet, al is het soms ongemakkelijk. Haar collega lijkt daar geen last van te hebben.

'Hij heet Levi.' Thomas houdt zijn handen dertig centimeter uit elkaar. 'En is zo groot. Ik ga hem ophalen bij PoeS, het nieuwe asiel in Noord.'

Ze geeft hem een por. 'Lul.'

'Jij hebt toch ook een huisdier?'

'Jazeker, een hangoorkonijn, hij heet meneer Jansen.'

Een tijdlang rijden ze zwijgend verder, ieder in gedachten.

'We moeten er hier af. Eemnes-Laren. En dan op de rotonde naar links', zegt Thomas, wijzend op een richtingbord langs de weg.

Al snel rijden ze over klinkerwegen die door een villawijk heen slingeren. Links en rechts van de weg staan, verscholen achter hoge heggen, grote villa's.

Het onderstel van de auto maakt een schurend geluid als ze een grindpad met diepe kuilen in rijden. De weg leidt hen door een bos. Na een paar honderd meter zet Lara de auto stil voor een hoog hek dat voorzien is van anti-inkijkdoek. Boven op het hek is scheermesprikkeldraad aangebracht. Ernaast staan twee masten voorzien van led-armaturen. Hoewel het nog licht is, brandt de verlichting.

'Dat is NAVO-prikkeldraad.' Lara's stem schiet omhoog. 'Wat een overdreven beveiliging voor een oud-ambtenaar.'

'Eén camera was zo te zien niet genoeg', beaamt Thomas. 'Ik tel er sowieso al drie.'

Lara stapt uit en loopt naar een modern belpaneel. Ze heeft nog niet aangebeld of het gezicht van een jongeman verschijnt op het beeldscherm.

'Ja?'

'Dag. Wij zijn van de... politie en willen graag mevrouw Verheijen spreken.'

Direct wordt het beeldscherm zwart en het hek schuift geluidloos open. Voor haar ziet ze een oprijlaan, omzoomd door oude kastanjebomen. De kale takken steken af tegen de lichtgrijze lucht. Lara stapt in de auto. 'Dat ging vlot.'

'Vreemd. Verheijen geeft een vermogen uit aan beveiliging, maar als jij zegt dat je van de politie bent, geloven ze je gelijk.'

'Misschien worden we verwacht?' Na tweehonderd meter parkeert ze de Audi achter een zilvergrijze oldtimer, die voor een openstaande garage staat. In de garage staan een paar mountainbikes en een zwarte motor. Thomas springt direct uit de auto. Ze volgt zijn voorbeeld, zij het niet zo enthousiast.

'Weet je wat voor auto dit is?' Met zijn telefoon in de hand maakt hij een foto.

'Weet ik veel.' Ze is niet geïnteresseerd in auto's.

'Een Facel Vega. Er zijn er maar honderdzesenvijftig van gebouwd en ze zijn onbetaalbaar.'

'Prachtig. Ga je nu mee?'

'Sorry. Zo'n auto zie je niet vaak in het echt.'

Ze lopen richting de woning, die in een moderne stijl is gebouwd. Een grote tegenstelling met de landelijke oprijlaan. De witte kleur van de muren steekt fel af tegen het groen van de tuin. Via een brede, hardstenen trap komen ze bij de voordeur. Deze wordt, nog voordat ze kunnen aanbellen, geopend. Een man, die ze herkennen van het beeldscherm, staat in de deuropening.

'Mevrouw verwacht u in de woonkamer.' Zijn accent is Oost-Europees. Hij draait zich om en loopt een gang in.

De woonkamer is voorzien van grote blauwgrijze kloostertegels en is minimalistisch ingericht. Meer dan een dressoir, een fauteuil en een bankstel, waarop de gastvrouw zit, staat er niet. De muren zijn van grijs beton en er hangen een paar moderne schilderijen. Het geeft het gevoel van een galerie. De ramen zijn groot en geven een panoramisch uitzicht over de tuin met een grote vijver.

Een lange, slanke vrouw staat op van de bank; ze is gekleed in een prachtige jurk, die haar figuur accentueert. Met haar linkerhand strijkt ze door haar blonde haar, alsof het bij het opstaan in de war is geraakt. Ze stelt zich voor als Olga Verheijen.

Lara merkt bij haar, net zoals bij de man die de deur opende, een Oost-Europees accent op. Ze gaat op de enige fauteuil zitten, terwijl Thomas een kunstwerk bekijkt.

'Heeft u hem eindelijk gearresteerd?'

'Wie?' Thomas draait zich om.

'Mijn man. Daar komt u toch voor?'

Lara kijkt Thomas bevreemd aan.

'U heeft hem niet gearresteerd?'

'Mevrouw Verheijen, gaat u even zitten.' Lara wacht tot de vrouw heeft plaatsgenomen op de bank. De stoel waar Lara op zit heeft een korte rugleuning en lijkt vooral gemaakt om mooi te zijn. Haar ruggengraat protesteert en ze schuift iets naar voren. 'Waarom verwacht u dat we uw man gearresteerd hebben?'

'Ik dacht het. Gert rijdt nogal eens met een slok op. Het zou niet de eerste keer zijn dat hij brokken maakt en wordt aangehouden. Tot nu toe is het altijd met een sisser afgelopen.'

'Dat is niet de reden waarom we hier zijn.'

'Waarom wel?'

'Het spijt mij, mevrouw Verheijen. Uw man is overleden.'

De stilte is ongemakkelijk. Verderop klinkt het geluid van een deur die wordt dichtgetrokken. Olga Verheijen zit beweginglooss op de bank. Als een robot waarvan de accu's leeg zijn. Lara zoekt naar een manier om het ijs te breken.

'Wilt u misschien een glas water?' De weinig originele zin heeft het gewenste effect: de vrouw tegenover haar zakt wat in elkaar en knikt.

Thomas' voetstappen klinken hol op de tegels als hij wegloopt, op zoek naar de keuken.

'Wat is er met hem gebeurd? Hoe is hij overleden?' De echtgenote van Gert Verheijen klinkt verbaasd noch aangedaan.

'Uw man is aangetroffen in een appartement in Utrecht. Hij heeft een hartaanval gehad.'

'Waar in Utrecht?'

Lara noemt het adres. 'Kent u het?'

'Nee, het zegt me niets.' De vrouw wrijft even in haar oog.

De ontkenning komt voor Lara's gevoel te snel. Onwillekeurig denkt Lara aan haar vader, hoe die in zijn oog wrijft als hij ontkent te weten wat er met haar moeder is gebeurd. Ze is geen psycholoog, maar heeft in haar jeugd in Schoorl veel mensenkennis opgedaan. Ze voelt vaak meteen aan wie betrouwbaar is en wie niet. Mevrouw Verheijen staat voorlopig op het laatste lijstje.

Thomas komt met een glas water aanlopen en geeft het aan mevrouw Verheijen. Ze neemt een slokje en zet het op de grond bij gebrek aan een salontafel.

'Ik moet u nog iets anders vertellen voordat we verdergaan.' Lara pakt haar ID-kaart. 'Mijn collega en ik zijn niet van de politie, maar van de AIVD. Ik ben teamleider van het Team Speciale Onderzoeken. Normaal gesproken doen wij onderzoek naar terrorisme en niet naar overleden personen. Dat we het onderzoek met betrekking tot het overlijden van uw echtgenoot hebben overgenomen van de recherche in Utrecht, heeft vooral te maken met de functie van uw man bij Defensie.'

'Hij is met pensioen.'

Thomas neemt plaats op de bank naast mevrouw Verheijen. 'Hij was nog in een andere functie verbonden aan het ministerie. Als lobbyist.'

'Ach ja, ik heb geprobeerd hem daarvan af te houden, zodat we samen meer tijd konden doorbrengen, konden reizen, maar hij wilde dat niet.' Ze glimlacht even. 'Hij was goed in zijn werk, al was niet iedereen daar blij mee.'

'Wie niet?'

Olga Verheijen kijkt Thomas meewarig aan. 'De concurrentie. Gert had veel invloed op de besluitvorming bij de aanschaf van militair materieel. De bedrijven waarvoor hij lobbyde, kregen zeker de opdracht.'

'Heeft dat op het ministerie nooit voor problemen gezorgd?' vraagt Lara.

'Daar heb ik nooit iets over gehoord.'

Lara knikt en gaat verder: 'Weet u of uw man in het verleden, en dan heb ik het over de jaren tachtig, contact had met mensen uit Oost-Europa?' Het nieuws dat Verheijen in een Stasi-safehouse is gevonden, wil ze voorzichtig brengen.

'Daar heb ik geen idee van. Ik heb hem pas vorig jaar leren kennen. Het was liefde op het eerste gezicht. We zijn vrij snel getrouwd. Gert wilde nog een keer het leven vieren met een groot feest.' De vrouw kijkt even dromerig naar buiten. 'Over de tijd voordat wij elkaar leerden kennen, was mijn man erg gesloten.'

Lara schat deze vrouw veel jonger in dan haar man, ergens rond de vijfendertig. Ze is knap op een wijze die Lara niet goed onder woorden kan brengen. Met haar uitstraling kan ze waarschijnlijk iedere man krijgen, toch kiest ze voor een oude vent. Een rijke en machtige man, dat wel.

Olga Verheijen praat door: 'Zijn verleden maakte mij niet uit. Het gaat erom dat je vooruitkijkt, en dat ging prima.'

'Kwam zijn verleden nooit ter sprake?'

'Nee, eigenlijk niet. We meden het onderwerp – een onuitgesproken afspraak tussen twee geliefden.'

De antwoorden die de weduwe geeft, vindt Lara ingestudeerd overkomen. Een rilling trekt over haar rug. De vrouw tegenover haar komt net zo kil over als de ruimte waarin ze zit. De kleuren van de, ongetwijfeld echte, Mondriaan aan de muur doen daar niets aan af. Haar gezicht toont geen enkele emotie en ze lijkt niet erg verbaasd, ook al kan dat schijn zijn.

'Uw man heeft u dus nooit iets verteld over zijn werk of leven in de jaren tachtig?'

‘Dat zeg ik net.’

Lara trekt zich niets aan van de ergernis van de vrouw. Bovendien voelt ze dat de vrouw niet eerlijk is of op zijn minst iets achterhoudt, dus ze vraagt door. ‘En u was daar niet nieuwsgierig naar? Ik weet alles wat mijn vriend gedaan heeft en doet. En hij van mij.’

Dat is niet waar: haar vriend weet bijvoorbeeld niet dat ze voor de AIVD werkt, dat is iets voor als ze getrouwd zijn. En omdat hij haar nog niet heeft gevraagd, moet hij op dat deel van haar leven nog wachten.

‘Waarom vraagt u zo door over wat Gert in de jaren tachtig deed?’ De vrouw is nu echt geïrriteerd. ‘Ik weet niet wat hij toen deed en hij wilde het er nooit over hebben. Wat is de reden dat u mij al die vragen stelt? U kunt het mij vertellen als er iets is.’ Haar ogen schieten van Lara naar Thomas en weer terug.

‘Het appartement waar we uw man hebben gevonden, is een oud onderkomen van de Oost-Duitse geheime dienst, de Stasi, compleet met zendapparatuur en DDR-propaganda.’ Dat een van de kamers op haar kinderkamer lijkt, houdt Lara voor zich. ‘Voor een voormalig ambtenaar van het ministerie van Defensie zeer opmerkelijk.’

Lara hoort mevrouw Verheijen diep ademhalen, alsof ze moet bijkomen van het nieuws dat haar man blijkbaar banden had met de Stasi.

‘Ik weet niets van zijn verleden’, zegt ze nogmaals. ‘Ik weet niet waarom hij in dat huis was.’ De vrouw schudt haar hoofd en wuift naar de hal. ‘Wilt u mij nu alleen laten? Ik moet even gaan liggen.’ Wankelend staat ze op.

‘Ik wil graag een volgende afspraak maken, als dat kan?’

‘Dat kunt u bij mijn assistent doen. Hij heeft u binnengelaten.’ De vrouw loopt weg richting de keuken.

‘O, mevrouw Verheijen, ik heb nog één vraag.’

De vrouw draait zich om en kijkt Lara aan.

'Waarom is het terrein rond uw huis zo zwaarbeveiligd?'

De gehakte schoenen klikken op de stenen vloer als ze dichterbij komt. Vlak voor Lara blijft ze staan. 'Dat is recent aangebracht. Ik heb Gert gevraagd naar het waarom van de hekken, de camera's en het prikkeldraad, maar ik kreeg geen antwoord.'

'Werd hij soms bedreigd?'

Ze schudt haar hoofd. 'Daar weet ik niets van. Kan ik nu gaan?'

Lara knikt. Ze is nog niet klaar met Olga Verheijen, maar het kan wachten.

# 4

## Blaricum

Het hek met prikkeldraad schuift direct achter hen dicht. Terwijl ze zwijgend het pad terug naar de hoofdweg volgen, komt een tegenligger hun tegemoet. Het is een splinternieuwe Opel Astra met Duits kenteken.

'Dat wordt krap', mompelt Thomas. Hij zet zich schrap.

Lara stuurt scherp naar rechts om een aanrijding te voorkomen. De rechterzijkant van de auto schuurt langs dennentakken. Het maakt een hoog piepend geluid. Ze remt hard af.

De bestuurder van de Opel rijdt zonder af te remmen door en kijkt strak voor zich uit als hij langs Lara komt.

'Wat een klootzak.'

Even later nemen ze op een plekje in de berm de schade op. Er zitten niet alleen krassen in de lak, er zit ook een deuk in haar ego. Ze rijdt al twintig jaar schadevrij. Terwijl ze weer plaatsneemt achter het stuur, trekt ze het portier met een harde klap dicht.

'Zo'n lul moeten ze gelijk zijn rijbewijs afnemen!' Lara trekt op en even later voegt ze in tussen de auto's. Het is druk richting de snelweg.

'Gaat het goed met je?' Thomas kijkt haar vragend aan.

'Hoezo?'

'Vanaf dat we uit Utrecht weggereden zijn, ben je nogal stil. En de reactie op die bestuurder is niet zoals ik je ken. Is er iets aan de hand?'

Wat moet ze zeggen? Lara haalt licht haar schouders op. 'Nee, er is niet echt iets aan de hand. Maar ach, je weet wel, thuis loopt het niet helemaal lekker. Scott is thuis als ik er niet ben. Als ik thuiskom, gaat hij naar zijn werk of een andere afspraak. We leven twee aparte levens.' Bewust benoemt ze niet wat haar momenteel het meest dwarszit: de slaapkamer in Utrecht.

'En Evy?'

'Die laveert daartussenin. Scott en ik zijn er voor haar, maar nooit tegelijkertijd.'

'Daar ging het bij ons fout.'

Een ongemakkelijk gevoel schiet door haar lichaam. 'Met "ons" bedoel je toch niet ons "ons"?'

Haar collega schudt zijn hoofd en kijkt naar het voorbijschietende verkeer.

De volgende tien minuten rijden ze zwijgend verder. Lara's gedachten draaien in een kringetje rond. Steeds komt ze uit bij de slaapkamer in de flat in Utrecht. Dan hoort ze een brommend geluid uit de telefoon van Thomas komen.

'Dat is vast Lis, wat zegt ze?'

Thomas kijkt op zijn telefoon. 'Ze gaat de foto's morgenochtend maken. En het buurtonderzoek loopt uit.' Hij lacht. 'Er staat een huilende smiley bij.' Dan legt hij de telefoon op zijn schoot en kijkt Lara aan. 'Wat vind je eigenlijk van Olga Verheijen? Gert Verheijen kon haar vader zijn.'

Lara tuit haar lippen. 'Het komt vaker voor. Niet dat ik het begrijp.' Ze huivert even. 'Maar wat ik vreemder vind, is dat mevrouw Verheijen beweert dat ze niets over het verleden van haar man weet. Ik heb de indruk dat ze het een en ander voor ons achterhoudt. Erg ontdaan door zijn dood vond ik haar ook niet.'

Thomas heeft zijn telefoon weer in zijn hand gepakt en leest voor uit zijn verslag. '"Mevrouw Verheijen wist de reden niet van de extreme beveiliging." Het kan haast niet anders of iemand bedreigde de overledene. Dat bespreek je met je vrouw, zou je zeggen.'

Lara knikt instemmend.

Thomas vervolgt lachend: 'Zou het met het pand in Utrecht te maken hebben? Dat hij vroeger een spion was voor de Stasi en iemand die dat wist hem daarmee chanteerde?'

De mogelijkheid die Thomas oppert bedoelt hij grappig, weet Lara, maar die mag niet op voorhand uitgesloten worden. 'We moeten zijn doopceel lichten. Wat deed hij voor hij op het ministerie ging werken? Ik zal Lis vragen daarachteraan te gaan. Ik ken iemand bij de MIVD die ons kan helpen.'

'Er zitten zeker opmerkelijke kanten aan deze zaak, maar het blijft een natuurlijk overlijden. Wil je echt zo diep graven?'

Lara begrijpt wel wat hij zegt, en er liggen genoeg andere zaken op hen te wachten. Toch schuurt het al vanaf het begin. Daarom gaat ze doen wat al eerder besloten had moeten worden. 'Ik ga een autopsie aanvragen zodra we op kantoor zijn. Maar eerst Levi. Ik moest jou toch in Noord afzetten?'

Thomas pakt zijn telefoon en houdt hem voor haar neus; er is een foto van een zwarte kitten te zien. 'Ik kijk ernaar uit. En mijn buurvrouw ook. Zij wordt mede-eigenaar.' Hij grijnst. 'We gaan samen voor dit schatje zorgen. Ik app haar dat we er bijna zijn.'

Lara kan een lach niet onderdrukken. Haar stoere collega smelt voor een kat. Het moet niet gekker worden. Ze rijdt de ring van Amsterdam op, richting Noord.

# 5

## Industrieterrein Schinkel, Amsterdam

Nadat Thomas Levi heeft opgehaald bij het dierenasiel, zijn Lara en hij doorgereden naar Zaandam. Daar heeft hij zijn deelkat bij zijn dolgelukkige buurvrouw in Zaandam afgegeven. Op een bedrijventerrein aan de zuidkant van Amsterdam parkeert Lara de auto en lopen ze naar een kantoorgebouw. Lara opent de deur door haar telefoon tegen een kastje te houden. Naast de deur hangt een bord met het logo van O-line Invest. Wie googelt op de naam komt uit bij een bedrijf dat investeert in start-ups. Het AIVD-hoofdkantoor in Zoetermeer trekt geïnteresseerden aan die TSO niet kan gebruiken bij zijn onderzoeken. Niemand vermoedt dat er op dit desolate industrieterrein een onderzoeksteam van de AIVD is gehuisvest.

Lara en Thomas lopen naar de achterzijde van het bedrijfsverzamelgebouw en nemen de trap naar de eerste verdieping, die afgezien van het kantoor van O-line Invest verder leegstaat.

Thomas opent de deur met een sleutel en drukt op de lichtschakelaar. Tl-buizen tingelen aan. Er hangt een bedompte sfeer.

In de kamer staan vier bureaus, waarvan er drie in gebruik zijn; het vierde staat er in de hoop dat het team wordt uitgebreid.

Aan een wand hangt een whiteboard en een tv-scherm. Een minikeukenblokje met een koelkast en een Nespresso-apparaat fungeert als pantry. Er staan weinig planten – de meeste gingen dood door het gebrek aan daglicht. Het enige groen in de kamer is het mos dat aan de binnenkant van de raamkozijnen groeit en de cactus van Lis. Als enige heeft ze met het plaatsen van foto's van haar gezin een persoonlijke touch aan haar werkplek gegeven. Het zijn geijkte kiekjes van kinderen in de Efteling of op vakantie. Ook staat er een foto van Lis' moeder. De enige foto die Lara van haar moeder heeft, is een verkreukelde polaroid, omdat ze begin 1990 verdwenen is.

Thomas' telefoon maakt een zoemend geluid en even later zegt hij: 'De zaak-Verheijen is officieel aan ons overgedragen.'

Lara knikt tevreden, het onderzoek loopt. Ze heeft twee kopjes met koffie gevuld, geeft hem er een aan en gaat achter haar bureau zitten. Als haar computer is opgestart, tikt ze de naam van Gert Verheijen in de zoekbalk in. Het AIVD-systeem geeft direct toegang tot veel databases in Nederland en ver daarbuiten. De melding die op het scherm verschijnt, verbaast haar dan ook.

'Ik krijg geen toegang tot de database.' De schouwarts had ook al zoiets gezegd, herinnert Lara zich.

Ze verwachtte niet dat zij ook niet verder zou komen dan wat algemene informatie.

Bij de naam van Olga Verheijen verschijnt dezelfde melding. In gedachte is Lara weer de kleine Lamberta die terecht wordt gewezen door haar vader. *Dat mag jij niet, Lamberta. Dit is niets voor kleine meisjes. Jij mag deze informatie niet lezen. Dat is alleen voor belangrijke mensen.* Ze drukt de kinderachtige gedachte weg, maar een zeurderige jeuk onder haar schedeldak blijft achter.

'Onze baas heeft een hogere accreditatie, misschien kan hij

wat voor ons betekenen?' oppert Thomas.

'Goed idee. Maar ik ga eerst de autopsie regelen.'

Niet veel later legt ze de telefoon neer en gooit een post-it-blokje door de kamer. 'Verdorie, ze heeft hem laten cremeren.'

'Wie?' Thomas kijkt haar over zijn beeldscherm aan.

'Verheijen natuurlijk. Hebben we nog een andere zaak waarin een dode is gevonden?' Lara pakt het post-it-blokje van de grond. 'Sorry.'

'Wie heeft hem laten cremeren? De schouwarts mag daar toch niet over beslissen?'

'Zijn vrouw. Het lichaam van Gert Verheijen blijkt direct vrijgegeven te zijn door de officier. Het lichaam van haar man was al onderweg naar Amersfoort toen wij bij haar in Blaricum zaten. Dat mens wist al dat hij was overleden.' Ze tikt met haar pen op de rand van haar bureau. De indruk die ze van mevrouw Verheijen had was juist. 'Waarom heeft ze niet gezegd dat ze wist dat haar man was overleden?'

'Ze heeft een toneelstukje opgevoerd', zegt Thomas. 'Maar hoe kan ze die crematie zo snel hebben geregeld?'

'Die crematie moet ze van tevoren hebben geregeld. Met de drukte bij de crematoria is dat op zo'n korte termijn niet te organiseren.'

'Heb je een naam van het crematorium? Dan check ik hoe dat is gegaan.'

'Hoe dat is gegaan? Nou, waarschijnlijk in een oven.' Lara sluit even haar ogen. 'Ik heb het adres hier.' Ze geeft Thomas een beschreven post-it. 'De Ondergaande Zon in Amersfoort.'

Thomas staat op, gaat op de bureaustoel van Lis zitten en rijdt zich naast Lara. 'Het is niet alleen je thuissituatie waardoor je zo snel aangebrand bent. Er moet meer aan de hand zijn.'

Lara zucht. 'Je hebt gelijk. Ik laat het je morgen zien, als we in Utrecht zijn. Het is heel vreemd en heel erg confronterend.'

Even later komt Lis binnen. Ze gaat direct op de stoel zitten waarvan Thomas alweer was opgestaan en gooit haar tas op haar bureau 'Wat een lul.'

Lara laat de Nespresso doorlopen en geeft de koffie aan haar. 'Over wie heb je het?'

'Die rechercheur, die Robert. Echt, hoor. Je was nog niet weg of hij liet het merendeel van zijn mensen vertrekken. Toen ik daar wat van zei, kreeg ik twee jonge agenten mee, zo van de academie. Ik moest ze alles uitleggen.'

'En?' vraagt Thomas.

Lis knijpt haar ogen tot spleetjes en slaat haar armen over elkaar. 'Is dat niet erg genoeg?'

'Thomas bedoelt of het buurtonderzoek iets heeft opgeleverd.' Lara knipoogt naar hem. Ze weten allebei dat hun collega slecht tegen onrecht kan. Wellicht kan hun baas zijn broer aanspreken op zijn gedrag, al vraagt Lara zich dat af. Misschien houdt Mark juist zijn broer de hand boven het hoofd. Familierelaties… Ze denkt aan haar vader, en hoe de banden binnen de familie Fischer verstoord zijn. Het erge is dat ze samen met haar vader de familie Fischer uitmaakt. Ze zucht. Toch moet ze snel bij hem langs om duidelijkheid te krijgen over haar kamer.

Lis rommelt in haar tas, haalt haar telefoon eruit en scrolt door haar notities. 'Het eerste wat ik kan vertellen is dat de bewoners die we hebben gesproken, niets vreemds hebben gezien of gehoord. Bovendien hebben de meeste mensen geen idee wie er op dat adres woont. Het is een beetje een doorgangsflat, er is veel verloop. Maar de directe buren wonen er al wel sinds de jaren zeventig en zij vertelden dat de woning al jaren niet gebruikt wordt. Ze zagen Schneider er in elk geval nog maar zelden. Een paar maanden geleden veranderde de situatie. Toen kwam er weleens een man naar het appartement; die persoon bleef maar kort. De buren dachten dat het een vriend was van de eigenaar.'

'Dus er is al jaren nauwelijks meer iemand in de flat geweest, dat verklaart het stof', zegt Lara. 'Heb je de foto van Verheijen nog laten zien?'

'Daar kom ik zo op. Want een Marokkaans ventje van een jaar of twaalf wees ons op een zwarte Mercedes s-klasse, die een blok verder geparkeerd stond en nogal opviel tussen de andere auto's. Het is de auto van Verheijen. Ik heb de wagen al door een bergingsbedrijf laten afvoeren naar Zoetermeer.'

'Prima geregeld. Laten we een bezoek aan het hoofdkantoor combineren met een kijkje in de flat in Utrecht.'

'Dan het meest opmerkelijke.' Lis roffelt met haar handen op de rand van het bureau. '*Breaking news*: Gert Verheijen is dezelfde persoon als Rolf Schneider.' Ze kijkt triomfantelijk. 'De directe buren herkenden hem van de foto.'

De bureaustoel kraakt als Lara opstaat en naar het whiteboard loopt. Ze pakt een stift en begint te schrijven. 'Gert Verheijen is dezelfde persoon als Rolf Schneider. Dat is met recht groot nieuws, Lis. Dan is de eerste vraag die bij mij opkomt: wanneer werd Schneider precies Verheijen? En vooral: waarom?' De stift piept op het bord als ze een groot vraagteken achter de namen zet.

'Verheijen heeft aardig geboerd. Denk alleen maar aan de villa in Blaricum, de Mondriaan en die dure oldtimer', zegt Thomas, en hij vertelt Lis uitvoerig over wat ze bij het bezoek aan de weduwe hebben ontdekt.

Ze breiden de lijst met vragen verder uit en Lara verdeelt daarna de taken. Ze laat in haar telefoon een naam aan haar vrouwelijke collega zien. 'Dit is mijn contactpersoon bij de MIVD. Misschien kent hij Verheijen als lobbyist of de persoon Schneider van daarvoor. Als Schneider een Stasi-agent was, want die kant denk ik wel uit, dan is er in die archieven misschien meer informatie over te vinden. Ik app je de gegevens.'

'Ik bel het crematorium even...' Thomas pakt zijn telefoon erbij.

'We gaan door?' Lis kijkt haar chef aan. 'Ook al is het een natuurlijk overlijden?'

'Dit zei Thomas vanmiddag ook al. Maar alleen al het feit dat Verheijen zo snel is gecremeerd...'

'Wat?'

'O, dat weet je natuurlijk nog niet.' Lara brengt haar snel op de hoogte.

'Jemig. Dan heb je wel iets te verbergen.'

'Dat hoeft niet per se. Maar de snelheid van cremeren is zeker opmerkelijk en ook dat de vrouw tegen ons deed alsof ze van niets wist. Het is jammer dat we niet eerder wisten van die crematie, anders hadden we het meteen aan mevrouw Verheijen kunnen vragen. Ik ben erg benieuwd naar haar beweegredenen om het zo snel uit te laten voeren.' Lara staat op en schrijft de vraag erbij op het bord.

'Moeten we iemand naar de financiën van allebei de eh... personen laten kijken?' Lis knikt naar het whiteboard. 'Zowel van Schneider als van Verheijen?'

'Dat is prima. Maar doe het zelf. Alleen als je er niet uit komt kunnen we in Zoetermeer om meer expertise vragen.'

Lis knikt. 'Ik ga er meteen aan beginnen.'

Thomas kucht. 'Ik had net het crematorium aan de lijn. Ze doen eigenlijk geen mededelingen over kwesties die de privacy van hun cliënt schenden.'

'Hij is dood', merkt Lis smalend op.

'Het gaat om de familieleden natuurlijk. In dit geval zijn weduwe', zegt Thomas overbodig. 'Maar ik heb informatie los kunnen krijgen. Mevrouw Verheijen heet van haar meisjesnaam Ivanova en is geboren in Loehansk in het oosten van Oekraïne.'

Lis kijkt verbaasd op. 'Ivanova? Weet je het zeker?'

'Is daar iets mee?' vraagt Lara.

'De achternaam Ivanova komt in Rusland net zo vaak voor als De Jong in Nederland.'

'Hoe weet je dat?' vraagt Lara terwijl ze de naam *Ivanova* op het bord schrijft, onder de andere namen.

'Ik heb vorig jaar de workshop "The way of life, religion and work in Russia" gevolgd. Jij had die toen afgezegd omdat je iets anders moest doen.'

Lara kan het zich vaag herinneren maar weet niet meer wat er toen belangrijker was dan de workshop. 'Hoe heb jij die informatie eigenlijk los kunnen krijgen, Thomas? Ze zouden zich in het crematorium toch aan de privacyregels moeten houden?'

'In eerste instantie lukte dat ook niet. Maar ik heb mijn charmes in de strijd gegooid. Aardige vrouw, die ik aan de lijn had.' Hij loopt naar de printer en pakt er een formulier uit. 'De opdracht voor de crematie. Getekend door mevrouw Verheijen, of beter gezegd mevrouw Ivanova, want ze heeft bij haar gegevens haar meisjesnaam ingevuld. En nu ben ik even naar het toilet.'

Lara gaat weer op haar bureaustoel zitten. Ze kijkt naar Lis. 'Ik heb het idee dat we nog maar het topje van de ijsberg zien.'

'Omdat de vrouw van Verheijen een Russische achternaam heeft?'

'Niet per se. Je zei zelf dat Ivanova de meestvoorkomende naam in Rusland is.'

'Ik bedoel eigenlijk: denk je dat de Russen iets met Verheijen te maken hebben?'

Lara staart naar het whiteboard. 'Ik weet het niet. We moeten eerst meer te weten komen over de achtergrond van Verheijen en Schneider. We voegen Olga Ivanova toe aan het onderzoek. Waarom en wanneer is ze naar Nederland gekomen?'

'Misschien is ze gevlucht?' oppert Lis. 'De oorlog in het oosten van Oekraïne is al even aan de gang.'

'Is dat logisch? Met een Russische achternaam? Het is natuurlijk mogelijk, maar dat moeten we uitzoeken.'

'Goed dat jullie dat uitzoeken.' Thomas is weer achter zijn bureau gaan zitten. 'Ik duik vanavond nog in de carrière van Verheijen bij Defensie. Dan komen we misschien ook wat meer te weten over wie de man werkelijk was.'

'Rolf Schneider en Gert Verheijen.' Lara zet met viltstift een dikke streep onder de namen op het whiteboard. 'Dezelfde persoon, maar met twee identiteiten.'

'Qua tijd zit er een flink aantal jaar tussen. Gert Verheijen is in 1996 op het ministerie gaan werken', zegt Thomas.

Ze zijn alle drie geconcentreerd aan het werk en een paar uur verstrijken. Dan kijkt Lara naar de tijd op haar computer en staat op. 'Ik heb aan Scott beloofd op tijd thuis te zijn, dat is niet echt gelukt.'

Ook Lis staat op, drukt haar computer uit en pakt haar tas.

'Je kunt ook morgenochtend verder werken, Thomas', zegt Lara. Morgenmiddag gaan we met zijn drieën naar de flat in Utrecht en daarna naar Zoetermeer voor de Mercedes van Verheijen. 's Ochtends ga ik eerst naar Schoorl.'

'Wie woont er in Schoorl?' vraagt Thomas.

'Mijn vader.'

# 6

## Lauriergracht, Amsterdam

Zuurkool met rookworst van de Hema, ze ruikt het als ze de voordeur opent. Scotts favoriete Nederlandse eten, Evy vindt het ook lekker en daarom eten ze het vaak. Het moment aan tafel vindt Lara belangrijker, wat er op tafel staat is van ondergeschikt belang.

Toen ze van kantoor naar haar auto liep, had ze de appjes gezien die Scott had gestuurd en die ze had gemist. *Hoe laat ben je thuis?* En: *Ben je onderweg?*

Ze hoopt dat ze Scott en Evy nog aan tafel treft. Door de zaak-Verheijen kan het zomaar zijn dat ze de komende dagen niet thuis zal eten. De momenten samen koestert ze, alleen moet ze dan wel op tijd thuis zijn. Met de aankoop van het pand, inclusief een ruime garage op de begane grond, heeft ze geluk gehad. Met de geldprijs die ze jaren geleden won, kon ze op het juiste moment toeslaan op de markt. Een woning in de binnenstad van Amsterdam was haar droom. Ook al is het geen Berlijn, het is een goed alternatief.

Vader en dochter zijn net klaar met eten. Lara verontschuldigt zich en schept op, ze merkt dat ze trek heeft. Evy legt haar hand op de arm van haar stiefmoeder. 'Sorry voor de troep in de badkamer. Volgens pap heb ik er een zooitje van gemaakt.'

Het moment aan tafel is fijn en vertrouwd. Haar vriend heeft zijn werk op de Amerikaanse ambassade in Wassenaar, vrienden en veel sociale verplichtingen. Zelf heeft ze... haar werk.

'Het is goed, schat. Ik heb ook domme dingen gedaan toen ik jong was.' Direct perst ze haar lippen op elkaar. Dat was een leugentje om bestwil. Van haar vader kreeg ze de ruimte niet om iets spontaans, laat staan iets stoms te doen. En al zeker niet met alcohol of vriendjes. Haar blik valt op het drukke behang in de woonkamer. Het zit al jaren op de muur, maar juist nu doen de kleuren, vormen en lijnen haar denken aan het jarenzeventigbehang in haar jeugdslaapkamer.

'Daar kom je goed mee weg, Evy. Wat mij betreft had je de rest van de maand huisarrest.'

'Dat is niet nodig', knipoogt Lara naar haar stiefdochter, terwijl ze een stuk van de rookworst af snijdt. Evy vertelt over een vriendin die in San Francisco woont en die gewond raakte toen ze door een auto werd geschept. Haar vriendin heeft haar linkerbeen en haar ribben gebroken en kan niet goed voor zichzelf zorgen.

'En jij wilt nu naar San Francisco?' Lara kijkt van Evy naar Scott. Zijn gezicht spreekt boekdelen, maar hij zegt niets.

'Kathleens ouders zijn op vakantie in Australië en ze wil hen er niet mee lastigvallen. Ze mag eind van deze week naar huis, dan kan ik een tijdje voor haar zorgen. Ik vertrek, als het lukt met een vlucht natuurlijk, binnen een paar dagen.'

Lara voelt gekriebel bij haar voet en kijkt onder de tafel. Het is meneer Jansen die aan haar snuffelt. Ze tilt het konijn op, geeft hem een kusje en zet hem weer op de grond. De tinteling in haar borstkas kan ze alleen maar omschrijven als geluk: ze is samen met degenen van wie ze houdt, inclusief meneer Jansen.

Scotts telefoon trilt op het tafelblad. Het scherm licht rood op.

'Ja?' Hij staat op en loopt weg. Niet veel later is hij terug. 'Ik moet gaan, een spoedklus', en hij geeft beide dames een kus.

'Waar moet je dit keer naartoe?' vraagt zijn dochter. Als Scott niet antwoordt, zegt ze: 'Ik hoef niet weer zo'n kinderachtige sneeuwbol, hoor. En misschien ben ik al naar San Francisco als je terugkomt.'

Hij schudt zijn hoofd. 'Ik ga.' En weg is hij.

Lara kijkt hem na. Ze is niet verbaasd dat hij plotseling weg moet. Als hoofd van een afdeling van de Amerikaanse ambassade brengt hij Amerikaanse bedrijven in contact met Nederlandse. Hij moet er veel voor op pad, doorgaans in het buitenland in plaats van Nederland, zoals je zou verwachten. De locatie hoort ze meestal achteraf van haar stiefdochter, die een sneeuwbol krijgt van de plek waar hij is geweest.

Nadat ze de tafel heeft afgeruimd en de vaatwasser ingeruimd, neemt Lara een douche. Ze loopt door het appartement, haar stiefdochter is naar haar slaapkamer vertrokken.

In het appartement is het rustig en schemerig, Lara doet de lichten aan. Ze pakt een glas thee en gaat op haar favoriete plek in het verbrede raamkozijn van haar slaapkamer zitten. De gracht ligt er verlaten bij, in de huizen aan de overkant is het donker. Ze kijkt naar haar bed, waar ze vannacht alleen zal slapen. Dat is geen straf, want het gesnurk van Scott is vaak irritant. Op de meest onmogelijke uren moet hij voor zijn werk weg. De ambassade kan tenslotte niet zonder hem. Denkt hij. Lara neemt een slok van haar thee. Waarom zijn haar gedachten over hem zo cynisch? Ze was tegen haar collega ook al niet positief over haar relatie. Er is iets waar ze haar vinger niet op kan leggen en dat al langer speelt. Een gevoel dat er bij hem iets is. Iets dat hij niet durft te zeggen? De notities in haar telefoon gaan terug tot halverwege vorig jaar. Toen is ze begonnen om de reizen van

Scott bij te houden. Ze heeft er nog geen patroon in kunnen ontdekken. Terwijl Evy de traditie allang is ontgroeid, kijkt zij wel uit naar de sneeuwbol die hij straks weer meeneemt.

Haar rechterpink en -ringvinger tintelen. Het is het gevolg van een operatie aan de zenuwbaan in haar elleboog, jaren terug. Het werkt nu als een barometer van haar lichaam. Tintelingen betekenen doorgaans niet veel goeds. Zou hij een ander hebben? Ze hebben het goed, al zien ze elkaar veel te weinig. Maar dat kan het niet zijn. Toch? Ze denkt aan de seks van afgelopen zaterdag. Zijn dochter ging uit, ze hadden het rijk alleen. Dat was bij nader inzien een snelle wip voor het slapengaan. Is dat erg? Ze probeert de beelden van die nacht voor zich te zien. Maar het enige wat oppopt in haar hoofd is 'haar' oude slaapkamer in het appartement in Utrecht.

'Moet je niet naar bed?' Evy is in pyjama haar slaapkamer binnengelopen.

Lara lacht. Met de dag wordt ze volwassener. 'Ik ga zo. Even voor mezelf de dag doornemen.'

'Waar denk je aan?'

'Ik heb een nieuwe zaak, een oud-ambtenaar van het ministerie van Defensie die dood is gevonden. Het is een natuurlijke dood, maar er zijn wat onduidelijkheden.'

'Pap had het nog over je tijdens het eten toen je er nog niet was.' Evy gaat naast haar op de vensterbank zitten.

Lara schrikt door de intonatie in Evy's stem. 'Wat bedoel je?' De tintelingen in haar hand gaan over in pijnlijke steken. De barometer bedroog haar niet. Ongemerkt is ze gaan staan.

'Pap zit ergens mee.' Evy zwijgt een moment. 'Over jou, jullie, zei hij.'

'Wat is er dan?' kan ze net fluisteren. Ze is niet in staat hardop te spreken en slikt de bezorgdheid die in haar keel is blijven hangen weg.

‘Pap heeft iets over je ontdekt. Hij begreep het dat je er niets over hebt gezegd, maar leuk vindt hij het niet dat je hem niet in vertrouwen hebt genomen.’

‘Ik heb niets te verbergen.’

‘Hij wilde er tegen mij verder niets over zeggen. Ik vond het vaag. En dat blijft het ook voor jou, tot hij het aan je uitlegt.’ Evy staat op en geeft haar stiefmoeder een knuffel. ‘Ik vind dat we met je boffen, wat je volgens pap ook verbergt.’

Lara gaat weer op de vensterbank zitten. Het is de plek die haar hart steevast verwarmde, door het thuis zijn bij haar vriend en zijn dochter. Nu lijkt er een ijskoude wind dwars door het raam te waaien. Van de vensterbank pakt ze een plaid en slaat die om zich heen. Liever zou ze hebben dat Scott dat met zijn armen zou doen. Wat heeft hij over haar ontdekt? De onrust in haar lichaam maakt dat ze opstaat en op bed gaat liggen. Waar zijn ze mee bezig? Zij houdt de data bij van zijn buitenlandse reizen en hij heeft iets over haar ontdekt. Kan het haar werk zijn? Ze heeft hem verteld dat ze bij een landelijk team van de politie werkt als rechercheur. Echt liegen is dat niet, meer informatie achterhouden.

Het plafond waarnaar ze staart geeft geen antwoorden op haar vragen. Haar gedachten dwalen af naar de zaak. Verheijen is dezelfde persoon als Schneider. Mogelijk was hij een spion voor de Stasi. Kan hetgeen Thomas opperde zomaar waar zijn?

# 7

## Schoorl

Nog slaperig rijdt Lara het dorp in waar ze is opgegroeid. Doorgaans kan ze haar werk goed loslaten. Ook de zaak-Verheijen. Maar de wetenschap dat haar vriend iets van haar schijnt te weten en dat ze hem dat niet heeft verteld, heeft haar de halve nacht wakker gehouden. In tijden heeft ze niet zo slecht geslapen.

Haar ouderlijk huis bevindt zich even buiten Schoorl, halverwege een klinkerweg. Ver genoeg van de vakantieparken en het bekende klimduin om rustig te wonen. Hoe vaak heeft ze dit weggetje niet afgefietst op weg naar of van school? De herinneringen aan haar jeugd zijn vooral negatief, net als het beeld dat ze van haar ouders heeft. Ze denkt aan de kamer in Utrecht. Zou haar vermoeden juist kunnen zijn? Ze weet het niet; haar vader was tandarts in het dorp, haar moeder lerares Engels op een school in Schagen. Zouden deze twee gerespecteerde personen gecollaboreerd hebben met de toenmalige vijand?

Haar handen plakken aan het stuur en ze wrijft ze af aan haar broek. Ze neemt een slok water uit het flesje dat in de middenconsole staat, maar haar mond blijft droog aanvoelen. Lang geleden heeft ze zich voorgenomen hier nooit meer te komen. Ze wilde niets meer met haar vader te maken hebben. De zaak-Verheijen heeft daar verandering in gebracht. Ze moet het weten.

Het hek, dat vroeger de oprit naar het huis afsloot, staat open en is begroeid met hedera en kamperfoelie. Er is al lange tijd niet gesnoeid. Ze zet de auto stil aan het begin van het grindpad. Het bordje aan de houten paal herkent ze van vroeger. KONRAD FISCHER, TANDARTS. CONSULTEN OP AFSPRAAK. Het woord 'tandarts' is met een viltstift doorgestreept. Door de struiken heen ziet ze de contouren van de woning waar ze is opgegroeid.

Ze haalt een polaroidfoto uit haar jaszak. De randen ervan zijn beschadigd en licht gebogen. Ze kijkt niet graag naar zichzelf zoals ze naast haar moeder staat. Meisje Angstig en Bedeesd naast mevrouw Mooi en Zelfverzekerd. Het is een bevestiging van het negatieve zelfbeeld dat ze zo zelf in stand houdt. Tegelijkertijd is het het enige wat ze nog van haar moeder heeft. Heel veel dingen weet ze niet meer: hoe ze rook, hoe haar stem klonk, hoe haar huid voelde. Door de foto weet ze in ieder geval nog hoe haar moeder eruitzag.

Lara stapt uit en loopt het pad af naar de voordeur. Het houten huis was in haar herinnering helder rood geschilderd, de kozijnen en de voordeur wit. Haar vader had uitgelegd dat rood de tint is van energie, passie, gevaar: een sterke kleur. Nu vermoedt ze dat zijn voorkeur voor het socialisme debet was aan het rode huis – wat past bij haar vermoeden dat hij spion was voor de DDR, al kan ze die conclusie pas echt trekken na dit bezoek. Ze schopt tegen een kiezel, die verderop in een plasje water neerkomt.

Delen van het huis zijn overgeschilderd met wat blijkbaar aan verf voorhanden was. Het nog zichtbare rood is door de jaren heen vervaagd. Eerlijk gezegd ziet het er niet uit. Er is verder weinig aan onderhoud gedaan. De kozijnen ogen verrot en boven zijn de ruiten van de dakkapel van haar oude kamer smerig. Dat zou betekenen dat haar slaapkamer nog in oude staat is. Ze hoopt het.

Ze loopt naar de veranda alsof ze zich door een dikke laag modder voortsleept. Het glas van de onderzijde van de voordeur is dichtgespijkerd met een stuk spaanplaat, dat aan de randen bol staat van het vocht. In het raam aan de bovenzijde zit een barst. Ze kijkt erdoor naar binnen. Niets lijkt veranderd, het is alsof ze thuiskomt van school. Ook toen was er niemand die op haar wachtte.

Nadat ze op de bel heeft gedrukt, klinkt er gestommel en dan staat er een man achter de deur. Ouder, met dunner en grijzer haar, maar het is overduidelijk wie er voor haar staat. Konrad Fischer opent de deur.

Een moment blijven ze tegenover elkaar staan. Ze weet niet wat ze met de situatie aan moet. Dan doet ze een stap naar voren de gang in en omhelst hem. Direct ziet ze het krankzinnige van haar actie in en ze duwt hem van zich af en deinst terug. Waarom doet ze dit?

Natuurlijk weet ze heel goed waarom ze hem in een opwelling omhelsde. Hier is weer de kleine Lamberta die naar waardering en interesse van haar ouders hunkerde, maar dat nooit kreeg. Het is oud zeer, waar ze nooit overheen is gekomen.

'Lamberta? Wat kom jij doen?'

Ze verstijft. Haar vader spreekt haar naam uit alsof hij iets vies in zijn mond heeft gestopt en dat wil uitspugen. Ze slikt een paar keer. Haar onderkaak trilt als ze antwoordt. 'Ik heet... eh... Lara.'

De man snuift en schudt zijn hoofd. 'Je was altijd al anders.'

Bot en kortaf. Zo kent ze hem. Sprak hij ook zo tegen zijn patiënten? Dat kan ze zich niet voorstellen. Ze bekijkt hem, zoals hij nu midden in de hal staat. Hij heeft een vale Adidas-trainingsbroek aan met een nat plekje in zijn kruis, een baard van minstens een week, ongewassen haar. Het is een smoezelig mannetje. Ze rilt als ze aan haar omhelzing van zojuist denkt. Ze doet de voordeur achter zich dicht. 'Ik wil met u praten.'

'Waarover?'

'Over vroeger.'

Hij sluit heel even zijn ogen. 'Daar heb ik echt geen zin in. Jouw verwijten met betrekking tot je moeder ben ik spuugzat.'

'Het gaat om iets anders.' Ze slikt. 'Daarom wil ik mijn oude slaapkamer bekijken.'

Konrad Fischer schudt niet-begrijpend zijn hoofd.

'Kan ik hem zien?' vraagt Lara dwingend.

'Gaat dit niet over jou?'

'Dit keer niet, dat beloof ik. Het is voor mij echt belangrijk dat ik mijn kamer zie.'

Haar vader twijfelt, maar draait zich dan om en gaat haar voor de trap op. Het gaat langzaam. 'Lopen gaat best, maar traplopen niet. Ik kom nog wel boven, maar niet zo vaak meer.'

Zijn woorden gaan verloren in de spanning die ze in haar lichaam ervaart. Vanuit haar elleboog schiet een scherpe pijnscheut naar haar hand. Het interesseert haar niet hoe haar vader leeft en waar hij slaapt. Ze wil weten of haar kamer inderdaad identiek is aan de kamer in de flat in Utrecht. En dus of haar vader iets met de Stasi te maken had.

Op de overloop zijn drie deuren. De linkse was de slaapkamer van haar ouders, de deur recht vooruit was altijd op slot en de rechter deur gaf toegang tot haar slaapkamer.

Haar vader merkt dat ze ernaar kijkt en opent haar slaapkamerdeur. 'Ik ga theezetten. Wil je ook?'

Lara knikt en hoopt maar dat het theeglas schoner is dan hijzelf. Zijn stem is ineens broos, alsof alle kracht eruit is verdwenen.

Ze loopt haar oude kamer in. Door het raam schijnt een zonnestraal, die het kennelijk is gelukt door het grijze wolkendek te breken. Ze ziet een bed met een kaal matras erop, verder is de kamer helemaal leeg. Alles is gestript, zelfs het behang en het marmoleum is verwijderd. Niets lijkt meer op haar slaapkamer van toen.

Ze gaat op het bed zitten en wrijft over de tijk van het matras. Deze kamer lijkt in de verste verte niet op die in Utrecht. Waar zijn alle spullen gebleven? Moet ze haar vader ernaar vragen? Moet ze hem confronteren met haar vermoeden?

Door het raam ziet ze hoe de wolken het weer hebben gewonnen van de zon. Een rilling trekt over haar rug, het beeld van de dode Verheijen in de stoel verschijnt voor haar ogen. Kreunend komt ze overeind. Berlijn was volop in het nieuws nadat de Berlijnse Muur was gevallen en haar vader wilde dat vieren met vrienden. En daar kent ze Verheijen van: hij was hier in haar kamer tijdens het feest dat haar ouders gaven. Toen heette hij nog Schneider. Met zijn dronken kop drong hij zich aan haar op. Haar moeder betrapte hen – hem, verbeterde ze zichzelf – waardoor er godzijdank niet meer gebeurd was dan wat strelen. Dat was al erg genoeg voor een meisje van elf.

Ze staat op en kijkt opnieuw rond. Het lijkt erop dat alles recent uit de kamer is weggehaald; op de vloer ziet ze in het stof de contouren van haar bureautje en haar kledingkast. In de muur zit hier en daar nog een vergeten spijkertje. Ze kijkt nog een keer rond, maar heeft genoeg gezien.

Ze opent de deur van de tegenoverliggende kamer, die van haar ouders. Er staat een tweepersoonsbed, met één matras. Alles zit onder het stof en de ruimte ruikt naar vocht. Het raam is aan de binnenzijde beslagen. Dan loopt ze naar de deur aan het einde van de gang en trekt eraan. Op slot. Ze duwt haar linkeroor tegen het hout. Meer dan het suizen van haar bloed hoort ze niet. Dat was vroeger weleens anders. In haar hoofd hoort ze de geluiden van toen, geruis van een radio, stemmen in een vreemde taal. Toen ze haar ouders er een keer naar vroeg, zeiden die streng dat het heel stout van haar was dat ze luisterde, en ze werd meteen voor straf naar haar kamer gestuurd.

Ze loopt de trap af naar de keuken. Daar vindt ze haar vader, hij schenkt net water in de theepot. De glimlach op zijn gezicht is bijna triomfantelijk te noemen. Weet hij dat Schneider, alias Verheijen, dood is? Was hij bang dat zij – hij weet dat ze bij de politie werkt, maar ook niet meer dan dat – de flat in Utrecht zou zien? Wilde hij met het leeghalen van haar kamer voorkomen dat iemand een link zou kunnen leggen? Hij moet hulp hebben gehad, in zijn toestand kan hij dat niet zelf hebben gedaan.

'We gaan in de woonkamer zitten.' Haar vader schuifelt met een dienblad thee en koekjes voor haar uit. Hij loopt wat wankel en stoot tegen de eettafel. Twee grote computerschermen die achter de Apple-laptop staan, komen tot leven en Lara ziet logo's van Unibet en 711, gokwebsites. Ze nemen plaats in de fauteuils, die aan weerszijden van de open haard staan. Het vuur is hoog opgestookt.

Op het eenpersoonsbed in de hoek na is aan de inrichting van de woonkamer niets veranderd. De stoel waarin ze zit, is dezelfde als waar haar moeder graag een boek las. De wand met boeken die ze destijds zo indrukwekkend vond, blijkt uit een paar Billy-kasten van Ikea te bestaan. De hoeveelheid boeken in de kamer is niettemin nog steeds overweldigend.

'Heb je gevonden waarvoor je bent gekomen?' Hij houdt haar het schoteltje met koekjes voor, waarvoor ze bedankt.

'Dat weet u wel?' Ze ziet heel even zijn mondhoeken omkrullen. Lacht hij haar uit? Hij is echt niet veranderd sinds ze hier is weggegaan. Of weggegaan? 'Gevlucht' is feitelijk een betere omschrijving. Zodra ze haar vwo had gehaald en ging studeren, is ze op kamers gegaan. Eerst in Delft, later in Amsterdam. Geen van de studies werd een succes; pas toen ze bij de politie terechtkon, kwam ze tot rust.

'Hoe vind je de thee? Earl grey van de Ekoplaza uit het dorp.'

Lara zet het glas aan haar lippen. Zitten ze hier werkelijk samen thee te drinken? Ze wil hem vragen naar de kamer, naar de Stasi, naar Verheijen, maar het lukt niet de opening voor het gesprek te forceren. Zijn pantser van onverschilligheid en autoriteit houdt haar tegen.

Zijn het die eigenschappen waardoor haar moeder is weggegaan? Maar waarom heeft ze nooit aan haar laten weten hoe het met haar gaat, waar ze woont? Je man verlaten kan een opluchting zijn, je kind achterlaten doe je toch niet als moeder? Haar vingers beginnen weer te tintelen. Stel dat haar moeder niet de persoon was die ze zei dat ze was?

'Is er iets?' De stem van haar vader breekt door haar gedachten heen.

Ze kijkt naar hem. Het is frappant hoe weinig uiterlijke kenmerken ze met hem en haar moeder gemeen heeft, beseft ze.

'Wat is er met je?' vraagt hij.

Dan valt haar oog op de rouwkaart die op de schoorsteenmantel staat en ze schrikt als ze de naam van de overledene leest. Haar vader staat opmerkelijk kwiek op en voordat ze zich realiseert wat er gebeurt, ligt de kaart in de open haard. De hitte krult het papier meteen om. Het vuur laat alleen as achter, net als met het lichaam van Gert Verheijen is gebeurd.

Zij en haar vader kijken elkaar aan. Zijn gezicht vertoont een grimas, alsof hij ergens pijn heeft en dat probeert te verbergen. Quasinonchalant strompelt hij terug naar zijn stoel en gaat zitten. Vanaf zijn plek kijkt hij meewarig naar de grond.

Heel even is er een gat in zijn pantser en Lara grijpt het moment meteen aan. 'Waar ken jij Gert Verheijen van?'

'Het verleden moet je laten rusten, Lamberta. Dat is echt beter voor iedereen.'

'Je kent hem dus.'

'Wie bedoel je?'

'Rolf Schneider dan.' Ze ziet een korte flikkering van verbazing in de ogen van haar vader. 'Of Gert Verheijen, zoals hij zich sinds begin jaren negentig ook wel noemt.'

'Ik weet niet over wie...'

De tintelingen spelen weer op. 'Onzin!' Ze staat op en wijst naar de haard. 'Jij zat samen met Verheijen of Schneider of hoe je hem noemt, bij de Stasi. Ik weet het zeker.'

'Ooit zul je respect voor mij en mijn handelen hebben.'

Een ogenblik is ze van haar stuk gebracht door zijn gedecideerdheid. 'Respect voor je Stasi-praktijken?' Een diep weggestopte woede neemt bezit van haar. Het is niet alleen dat hij niet ontkent dat hij bij de Stasi zat, alle frustratie uit haar jeugd komt vrij. Ze kent zichzelf inmiddels goed genoeg om te weten dat er geen rem zit op de razernij die door haar aderen snelt. Nu weglopen, zodat ze later kan terugkomen, is het beste.

Maar ze kan het niet. De vraag die ze zichzelf, en hem, zo vaak heeft gesteld komt als een schreeuw uit haar mond. 'Waarom is mama weggegaan? Je hebt me dat nooit willen vertellen. Heb je haar soms aan je Stasi-vrienden meegegeven?'

Konrad Fischer zwaait met zijn arm richting de voordeur. 'Ik wil dat je gaat. En waag het niet om ooit nog terug te komen.'

'Dat ben ik ook niet van plan!' Lara loopt met grote passen de woonkamer uit en trekt de voordeur hard achter zich dicht. De scheur in de ruit is meteen tien centimeter langer.

Ze rent naar de auto, stapt in, keert om en rijdt langs het

openstaande hek. Halverwege de klinkerweg stopt ze, drukt de versnellingshendel ruw naar de P-stand. Haar handen trillen op het stuur. De pijnscheuten volgen elkaar snel op. De woede kwam uit het niets. Ze haalt diep adem, blaast langzaam uit. Het helpt niet echt om rustiger te worden.

Het liefst zou ze iets slopen, zoals de auto, of iemand op zijn gezicht timmeren. De woede moet eruit. Haar oog valt op de sporttas op de achterbank. Een paar dagen geleden had ze zich voorgenomen om naar de sportschool te gaan, maar vanzelfsprekend kwam daar iets tussen. Nu komt haar outfit goed van pas. De meeste herinneringen aan Schoorl zijn negatief, maar in de bossen en duinen is het fijn hardlopen. Dat is precies wat ze gaat doen.

# 8

## Delft

De trein uit Haarlem komt langs het perron tot stilstand. Mathias stapt uit. Het is rustig, op dit tijdstip van de dag is de trein niet drukbezet. Over zijn schouders hangt een laptoptas. Zijn sneakers piepen op de treden van de trap die hem naar de uitgang twintig meter hoger leidt. Op het Stationsplein haalt hij een stuk papier uit zijn jaszak. Er staat een plattegrond op. Hij steekt eerst het plein over en daarna een bruggetje dat in de kleuren van de regenboog is geschilderd. Zijn doel is de Westvest, waar het notariskantoor is gevestigd in een saai kantoorpand. Hij meldt zich bij de receptie en wordt naar een kantoorruimte op de derde verdieping begeleid.

'Ah, meneer Vogel', zegt de man in het kantoor terwijl hij Mathias de hand schudt. 'Gaat u zitten.' Hij wijst Mathias een stoel en gaat zelf achter het bureau zitten.

'Mijn naam is Roderick van Maanen, ik ben als notaris verbonden aan dit kantoor', zegt hij, terwijl hij door de papieren op zijn bureau bladert. 'We hebben vandaag een belangrijke aangelegenheid te bespreken, meneer Vogel. Mag ik Mathias zeggen?'

Mathias knikt en kijkt om zich heen. Het kantoor is groot, er hangt de nodige moderne nepkunst aan de muur en er staat antiek meubilair dat daar totaal niet bij past. Het irriteert hem, net zoals de notaris tegenover hem hem irriteert. De zenuwbanen in zijn onderrug kriebelen als hij de rugleuning voelt van de stoel waarop hij zit. Hij slaat zijn benen over elkaar. De kriebels verplaatsen zich naar zijn knieholte. Hij probeert het te negeren. Het herstellen van een scheiding kost nu eenmaal tijd.

'U was lastig te vinden.' De notaris zet een bril op en houdt een papier omhoog dat uit een kladblok is gescheurd. Op elk lijntje staat een adres. 'Meer dan tien adressen in de laatste twintig jaar, waarvan drie in het laatste half jaar. U houdt van verhuizen?'

'Niet echt.'

'Die mensen bestaan, hoor.' De notaris kijkt hem vriendelijk aan.

'Daar hoor ik niet bij.' Mathias tikt met zijn nagel ongeduldig op de armleuning. Sinds zijn ouders hem in 1990 in de steek hebben gelaten, is hij continu op zoek naar wie hij is en dat maakt hem onrustig, maar dat hoeft de heer Van Maanen niet te weten. Toen hij trouwde met Leonie, werd hij rustiger, al was dat niet voor lang. Na zijn scheiding woonde hij voornamelijk antikraak, tot hij vorig jaar het appartement in Haarlem kon betrekken. Dat ze bij dit notariskantoor volhardend zijn als ze iemand willen uitnodigen voor een gesprek, is wel duidelijk. Hij gaat rechterop zitten.

De notaris neemt een slok van zijn koffie en opent een map die voor hem ligt. De tram die voor het kantoor voorbijrijdt, klingelt.

'De heer Mathias Vogel. Vierenveertig. Op dit moment woonachtig in Haarlem. Ik zie dat u in Volendam heeft gewoond. Daar komt mijn schoonfamilie vandaan. Misschien kent u ze?

De familie Tol. En uw rijbewijs graag.'

Mathias schudt zijn hoofd. Hij weet dat half Volendam zo heet. Verder wordt hij liever niet herinnerd aan de tijd die hij daar heeft doorgebracht. Nog steeds gruwelt hij van de geur van verse vis.

De notaris pakt het rijbewijs op dat Mathias over het bureau naar hem toe heeft geschoven, kijkt erop, maakt een kopie en geeft het terug. 'Ik zal nu de formaliteiten met u doornemen. Het is...'

De vraag van de notaris over de familie Tol heeft iets in Mathias' hoofd in gang gezet. Het doet hem denken aan Marius en Gerrit Tol. Ze waren toen zijn vrienden, al waren ze niet goed voor hem. Met zijn drieën waren ze de schrik van de buurt, misschien wel van heel Volendam. Het hele jaar door waren ze bezig met zuipen, vuurwerk en het opblazen van dingen. Zijn pleegouders waren lieve mensen, maar konden hem niet aan. Hij was losgeslagen, had verkeerde vrienden en spijbelde van school.

De ommekeer in zijn leven kwam toen de buurman met hem in gesprek ging en oprecht geïnteresseerd in hem was. Hoe wilde hij zijn geld verdienen, wat vond hij belangrijk in het leven, wat wilde hij later worden? Mathias wist toen nog niet dat de man bij *De Telegraaf* werkte als misdaadjournalist. De gesprekken in de weken erna deden hem goed. Hij ging weer naar school en bleef ver weg van zijn foute vrienden. Opeens had hij een doel in zijn leven: journalist worden. De stage bij Bellingcat werd een vaste aanstelling en de resultaten van zijn onderzoeken kwamen regelmatig in het nieuws.

'... en dan komen we bij de reden voor uw komst. De nalatenschap van uw vader, Horst Vogel.'

Mathias knikt. Dat het om de nalatenschap van zijn vader gaat, wist hij, dat stond in de uitnodigingsmail. Hij was erdoor verrast. Dertig jaar geleden zijn allebei zijn ouders weggegaan zonder een woord te zeggen. Zo waren ze er en zo waren ze weg. Hij heeft ze nooit meer gezien. Niet dat hij ook maar iets aan ze heeft gehad. Zijn vader zag hij bijna nooit, zijn moeder was überhaupt niet in hem geïnteresseerd en liet hem volledig zijn gang gaan. Zijn vrienden in Den Haag waren van hetzelfde soort als de gebroeders Tol. In het weekend hingen ze rond in het centrum en maakten de Grote Marktstraat onveilig. 's Avonds gingen ze naar discotheek De Marathon, waar hij te jong voor was maar waar hij met een vervalst pasje binnenkwam.

'Uw vader is iets meer dan dertig jaar geleden bij mijn voorganger, notaris Diest, langs geweest. Die is al geruime tijd met pensioen.' De notaris pakt een A4-envelop op. 'De nalatenschap staat beschreven in deze envelop en die mag ik u vandaag overhandigen.'

De envelop voelt dik en ruw. Mathias huivert, de kriebels in zijn onderrug hebben plaatsgemaakt voor prikkelingen in zijn nek. Het idee dat zijn vingertoppen misschien de vingerafdrukken van zijn vader raken, maakt hem in de war. Waarom lijkt zijn vader dichterbij dan hij de laatste dertig jaar is geweest?

Op de voorzijde staat *Voor Mathias* geschreven, de inkt is een beetje vervaagd. De envelop ruikt naar kleding die te lang in de kast heeft gelegen. Op de achterkant zit een watervlek, misschien verklaart dat de geur.

'Natuurlijk kunt u de envelop meenemen naar huis en daar de inhoud lezen, maar we hebben beneden ook een ruimte waar u dat kunt doen.' De heer Van Maanen staat op. Mathias volgt hem.

De notaris brengt hem naar een kamer naast de receptie. Er staat een tafel met vier stoelen, een dressoir en een groot televisiescherm op een standaard. Hij neemt afscheid en verdwijnt naar zijn kantoor.

Op tafel ligt een briefopener, waarmee Mathias de envelop

opensnijdt. Hij schudt even en er schuift een in een plastic hoes verpakte map uit. Tegelijkertijd valt een los blaadje voor hem op tafel. Het is een handgeschreven briefje; de zinnen zijn vlekkerig en soms moeilijk te lezen, waarschijnlijk door het water. Hij begint te lezen.

*Mathias,*
*Als je dit briefje onder ogen krijgt, ben ik waarschijnlijk al overleden. Het dossier zal veel duidelijk maken over mij, maar ook over jou.*
*Ik hoop dat je niet boos wordt dat Marthe en ik je niets hebben verteld over je afkomst. In mijn tijd bij het MfS was dat niet ongewoon.*
*Kijk uit wat je met de informatie in het dossier doet. We zijn verraden en vernederd door de Amerikaanse CIA. Vertrouw niemand! Niemand!*
*Horst*

Ontzet laat Mathias het briefje los. De inhoud van de woorden dringt langzaam tot hem door. Zijn vader is overleden, of in ieder geval waarschijnlijk. Oké. Maar boos worden over zijn afkomst? Wat heeft dat te betekenen? En MfS, verraden door de CIA? Hij voelt zich licht in zijn hoofd worden. De geluiden in de kamer klinken dof, zoals bij een koptelefoon met noisecancelling. Al zo lang wil hij meer weten over zijn afkomst. Zou hij nu dan eindelijk antwoorden krijgen? Hij staart voor zich uit. Als dit briefje al zo'n heftige reactie opwekt, wat gaat de inhoud van de map dan met hem doen? Dit is niet de juiste plek om dat nu uitgebreid te gaan bestuderen. Hij moet naar huis, naar zijn tiende woonadres in twintig jaar, zoals de notaris terecht opmerkte.

Hij stopt het dossier in zijn tas en snelt het kantoor uit richting het station. Op zijn telefoon is het tien over halfdrie. De volgende trein naar Haarlem kan hij nog halen.

# 9

**Lauriergracht, Amsterdam**

Het hardlopen heeft Lara geholpen haar woedeaanval onder controle te krijgen. Ze heeft vaker uitbarstingen, maar de vorige is alweer van enige maanden geleden. Haar ex dook toen plotseling op en wilde zijn aandeel van het geld dat ze in de loterij had gewonnen, hoewel de relatie al vijf jaar daarvoor was beëindigd. Woedend had ze hem de deur gewezen.

Haar appartement aan de gracht is stil en de regendouche is hemels. Haar stiefdochter is al naar de universiteit, waar ze Actuarial Science studeert. Scott is nog steeds niet terug.

Als Lara terugkomt bij haar auto merkt ze dat ze deze wel erg strak naast Scotts oude Corvette heeft neergezet. Nog zoiets waar ze niets van begrijpt: een oldtimer hebben als hobby. Echt een mannending en nog enorm duur ook. Waar doet hij het van?

De deur van de garage schuift langzaam omhoog. Een ongekende luxe in het centrum van Amsterdam.

Binnen een kwartier rijdt ze de straat in van het kantoor van TSO om haar collega's op te halen. Niet veel later zijn ze onderweg naar Utrecht. Lis zet de radio iets zachter.

‘Vertel. Hoe was het met je vader?’ vraagt Thomas vanaf de achterbank.

Lara houdt haar blik strak op de weg. ‘Zoals gewoonlijk.’

‘Gewoonlijk?’

‘Ik spreek hem niet veel meer. We zijn met ruzie uit elkaar gegaan en dat is hoe een bezoek altijd eindigt. Dit was de laatste keer, ik ga er niet meer heen.’

‘Wat eh... vervelend.’

‘Ach, ik weet niet beter. Ik wilde iets controleren in het huis in Schoorl, iets dat ik ook heb gezien in Utrecht. Anders was ik er niet eens naartoe gegaan.’

Thomas duikt op tussen de voorstoelen. ‘Heeft het te maken met de zaak-Verheijen?’

De banden gonzen op het asfalt, Utrecht komt steeds dichterbij. ‘We kunnen Konrad Fischer toevoegen aan het lijstje met namen die we moeten checken’, zegt ze, terwijl ze hem in de binnenspiegel aankijkt.

‘Echt? Je vader?’ Hij laat zich op de achterbank zakken, maar komt direct weer naar voren. ‘Wat wilde je eigenlijk controleren in Schoorl?’

‘Dat laat ik jullie zo zien.’ Lara concentreert zich op het verkeer. Tijdens het hardlopen heeft ze tijd gehad om na te denken. Dat haar kamer is leeggehaald, is verdacht en de rouwkaart die haar vader direct in het vuur gooide, kan erop duiden dat hij Verheijen kende en dat zij dat niet mag weten. Als het een vage kennis was geweest had hij dat gewoon kunnen zeggen. Stel dat haar vader een spion was voor de Stasi, wat betekent dat dan voor haar? Puzzelstukjes van haar leven zouden dan wel op hun plek vallen. Ze zet de radio iets harder als het journaal begint.

*In Lyon is Jean-Luc Dubois, de tweede man van het rechtsnationalistische Rassemblement National, het vroegere Front National, bij een moordaanslag om het leven gekomen. Toen hij een lokaal partijkantoor verliet, is hij van grote afstand neergeschoten. Jean-Luc Dubois stond bekend als een radicaal lid van het rechtse deel van het Franse parlement. Zo stemde hij onlangs nog voor een wet die vrij wapenbezit voor Franse burgers mogelijk maakt, naar voorbeeld van het tweede amendement in de grondwet van de Verenigde Staten. De wet werd toen met een ruime meerderheid door het Franse parlement weggestemd. Op dit moment loopt er een rechtszaak tegen Dubois met betrekking tot het delen van fakenews en het verspreiden van complottheorieën over de oorlog in Oekraïne en over COVID-19. Dubois is tweeënvijftig jaar oud geworden en laat een vrouw en drie kinderen achter. Later vandaag zal president Macron een persconferentie houden.*

Lis wijst naar het scherm van de radio. 'Onze collega's in Frankrijk krijgen het druk. Een politieke moord betekent paniek in de tent.'

'Vorige maand is er volgens mij in Zweden of Noorwegen een vlogger vermoord die fakenews verspreidde', zegt Thomas.

Lara reageert niet. Scott was niet zo lang geleden in Lyon, Evy kreeg van hem een sneeuwbol met de Notre-Dame de Fourvière erin. Ongetwijfeld zitten er in die Franse stad veel bedrijven waar Scott zaken mee doet.

Wanneer ze de parkeerplaats voor de flat in Overvecht op rijden, haalt Lis een sleutel uit haar tas. 'Deze is van het hangslot. Zal ik de foto's maken? Die moeten nog gemaakt worden, toch?'

'Graag. Maar eerst laat ik jullie zien waarom ik vanochtend in Schoorl was.'

Als de liftdeuren zich openen, zien ze meteen dat de verzegeling van de voordeur is gescheurd. Ze controleren het hangslot; dat zit nog vast.

'De deur is niet open geweest zo te zien', zegt Lara. Misschien was het een junk die geprobeerd heeft binnen te komen, maar laten we voorzichtig zijn.'

Haar collega's hebben hun rechterhand op hun wapen als Lara het hangslot losmaakt en de deur opent. Ze roepen, maar er volgt geen antwoord. Ze gaan naar binnen, er is niemand. Lara heeft geen idee of er iemand binnen is geweest. De schoensporen in het stof kunnen van iedereen zijn.

Lis haalt haar hand van haar wapen en pakt een professioneel fototoestel uit een tas. 'Oké. Wat wilde je ons laten zien?'

'Deze kamer.' Lara stapt de ruimte in die zo op haar kinderkamer lijkt en voelt direct weer de prikkeling in haar hand. Ze gaat met haar rug tegen de muur staan, haar wijsvinger glijdt over het behang. Het reliëf in het papier voelt als thuiskomen.

'De tijd heeft hier letterlijk stilgestaan', lacht Thomas.

'Ik had vroeger in mijn slaapkamer hetzelfde behang, hetzelfde marmoleum, dezelfde meubels, dezelfde posters en die oranje televisie: alles exact hetzelfde.'

'Wat?' zeggen Thomas en Lis in koor en ze kijken haar verbijsterd aan.

'Was je daarom bij je vader?' vraagt Thomas. Hij trekt een cassettebandje uit een houder aan de muur en laat het zien. 'Was jij ook fan van Queen?'

'Ik hoopte dat hij mijn slaapkamer in oude staat had gelaten, dan kon ik aantonen dat hij bij de Stasi zat.'

'En was dat zo?' Lis kijkt haar nog steeds met grote ogen aan.

Lara schudt haar hoofd. 'Eind 2021 ben ik nog bij hem langs geweest om mondkapjes en coronatests te brengen. Geen idee waarom ik dat gedaan heb. Maar goed. Het huis was toen nog in oude staat. Mijn verwachting was dat dat nog steeds zo zou zijn.'

'En dat was dus niet zo?'

'Het huis wel. Maar mijn slaapkamer is recent leeggehaald. Ik weet zeker dat hij bij de Stasi zat.' Ze vertelt over de rouwkaart.

'Jeetje Lara, dit is echt heel heftig voor je.' Thomas legt even zijn hand op haar arm. Lis knikt instemmend.

Lara loopt door de ruimte en kijkt om zich heen. 'Maar waarom is er een kinderkamer in dit Stasi-huis? En waarom had ik dezelfde spullen? We moeten dit uitzoeken.'

'Een van de buren heeft iets gezegd over een kind.' Lis veegt met haar duim over het scherm van haar telefoon. 'Hier heb ik het. De buurvrouw van nummer 83, ze woont hier al sinds 1989, kon zich een meisje herinneren van een jaar of twaalf. De buurvrouw woonde hier nog maar net en na een paar maanden waren Schneider en het meisje plotseling weg. Schneider heeft ze daarna nog weleens gezien, het kind nooit meer.'

'Er heeft hier dus een kind gewoond', zucht Lara. 'Laten we de rest van het appartement maar doorzoeken.'

Ze gaan aan de slag. Thomas begint in de woonkamer, Lara laat Lis de betegelde ruimte zien. 'Die is geluiddicht, vermoed ik.'

'Creepy, hoor. Het idee dat hier waarschijnlijk mensen zijn ondervraagd en gemarteld.'

Lara tuurt naar de meter die piepte toen ze hier de vorige keer was. Op het scherm staat nu *0 ppm* en er brandt geen rood lampje. 'Vreemd.'

'Een $CO_2$-meter. Wat is daar zo vreemd aan?' vraagt Lis, die naast haar is komen staan.

'Gisteren stond de meter op meer dan 50.000 ppm en brandde dit lampje.'

'50.000? Dat is extreem hoog. Ik heb thuis zo'n ding hangen en de waarde mag eigenlijk niet boven de 500 ppm komen.'

Lara trekt een frons. 'Reset zo'n ding zichzelf?'

'Nee, en deze oudere modellen zeker niet. Resetten doe je door deze twee knoppen tegelijkertijd in te drukken.'

'Dat klinkt niet als iets dat je per ongeluk doet.'

Lis schudt haar hoofd.

De geresette $CO_2$-meter geeft te denken. Waarom zou een inbreker dat doen en hoe is hij of zij dan binnengekomen? Er is maar één andere sleutel van het hangslot en die heeft de Utrechtse recherche.

Lara loopt de kamer in waar Verheijen in de fauteuil zat en waar de zender en computers staan. Ogenschijnlijk is er niets veranderd. De aan-uitknop van de zender werkt niet, ontdekt ze als ze hem indrukt: er gebeurt niets. Ze kijkt op als Thomas naast haar verschijnt.

'In de woonkamer heb ik op één ding na niets bijzonders gevonden.' Hij laat een uitvergrote foto zien op zijn telefoon. 'Op de onderdorpel van het openslaande raam zie je heel licht een afdruk, het lijkt wel het profiel van een sneaker. Die afdruk lijkt recent aangebracht, het is nog niet helemaal uitgedroogd.'

'Dat raam stond op de kiepstand toen ik hier gister was.'

'Nu nog', knikt Thomas.

'Er kan iemand via het raam en de steiger naar binnen zijn gekomen en weer weggegaan. Het blijft een risico om de lift of trap te gebruiken als je niet gezien wil worden.'

'Ik vraag mij af hoe. Het raam is gesloten, op die kiepstand na.'

Lara lacht. 'Daar is een trucje voor.' Ze scrolt even door haar telefoon en laat hem dan een YouTube-filmpje zien waarin een agent voordoet hoe je met een touw en een stuk kunststof buis een kiepraam opent. 'Het werkt kinderlijk eenvoudig.'

'Ik heb altijd gedacht dat je die ramen juist veilig op een kier kon zetten. Maar dan kunnen we dus niet uitsluiten dat er iemand via het raam is binnengekomen.'

'Lara, Thomas', roept Lis vanuit de keuken en ze lopen naar haar toe.

'Dit is graniet.' Ze klopt met haar knokkels op het zwarte granieten aanrechtblad. 'Heel sterk. Helaas weet ik uit eigen ervaring dat het niet tegen plotselinge kou of hitte kan, dan breekt het.' Ze wijst op een uitwaaierende scheur en haalt dan haar wijsvinger over het blad. 'Deze breuk is recent ontstaan. Zoals je ziet, ligt er geen stof in. Op het blad heeft iets gelegen wat heel heet of koud was. Je ziet de afdruk in het stof.'

'Waar denk je aan met betrekking tot Verheijen?' Lara peutert met haar nagel in de scheur. De kier is inderdaad schoon.

'Niet echt iets concreets, maar er is zoveel waar je vraagtekens bij kunt zetten. De betegelde kamer, die jeugdkamer van jou, het aanrechtblad.'

'En de Stasi-apparatuur, de schoenafdruk op het raam, de verzegeling die verbroken is...' vult Lara aan.

Thomas kijkt op zijn horloge. 'Jij spreekt Mark straks in Zoetermeer. Denk je dat onze bevindingen voldoende zijn om dieper te graven in het verleden van Verheijen?'

'O, zeker. Niemand binnen de dienst zal met de informatie waar we nu over beschikken, bezwaar hebben tegen een grondig onderzoek naar zijn achtergrond.'

# 10

## AIVD-kantoor, Zoetermeer

Alles wat je het AIVD-gebouw binnenhaalt is een potentiële bedreiging voor de mensen die daar werken; daarom is de Mercedes naar een pand elders in Zoetermeer gebracht. Lara laat zich afzetten bij het hoofdkantoor voor een gesprek met haar leidinggevende; haar twee collega's zullen ondertussen de Mercedes onderzoeken.

Lara moet door de strenge toegangscontrole en haar telefoon laat ze achter in een locker. Haar pas wordt door een bewaker gecontroleerd. Desondanks zit ze sneller dan gedacht in het kantoor van haar baas op de tweede verdieping, dat aan de ene kant uitkijkt op een saai ogend winkelcentrum en aan de andere kant op een gang met een brandhaspel.

Mark Bodde klikt op een afstandsbediening, en op een scherm dat aan de muur hangt verschijnt het dossier-Verheijen.

'Ik heb nauwelijks tijd gehad om de informatie door te nemen. Hij is een natuurlijke dood gestorven, volgens de schouwarts. Dat weet ik. Maar wat is er precies met die Schneider?'

Ze grinnikt. Het klinkt alsof hij bij het uitspreken van de naam een schnitzel bestelt. 'In het kort komt het erop neer dat we zeker weten dat Gert Verheijen dezelfde persoon is als Rolf Schneider, en dat we ervan uitgaan dat hij een spion was voor de Stasi. In de flat in Utrecht, waar Verheijen dood is gevonden, hebben we zendapparatuur en computers uit die tijd aangetroffen. Thomas heeft uitgezocht dat het appartement in 1985 is gekocht door een bedrijf uit Helmstedt. Schneider heeft destijds getekend voor de aankoop.'

'Dat pand hebben onze voorgangers volledig gemist.' Mark gaat rechtop zitten. 'De heer Verheijen was een bekende figuur en belangrijk binnen het ministerie van Defensie.'

'We hebben meer opvallende zaken gevonden.' Ze vertelt uitgebreid over de bevindingen van haar team van gisteren en vandaag, inclusief de betegelde ruimte, de inrichting van haar slaapkamer en de rouwkaart in haar vaders open haard.

'Die rouwkaart had hij snel.'

'Binnen een dag.'

'En je weet zeker dat die slaapkamer hetzelfde...'

'Geen twijfel mogelijk.'

'We kunnen hier strafrechtelijk natuurlijk niets mee. Je zult het zelf een plek moeten geven, Lara, of er met je vader uit zien te komen.'

'Dat zie ik niet meer gebeuren', antwoordt Lara kortaf. Met een vinger wijst ze naar het scherm. 'Ik wil het leven van zowel Schneider als Verheijen verder uitdiepen. En we nemen de weduwe en mijn vader mee in ons onderzoek. Verheijen en mijn vader kenden elkaar. Het is niet ondenkbaar dat zij in de jaren tachtig een Stasi-eenheid vormden.'

'Dat lijkt me een uitstekend idee.'

Er klinkt een harde klop, de deur gaat open en een man in een antracietkleurig pak steekt zijn hoofd door de opening. Lara kent hem niet. Hij wenkt haar baas naar de gang. Door de grote ramen ziet ze een discussie ontstaan. De man in het pak kijkt met een uitgestreken gezicht zijn gesprekspartner aan. Een keer wijst hij subtiel naar het kantoor. Naar haar? Ze kan niet verstaan wat er wordt gezegd, maar ze ziet wel dat haar baas het er niet mee eens is. Mopperend komt hij terug de kamer in, zijn gezicht zit vol rode vlekken. Terug op zijn stoel kijkt hij even in het luchtledige. Dan veert hij op.

'Waar zijn Thomas en Lis?'

'Eh... in de garage bij de Mercedes. Hoezo?'

'Haal ze op en ga terug naar Amsterdam.'

Ze kijkt haar baas bevreemd aan. Dit is niet goed. 'Wat is er aan de hand?'

'Je hebt nog twee dagen om de dossiers die je over Verheijen en Schneider hebt, af te sluiten. Er mag vrijdag aan het einde van de middag niets meer openstaan.'

'Wie was die vent?' Lara doet haar best niet geïrriteerd te klinken.

'Iemand met wie je geen ruzie wilt als je langer bij de AIVD wilt blijven werken.'

Een moment weet ze niet wat ze moet zeggen. Dan herpakt ze zich. 'Wat is er aan de hand, Mark? Moet ik het onderzoek echt vrijdag stilleggen?'

'Daar komt het wel op neer.'

'O, als dat alles is.' Haar zenuwbanen beginnen zich te roeren. Een voorbode van een nieuwe woedeaanval? Die wil ze hoe dan ook voorkomen. Maar een onderzoek staken heeft ze nog nooit hoeven doen.

'Dat is zeker niet alles. Mevrouw Verheijen heeft een officiële klacht tegen je ingediend bij de directie van de AIVD.'

'Wat? Waarom?' Haar verbazing is niet gespeeld.

'Die aanklacht slaat nergens op. Je had je eerder moeten legitimeren als een agent van de AIVD en daarnaast bleef je volgens haar doorzeuren over wat haar man heeft gedaan in de jaren tachtig, terwijl zij net haar man heeft verloren. Allemaal onzin, natuurlijk.'

'En die aanklacht is een probleem voor het onderzoek?'

'Er is straks geen onderzoek meer, zeg ik net.' Hij kijkt haar strak aan. 'Je weet dat het TSO onder een vergrootglas ligt – omdat de AIVD in het verleden geen eigen onderzoeksteams had, niet officieel in ieder geval.'

'Wat is het echte probleem?'

'Justitie en de directie zien ons team als een proef, iets tijdelijks. We kunnen ons geen tegendraadse acties veroorloven, omdat dat hun een reden geeft het team op te heffen.'

De laatste woorden komen hard aan. Ze wil niet terug naar de oude werkelijkheid, waarbij ze alle vergaarde informatie moesten overdragen aan de politie, maar ze ziet het somber in.

'Neem volgende week een paar dagen verlof op. Je stuwmeer aan dagen is... nou ja, nog steeds een stuwmeer. Dat geldt ook voor de twee anderen uit je team. En vergeet alsjeblieft niet de dossiers te sluiten.'

Lara gaat staan. 'Is er een kans dat we het kunnen rekken?'

'Om nieuwe ontwikkelingen kan niemand heen. Anders is het vrijdag over en uit.'

In de auto terug naar Amsterdam vertellen Lis en Thomas dat in de Mercedes van Verheijen niets bijzonders is gevonden, maar dat het onderzoek naar vingerafdrukken en DNA nog loopt. Lara brengt haar collega's op de hoogte van het stilleggen van het onderzoek.

'Het kan niet anders of iemand voelt zich bedreigd door ons onderzoek. Een persoon die aan touwtjes kan trekken en ons als marionetten gebruikt.' Lis' stem schiet omhoog. 'Ik dacht dat dat alleen in films voorkwam.'

Lara ziet op het klokje van het dashbord dat het bijna zeven uur is en trapt het gaspedaal wat dieper in. Ze wil naar kantoor, Lis en Thomas afzetten, en naar huis. Misschien is Scott al thuis en kunnen ze vrijen of uit eten. Of allebei. En dan kan hij vertellen wat ze in zijn ogen heeft verzwegen.

'Dus we stoppen?' vraagt Thomas.

'Bedoel je dat jij door wilt, Thomas, ondanks de officiële opdracht om te stoppen? Het is geen verzoek. Volgens Mark ligt ons team onder de loep van het ministerie, we kunnen niet anders.'

Lara neemt een slok uit het waterflesje dat in de middenconsole staat, en gaat verder. 'De chef was stellig toen hij het over het afsluiten van de dossiers had. Ik weet niet wie die man was die hem de boodschap kwam brengen, maar het is natuurlijk iemand uit de top van de AIVD. Elke notitie die we in welk dossier dan ook maken, is in te zien door anderen met de juiste rechten. Dus ze zien het ook als we het onderzoek afsluiten. En dat moeten we voor vrijdag einde middag doen.' Ze zucht. 'Alleen als er nieuwe ontwikkelingen zijn, mogen we door.'

Het is een tijdlang stil in de auto. Lara concentreert zich op de weg, Lis staart uit het raam en Thomas zit op zijn telefoon.

'Moet je dit horen', doorbreekt Thomas de stilte. 'In Frankrijk heeft de politie de dader van de aanslag op die politicus te pakken. De vermoedelijke schutter is doodgeschoten. Een tweede verdachte is bij het vuurgevecht met de politie waarschijnlijk gewond geraakt, maar is nog steeds voortvluchtig.'

'Die tweede verdachte zal wel de spotter of de chauffeur zijn', oppert Lis.

'Het zijn vast professionals', reageert Lara. 'Die werken meestal in teams. Staat er iets over de identiteit van de schutter?'

'Ze hebben zijn identiteit nog niet achterhaald.' Dan begint Thomas te lachen. 'Er staat dat de dader een sleutellabel van Avis bij zich had, zonder autosleutel, twee Tootsie Roll-snoepjes en een iPhone-oplader. Wat is dat nou weer voor onbeduidende informatie.'

'Tootsie Roll?' Ze heeft ongemerkt haar voet van het gaspedaal af gehaald. Achter haar toetert een auto en ze geeft snel weer gas. Lara denkt aan Scott. Hij en Evy zijn gek op de Tootsie Roll-snoepjes, die buiten de Verenigde Staten alleen te koop zijn bij gespecialiseerde winkels zoals de expatwinkel in de Ferdinand Bolstraat in Amsterdam. Het onbestemde gevoel dat al zo lang rondzeurt in haar hoofd, wordt een idee. Het is een optie. Zodra ze thuis is, gaat ze de sneeuwbollen controleren.

# 11

## Haarlem

Mathias staart naar de foto voor in de kartonnen map. Het is onmogelijk zijn ogen ervan af te houden. De randen van de afbeelding zijn omgekruld, het papier vergeeld. Hij zit thuis op de bank met het dossier op schoot. Zijn handen trillen terwijl hij de oude afdruk vasthoudt: een jongeman met bekende gelaatstrekken. Het is zijn vader, Horst Vogel. Het is toch wel opvallend hoe weinig hij eigenlijk op zijn vader lijkt. Horst gaat gekleed in een uniform dat hem bekend voorkomt. Vroeger droeg hij dit thuis weleens waar hij bij was. Bij de laatste herinnering aan zijn ouders zaten ze voor de televisie, terwijl ze naar Duitse zenders keken. Zijn vader in zijn uniform, zijn moeder in haar mooiste jurk. De gezichtsuitdrukking herkende hij toen niet, maar het moet ontzetting zijn geweest. Berlijn was continu in het nieuws. De val van de Muur, het Oost-Europa van achter het IJzeren Gordijn dat ophield te bestaan. Het was begin 1990. Dat weet hij zeker, want kort daarna waren zijn ouders plotseling verdwenen en werd hij naar de noodopvang gebracht. Daaruit werd hij vervolgens opgehaald door een ouder echtpaar uit Volendam, waar hij bleef tot hij op kamers ging in Leiden om hbo-journalistiek te studeren. *Ministerium für Staatssicherheit, Berlin*, staat er onder de foto. Het MfS, ook wel kortweg Stasi genoemd. Was zijn vader een Stasi-agent? Dat schrijft hij wel in het briefje. Niet te geloven. Het is alsof een koude hand hem in zijn nekvel grijpt. Zijn zijn ouders daarom uit zijn leven verdwenen? Waarom kon hij niet met hen mee?

De papieren, die los in de map liggen, bevatten veel informatie en hij vindt het moeilijk alles in één keer te bevatten. De woorden 'Braun', 'Schneider', 'CIA' en 'Operation B' komen veelvuldig terug. Hij dwingt zichzelf sommige stukken opnieuw te lezen. Operation B is volgens zijn vader een CIA-plan uit 1979, waar Carl Braun de leiding over had. De B in 'Operation B' staat voor 'Berlijn'. Wat heeft hij überhaupt aan deze informatie? Maar de journalistieke waakvlam brandt nog, hij is nieuwsgierig. De passie die ooit aanwezig was, komt langzaam terug. Dit kan niet anders dan waardevol zijn; anders zou zijn vader hem niet afraden om ook maar iemand te vertrouwen. Sinds zijn ex, Leonie, hem inruilde voor iemand uit haar eigen gegoede kringen, vertrouwt hij niemand meer.

De tekst op het briefje van zijn vader blijft hem bezighouden. Hij pakt het erbij. De tekst is ondanks de vlekken nog goed te lezen.

*Het dossier zal veel duidelijk maken over mij, maar ook over jou. Ik hoop dat je niet boos wordt dat Marthe en ik je niets hebben verteld over je afkomst. In mijn tijd bij het MfS was dat niet ongewoon.*

Zijn blik blijft hangen bij de naam van zijn moeder, Marthe. Vreemd dat er niet 'je moeder' staat. En het is ook eigenaardig dat zijn vader het briefje ondertekend heeft met alleen zijn naam. Je zou denken dat je eindigt met 'je vader' of zoiets.

Hij pakt het dossier weer op en leest verder. Wat bedoelt zijn vader met 'je afkomst'? Hij bladert door de papieren die los in de map zitten en komt bij de voorlaatste pagina. Hij pakt het papier op. Ontzet leest hij de alinea's die over hem, Mathias, gaan. De stapel papieren glijdt van zijn schoot als hij overeind komt, en ploft met een doffe klap op het laminaat. Zijn ouders zijn niet zijn ouders. Hij is uit Oost-Duitsland naar Nederland gehaald om als figurant in het verborgen leven van twee Stasi-agenten te fungeren. Hij gaat weer zitten en staart voor zich uit, en hij weet niet wat hij moet voelen: woede, verdriet? Sinds Leonie hem in de steek liet, is zijn leven inhoudsloos. Dat gemis is nu aangevuld met nieuwe leegte. Wat blijft er nog over? Zijn leven is verworden tot een vacuüm, waarin alleen hij is overgebleven.

Hij laat zich van de bank glijden, niet in staat om op te staan. De papieren, die verspreid over de vloer liggen, schuift hij bij elkaar. Twee documenten zien er officieel uit en zijn van de gemeente Berlijn. Het zijn geboorteakten uit de jaren tachtig. Er staan zwarte strepen op die hij herkent van geheime manuscripten die hij inzag toen hij nog voor Bellingcat werkte. De strepen dienen om geheime informatie onleesbaar te maken. De papieren die nu voor hem op de grond liggen, zijn met stift ontdaan van basale informatie als namen en plaats. De geboortedata op beide aktes herkent hij als de zijne. Op de ene akte staat bij geslacht 'man', op de andere 'vrouw'. Zijn mond valt open. Dat zou betekenen dat hij een tweelingzus heeft. Hij zou wel kunnen juichen, een zus! Maar is het meisje wel op dezelfde dag geboren? Het moet eerst uitgezocht worden en dat zal nog een hele opgave worden, want waar moet hij beginnen?

Van onder de salontafel haalt hij nog een paar vellen tevoorschijn. Op een van de A4'tjes staan adressen en namen van afdeling IV van de Stasi. Hij heeft geen idee of het belangrijk is, of hij iets met die informatie kan. Bovenaan de lijst staat Rolf

Schneider die in Utrecht woonde, eronder staat Benno Hofman met een adres in Arnhem, daar weer onder staat Konrad Fischer met een adres in Schoorl. Achter de naam Hofman staat in hetzelfde handschrift als in Horsts briefje de tekst 'de vormgever' geschreven. Hij googelt de namen op zijn telefoon, maar krijgt te veel hits. Dan ziet hij een foto van Hofman, die afkomstig is uit het Stasi-archief. Mathias pakt de foto van zijn vader. De twee foto's zijn qua compositie precies hetzelfde.

Moeizaam komt hij overeind en hij gaat weer op de bank zitten. Hij wil hier meer van weten. De lijst met namen zit niet voor niets in het dossier, zijn vader moet deze mensen gekend hebben. Wie van de lui gaat hij het eerst bezoeken? Schoorl is natuurlijk dichtbij, daar kan hij in principe zo heen. Arnhem is het verst weg.

Hij kiest voor Hofman omdat hij kennelijk 'de vormgever' was, wat dat ook mag betekenen; de omschrijving is in ieder geval veelbelovend. Misschien weet die man wat er met zijn vader en moeder is gebeurd, en misschien kent hij ook wel het meisje dat op dezelfde datum is geboren als hij. Op Google Maps ziet hij dat het pand op het adres in Arnhem een ouder appartementengebouw is. Met de auto is dat anderhalf uur rijden, dat is goed te doen. Op de terugweg kan hij langs Utrecht rijden en daarna langs Schoorl.

Jarenlang heeft hij in zijn hoofd gezocht naar zijn vader en moeder, wat zinloos was. Zou hij dan nu eindelijk... Een zware hoofdpijn komt opzetten. Uit ervaring weet hij dat het door de opwinding komt en dat niets ertegen helpt, alleen slaap. Op zijn zij gaat hij op de bank liggen. Een traan rolt over zijn wang, die hij eerst wegwrijft, voordat hij in een diepe slaap valt.

# 12

## Lauriergracht, Amsterdam

Op de keukentafel ligt een briefje dat Evy met een vriendin uit eten is en naar de film gaat.

Lara is blij dat ze de vrijheid heeft, en neemt, om te leven. Dat is er bij haarzelf nooit echt van gekomen. Haar eigen leven leeft ze met de handrem strak aangetrokken.

Ze belt Scott, maar hij neemt weer eens niet op. Ze moet hem er echt op aanspreken dat hij zo slecht bereikbaar is. Wat als er iets met zijn dochter is en ze hem nodig heeft? Het lijkt wel alsof hij niet bereikbaar wíl zijn. Vanwege zijn werk? Zo bijzonder is dat werk nu ook weer niet. Tenzij het anders zit dan hij zegt. Een hoop puzzelstukjes zouden op hun plek kunnen vallen als zijn werk niet is wat hij beweert dat het is. Maar dit is verdorie geen puzzel, het is haar leven. Lara schudt haar hoofd. Misschien ziet ze spoken. Weet ze eigenlijk wel waar hij zich mee bezighoudt? En dan is er nog de zaak en de ellende met haar vader die haar nietloslaat. Ze loopt naar het hok van meneer Jansen, haalt het konijn eruit, zet hem op de keukentafel en aait het beest over zijn kop.

Scott is de eerste man in haar leven met wie ze al langere tijd een relatie heeft en waarbij ze door hem wordt gerespecteerd zoals ze is. Het negatieve zelfbeeld zit haar nog steeds in de weg, al gaat het beter sinds ze samen zijn. In vorige relaties cijferde ze zichzelf weg, ook al had ze een drukke en veeleisende baan bij de Amsterdamse recherche. Sinds dag één van hun relatie was dat anders: eindelijk zag iemand haar staan. Haar zelfvertrouwen groeide tot ongekende hoogte en ze werd zelfs aangenomen bij de AIVD. Alleen de laatste maanden is het anders en begint hun relatie meer op de vorige relaties te lijken. Haar broos geworden zelfvertrouwen brokkelt verder af.

Het piepje van de oven laat weten dat de opgewarmde diepvriespizza klaar is. Na een paar happen aan de keukentafel schuift ze het bord van zich af. Eigenlijk heeft ze niet veel trek.

Zelfs meneer Jansen negeert het voorgehouden stukje pizza en hopt naar de sansevieria op tafel. Haar telefoon trilt kort.

Het mailtje van Thomas naar haar hotmailaccount is een goed bericht. Als ze door wil gaan met het onderzoek, tegen de wil van hun chef in, kan ze op hem rekenen. Hun vrouwelijke evenknie wil eerst overleggen met haar man, voor zover dat gaat met de strenge geheimhoudingsregels. Dat begrijpt ze wel. Ze hebben net een nieuw huis gekocht en hun twee kinderen gaan naar de middelbare school. Ze pakt meneer Jansen en loopt met het beest op haar arm de trap op naar de zolderverdieping waar Evy's slaapkamer is. Daar wacht haar een andere hersenkronkel, hopelijk heeft ze het mis.

De slaapkamerdeur van Evy staat open. Is het echt pas drie jaar geleden dat zij en haar vader bij haar kwamen wonen? Ze kenden geen woord Nederlands, en nog steeds heeft Scott moeite met de taal, terwijl haar stiefdochter het goed spreekt. Ze zet het konijn op de grond. De dakramen maken het een lichte kamer. De afgelopen tijd heeft ze de kamer mee zien veranderen naar die van een volwassen vrouw. Het enige wat nog herinnert aan de kinderlijke periode zijn de sneeuwbollen die in de volgorde dat Evy ze kreeg op een plank staan. Scott blijft ze meenemen van zijn reizen, terwijl zijn dochter liever een shotglaasje krijgt. Het is lief dat ze die dingen nog steeds neerzet.

Nadat Lara heeft geschud, staat de Notre-Dame de Fourvière in Lyon opeens in een wolk van gekleurde glitters. De tweede komt uit Oslo. Zei Thomas niet al iets over Oslo in de auto? Zou daar iets opvallends gebeurd zijn, net toen Scott er was? Met haar iPhone maakt ze foto's van de planken. Ze lokt meneer Jansen naar zich toe, pakt hem op en loopt terug naar de keuken. Ze zet het konijn in zijn hok en installeert zich achter haar laptop aan de keukentafel. In de zoekbalk van Google toetst ze een aantal specifieke woorden in: 'Oslo' en 'aanslag'. Haar wijsvinger blijft even boven de muis hangen, voordat ze ermee klikt. Er was inderdaad een aanslag, zoals Thomas al zei. De moord werd een week nadat haar vriend er was gepleegd. Ze kijkt in de agenda van haar telefoon. Op de datum van de moord was Scott ook weg, maar dat bewijst nog niet dat hij ook in Oslo was. Net zoals ze niet zeker weet dat hij vandaag in Lyon was tijdens die politieke moord.

De voordeur gaat open. Vlug sluit ze de laptop af en klapt hem dicht. Dan ziet ze pas dat het al halftwee is. Dan staat Evy voor haar, die eerst naar de dichtgeklapte computer knikt, om vervolgens bij het hok van meneer Jansen te hurken. 'Ben je nog aan het werk?' is haar vraag, terwijl ze het konijn tussen zijn oren kriebelt.

'Ja. Een ontwikkeling in een andere eh… zaak.'

'Ik denk dat ik maar naar bed ga.' Het meisje wankelt licht en houdt zich vast aan de keukentafel.

Evy heeft haar belofte om niet meer zoveel te drinken niet lang volgehouden. Lara ziet de aangeschoten studente wankelend de trap op lopen en boven naar het toilet gaan. Ze is zelf nog nooit dronken geweest. De blokkade in haar hoofd verhindert dat, net zoals ze nog nooit gerookt of geblowd heeft. Wat een saai leven, eigenlijk.

Voor de zekerheid zet ze een emmer naast het bed van Evy.

'Voor als je moet overgeven. Beter dan in de badkamer.'

'Ik denk niet dat ik moet overgeven.' En als ze naar de plank met de sneeuwbollen boven haar bed kijkt: 'Heb jij aan die bol uit Lyon gezeten?'

Lyon staat op het randje van de plank, ziet ze. Slordig, Fischer. 'Ik had hem nog niet gezien.'

Evy is opvallend helder voor een aangeschoten student en trekt haar kussen achter zich omhoog en gaat ertegenaan zitten. 'We hadden het gisteren over pap en dat hij iets tegen je moest zeggen, omdat hij iets over jou heeft ontdekt, weet je nog?'

'Ja, zeker, ik was er best van geschrokken, maar zodra je vader thuis is, gaan we erover praten.'

Evy knikt. 'Er is nog iets anders. Ik denk dat ik ook iets over hem heb ontdekt. Hij is volgens mij niet eerlijk tegen jou en mij.'

'Denk je dat? Waarover?'

'Zijn reizen.' Evy trekt haar mondhoeken naar beneden. 'Ik heb hem al heel vaak gezegd dat hij niets hoeft mee te nemen en zeker niet van die kinderachtige sneeuwbollen. Toch blijft hij ermee doorgaan.' Ze wijst naar haar rugzak. 'Wil je die voor mij pakken?'

Evy pakt de tas aan van Lara en haalt er een paar A4'tjes uit, die ze aan Lara geeft. Ze bekijkt de papieren aandachtig. Het is een Excellijst met data in rode en groene vakjes en plaatsnamen. Lyon, Oslo, San Francisco, Barcelona, Caracas. Bij Oslo is ook het rode vakje gevuld met een datum. Lara voelt het bloed uit haar wangen trekken. Het is de dag van de aanslag.

Lara's blik verplaatst zich naar de sneeuwbollen: dezelfde plaatsnamen als op de Excelsheet. Ze kijkt Evy vragend aan: 'Wat is dit?'

‘Het reisschema van pap. Herken je het niet?’

‘Jawel, wel zo ongeveer. Waarom heb je dit gemaakt en wat wil je ermee?’

‘Er zit een patroon in, maar wat het betekent weet ik nog niet.’ Evy wijst op de groene vakjes met een datum en de rode vakjes waar een enkele keer een datum, maar vaker een vraagteken staat.

‘Wat betekenen die kleuren?’

‘Groen geeft aan wanneer pap weg is en terugkomt met een sneeuwbol. Bij de rode is hij ook weg, alleen weet ik niet waarheen. Hij neemt dan ook geen cadeautje mee.’

Haar stiefdochter kent haar vader langer dan zijzelf. Hoe goed kent zij hem eigenlijk? Lara loopt de sheet nog eens door. ‘Je hebt er een hoop werk van gemaakt.’ Ze denkt aan haar eigen aantekeningen over Scotts reizen. Evy is niet de enige die zich ongerust maakt.

‘Er klopt gewoon iets niet.’ Evy friemelt aan haar nachthemd. ‘Als ik hem naar zijn reis vraag, krijg ik een ontwijkend of helemaal geen antwoord. Hij werkt niet bij de secret service, dus waarom doet hij altijd zo geheimzinnig?’

Lara wijst op het rode vakje achter Oslo. ‘Weet je zeker dat deze datum klopt?’

‘Zijn telefoon lichtte op en ik zag dat er een pushbericht binnen was gekomen. De KLM had spaarpunten bijgeschreven na zijn vlucht vanuit Oslo.’

‘En dat was op deze datum?’

‘Ja, dat zag ik in dat bericht. Hij is ook die dag thuisgekomen. Waarom kan hij niet gewoon zeggen waar hij geweest is? Bij de helft van zijn reizen krijg ik zo’n stomme bol, maar bij zijn andere reizen mag ik het niet weten. Ik heb een paar weken geleden zelfs zijn werk gebeld.’

‘De ambassade? Wat zeiden ze?’

'Daar mogen ze niet zeggen waar hij is.' Evy's ogen lichten fel op. 'Dat is toch raar? Ik ben zijn dochter. Jij werkt bij de politie, kun jij niet uitzoeken wat pap nu precies voor werk doet?'

Lara negeert de vraag en richt haar blik op het bovenste papier. 'Is Oslo de enige trip waar je twee datums van hebt?'

'Euh... nee.' Evy trekt de lijst uit Lara's hand en slaat een pagina om. 'Ik hoorde hem een keer met iemand praten aan de telefoon en toen vertelde hij dat hij net terug was uit Madrid en een paar dagen thuis wilde blijven. In Madrid was hij een week ervoor ook geweest, want toen kreeg ik zo'n stom ding.' Ze geeft de lijst terug aan Lara.

Lara bladert door de sheets en komt aan bij de onderste groene vakjes van de lijst. Dat moeten de eerste sneeuwbollen zijn die Evy heeft gekregen. Ze ziet 'Florence' en een datum van vierenhalf jaar geleden. Ze zucht. Florence, de stad waar ze Scott heeft ontmoet. De kleine aanrijding in de parkeergarage bij het Palazzo Vecchio betekende het begin van een romantische week in Toscane en tevens het begin van hun relatie. De datum van de ontmoeting kan ze zich nog goed herinneren en het is exact een week later dan Evy in het groene vakje in haar lijst heeft staan. Er is vast eenvoudig achter te komen of er op de dag van hun ontmoeting iets ergs is gebeurd in Florence.

'Waar denk je aan?' onderbreekt Evy haar gedachten.

'Zodra je vader terugkomt, vragen we hem wat voor werk hij precies doet. Ik loop met dezelfde vragen rond als jij. Hij moet maar eens duidelijkheid geven...' ze pakt een bol van de plank en grijnst naar Evy, 'en stoppen met deze dingen meenemen.'

# 13

## Arnhem

Tijdens de rit vanuit Haarlem was er veel oponthoud. Achteraf had hij beter eerst naar Utrecht kunnen rijden. Maar nu rijdt Mathias dan eindelijk het centrum van Arnhem in. Hij is vanochtend op tijd opgestaan en was voor het eerst in jaren niet al moe voordat de dag nog moest beginnen. Het adres uit het dossier is het startpunt van zijn zoektocht naar wie hij echt is. Het voelt goed om ermee aan de slag te gaan.

Hij kijkt rond over het parkeerterrein bij het kleinschalige appartementencomplex. Zijn elektrische Volkswagen valt nogal uit de toon tussen de grote SUV's die er staan. Er staat zelfs geen laadpaal voor zijn auto.

Het gebouw waar Hofman zou moeten wonen is een jarenzestigpand, dat recent is gerenoveerd. De nieuwe glazen hal geeft het een modernere uitstraling. Boven de oude ingang is een steen ingemetseld met het bouwjaar: 1961. Hofman woont er sinds eind jaren zeventig, als de informatie in de map die hij van Horst kreeg klopt.

Op het belbord staat bij nummer 35: *B. Hofman*. Mathias kijkt op het briefje waarop hij het adres heeft geschreven. Daar staat nummer 34. Hij kijkt nogmaals naar het belbord. De huisnummers zijn allemaal oneven.

Hij drukt op de bel van nummer 35. Hij wacht even, maar er volgt geen reactie. Hij kijkt naar de deur die toegang geeft tot de hal. Zonder sleutel is de deur niet te openen.

Achter het glas van de hal gaan de liftdeuren open. Een bejaarde dame trekt haar boodschappenwagentje achter zich aan. Met moeite duwt ze de buitendeur open. Mathias snelt haar tegemoet.

'Zal ik u even helpen?'

'Dank je. Normaliter zijn ze hier niet zo behulpzaam.'

'Graag gedaan. Woont u hier?'

'Al sinds ze het gebouwd hebben. Ik bedoel niet dit afgrijselijke glazen ding en die lelijke trap.' Ze wuift naar de hal.

'Kent u misschien de heer Hofman, hij woont op nummer 35?'

'O ja, zeker. Aimabele man. Zegt altijd gedag. Daar moet je bij de jeugd niet mee aankomen. Vaak loopt hij met me mee naar de Albert Heijn.'

'Is hij ook aanwezig? Ik heb een eh... afspraak met hem.'

De vrouw knijpt haar ogen samen. 'Zijn bezoek bestaat over het algemeen uit jonge vrouwen. Wat kom jij hier doen?'

'Ik wil iets met hem bespreken. Heeft u hem vandaag al gezien?'

De vrouw schudt haar hoofd. Ze wijst naar een blauwe BMW die in een parkeervak staat. 'Zijn auto staat er al een paar dagen. En van de week werd er een pakket bij hem gebracht; ik heb de bezorger nog naar de juiste verdieping gewezen.'

'Wanneer was dat?'

'Twee of drie dagen geleden. Pin mij er niet op vast. Mijn geheugen laat mij af en toe in de steek.'

Dit is een mooi moment om het gesprek te beëindigen. 'Ik moet gaan. Dank u.' Mathias knikt de dame toe en loopt de hal in.

Als hij in de lift staat, herkent hij een lichte geur die doet denken aan de pmd-tas in zijn gangkast. Wanneer hij op de vierde verdieping de lift verlaat, wordt de geur sterker. Was de lucht in de hal beneden niet goed te benoemen, nu zou hij zeggen dat het ruikt naar het bakje met kipresten dat al een paar dagen tussen het plasticafval zit. Hij ziet nergens een afvalbak, dus wat veroorzaakt hier die geur?

Hij kijkt de gang rond, ziet nummer 33 en 37. De deur ertussen staat op een kier. Er hangt geen huisnummer, maar het moet wel nummer 35 zijn. Zou er iemand binnen zijn? Met zijn schoen geeft hij de voordeur een zetje. De penetrante lucht wordt sterker. Hij vermoedt wat de intense geur veroorzaakt: hier is iemand gestorven. Wat als het Hofman is? Dat zou een domper zijn. Vooral voor de man zelf, maar hij heeft dan ook een probleem. Dit is een belangrijke connectie naar Horst 'ik ben niet je vader' Vogel.

Mathias stapt de schemerige gang in. Door de verlichting achter hem wordt zijn lichaam op de vloer geprojecteerd als een schaduw van zichzelf: ongrijpbaar en abstract. Hij kijkt om zich heen en laat de ruimte op zich inwerken. De rookglazen plafondlamp en het kleurrijke behang op de wanden zorgen voor een complete jarenzeventiglook.

'Hallo? Is daar iemand?' Inwendig moet hij lachen om zijn gemaakt zware stem. Zonder een antwoord af te wachten, schuifelt hij verder. Op de muur, naast een deur waarop BADKAMER staat, hangt een kastje. Het is een $CO_2$-meter. Alle waarden staan op nul.

Hij houdt zijn hand voor zijn neus, de geur is nog altijd sterk aanwezig. Zou achter een van de deuren een lichaam liggen? Tegenover hem ziet hij een deur die openstaat. Hij loopt ernaartoe en drukt op het lichtknopje. Hij schrikt, dit kan onmogelijk echt zijn. De ruimte die hij ziet, is een exacte replica van zijn kinderkamer. De kamer waar hij als kind in Den Haag zijn huiswerk maakte en naar muziek luisterde. Niet alles is hetzelfde. Wham! was niet zijn ding, bij hem hing een poster van de Duitse rockband Alphaville aan de muur. Het leek hem ook wel wat om 'Forever Young' te blijven, net zoals in het nummer.

Hij trekt de kast open en zijn mond valt open. De kleding lijkt op die uit zíjn jeugd. Het spijkerjack is niet zijn maat, maar het speldje van MTV had hij ook. Hij bekijkt de andere kleren in de kast. De stijl is hetzelfde, maar het is meisjeskleding en veel kleiner dan hij in die tijd droeg. Van wie zijn deze spullen? En waarom lijken ze zo op die van hem van vroeger?

Dan hoort hij een harde klap en daarna geschuif. Het klinkt als het kiepraam in zijn keuken wanneer de wind erop staat. Het geluid komt uit de ruimte naast de slaapkamer waar hij zich bevindt. Voorzichtig opent hij de deur, angstig voor wat hij zal aantreffen. Er komt wat maagzuur naar boven als de stank in intensiteit toeneemt. In de woonkamer ligt een man op de bank, ogenschijnlijk een dutje te doen. Het is onmiskenbaar Benno Hofman. De man is een oudere variant van degene die hij op internet heeft gezien. De kleur van zijn gelaat is grauw, er is geen sprake van dat hij slaapt. Kokhalzend rent Mathias de gang in en trekt een deur open: het toilet, hij doet de klep omhoog en spuugt zijn ontbijt uit.

Hofman is dood. Die gaat hem niets meer vertellen over Horst. Hij wil zo snel mogelijk weg en rent de trap af in plaats van op de lift te wachten. Voor de deur staat een politieauto. Een agent stapt net uit. Liever dan de vrouw aan te spreken, wil hij weg van deze plek en loopt naar het parkeerterrein, waar zijn auto staat. In de achteruitkijkspiegel ziet hij dat de agent wordt aangesproken door de bejaarde vrouw met een gevuld boodschappenkarretje.

# 14

## CIA-kantoor, Berlijn

Het leer is versleten, het onderstel kraakt, de wieltjes staan vast. Carl Braun laat zich achteroverzakken. De bureaustoel is een persoonlijk cadeau van president Bush sr. voor zijn bewezen diensten tijdens de Eerste Golfoorlog. Nooit van zijn leven dat hij dat ding weg zal doen. Spectaculair waren de acties in de Golfregio zeker, jammer dat hij er niets over mag vertellen.

Langzaam laat hij de stoel weer terugkomen in de rechtopstand en staat op. Met zijn handen in zijn broekzakken kijkt hij over het plein. Hij heeft veel projecten en missies geleid in Irak en Afghanistan. En nu weer het gedoe in Oekraïne natuurlijk. Er wordt continu ergens op aarde een oorlog uitgevochten waar de CIA de boel opstookt of juist traineert, al naargelang de belangen van het Witte Huis.

Een sentimentele bui maakt zich van hem meester. De datum die in zijn hoofd rondwaart, maakt het niet makkelijk om positief te blijven. Nog vijf maanden en drie dagen en dan is het hier klaar voor hem. Definitief. Van wat hij hierna gaat doen, heeft hij nog geen idee. Zijn leven heeft altijd in het teken van de CIA gestaan, er was niets anders. Zo vlak voor zijn pensioen was het misschien beter geweest als hij was gesneuveld in het harnas tijdens een van zijn vele clandestiene acties. Maar dat zal niet gebeuren nu hij zijn laatste maanden in de binnendienst doorbrengt. Hij snapt dat de operationele leiding hem niet meer uitzendt, maar God, wat mist hij de actie in het veld. Hier op kantoor is hij 'inkoopadviseur van de NAVO'. Slechts een enkeling weet waar hij zich werkelijk mee bezighoudt.

Weer achter zijn bureau begint de buizenpost te rammelen. Het systeem is oud en past volledig bij het uitgewoonde gebouw dat tot eind jaren tachtig dienstdeed als kantoor van de Oost-Duitse posterijen. Nu is het Projectbureau er tijdelijk ondergebracht. Die afdeling van de CIA is overal maar 'tijdelijk', weet hij. Als hij en zijn collega's een project hebben afgerond, vertrekken ze.

Met een doffe klap valt een koker in het mandje naast zijn bureau. Meestal bevat die strategische informatie over de situatie in het oosten van Oekraïne, gestuurd door de luistervinken van de derde verdieping. Het is zijn taak om het militaire commando in Brussel te adviseren over wat het Oekraïense leger aan wapens nodig heeft. Steevast luidt zijn aankoopadvies: zoveel en zo dodelijk mogelijk. En de NAVO-landen luisteren zowaar. De angst voor een nieuwe Koude Oorlog zit diep. Het oude zeer bij de partners is nog niet geheeld.

Mailen mag al lange tijd niet meer vanwege het gevaar van hackers, het enige waar de Russen goed in zijn. En traplopen is blijkbaar te vermoeiend voor die lui van boven. Hij draait het deksel van de koker. Deze keer komt de post uit Nederland, aan hem persoonlijk gericht. Verbaasd scheurt hij de envelop open. De inhoud is op het eerste gezicht teleurstellend. Er zit een opgevouwen rapport in, geprint op briefpapier van de Amerikaanse ambassade in Nederland.

Het verslag komt van een lokale CIA-afdeling en is een standaardbulletin van wat er in Nederland aan interessants is gebeurd. Daar gebeurt normaliter eigenlijk niets, al denken de mensen daar zelf misschien anders over. Het is hem een raadsel waarom dit rapport specifiek aan hem is gericht. Hij vouwt het bulletin open en neemt de lijst met informatie door die uit diverse onderzoeken naar voren is gekomen. Dan schiet hij overeind.

'Schneider, dood? Shit, Operation B.' Operation Berlin is een van de grootste successen in de geschiedenis van de CIA. En tevens een van de meest geheime, zelfs nu nog. Schneider is van zijn leeftijd, waarschijnlijk gaat het om een natuurlijk overlijden, wat niet vreemd is als je denkt aan de bourgondische levensstijl van zijn oud-collega. Maar het gaat hier wel om een lid van Operation B en dat vereist voorzichtigheid. Het moet honderd procent zeker zijn dat Schneider een natuurlijke dood is gestorven.

Operation B is vierendertig jaar geleden, 1989. Het einde van de Koude Oorlog. Het succes was zo groot dat ze het zelf niet konden bevatten. Een bescheiden politiek succesje in een van de landen van het Warschaupact hadden ze wel verwacht, in sommige landen was het tenslotte al langere tijd onrustig, maar in heel de Sovjet-Unie? Nee. Zijn collega Schneider kon het niet laten hun echte Stasi-collega's ermee te kleineren. Vooral die vent uit Den Haag – Heette hij Hans? Nee, Horst, Horst Vogel – was er goed ziek van.

Carl start zijn laptop op en scrolt door de Nederlandse nieuwssites, maar er is niets te vinden over het overlijden van Schneider. Carl weet dat hij onder een andere naam tot aan zijn pensioen aan de CIA verbonden is gebleven en heringezet in Nederland. Hij logt in op de zwaarbeveiligde server in Langley. Als hij de nieuwe naam van zijn oude vriend heeft gevonden, is de overlijdensadvertentie van Verheijen vlot getraceerd. Zelfs het Nederlandse ministerie van Defensie herdenkt hem. Hij glimlacht. Ze moesten eens weten dat hun secretaris-generaal werd aangestuurd door de CIA. Hij begrijpt nu waarom aankooporders voor wapentuig door het Nederlandse leger vrijwel allemaal naar Amerikaanse bedrijven gingen. Ook de rouwadvertentie van de familie is snel gevonden. Jemig, zelfs al gecremeerd. Zijn vrouw heeft er geen gras over laten groeien. Carl mimet haar naam: Olga Verheijen-Ivanova. Schneider kennende is Olga zo'n Oost-Europese van een vage datingsite, met blond haar en een flinke voorgevel. Hij tikt de naam in in de zoekbalk van *DownTown*, het CIA-programma dat nog van voor de tijd van AI is. Dat het nog steeds bruikbaar is, blijkt als het systeem een resultaat laat zien.

'Uit Loehansk?' Dat is niet best. Het oosten van Oekraïne staat bekend als pro-Russisch en daar heeft Rolf Schneider zijn bruid vandaan gehaald? Hij moet hebben geweten dat ze daarvandaan kwam. Rolf controleerde zelfs de achtergrond van de glazenwasser en de tuinman.

Hij leest verder over Olga Ivanova. Pas in 2022 kwam ze naar Nederland om met Schneider, die zij kende als Gert Verheijen, te trouwen. Ook al is dat een opmerkelijk gegeven, er gaan geen alarmbellen bij Carl rinkelen. Nog niet.

Hij leunt achterover. Wie kan voor hem uitzoeken hoe Schneider is overleden? Hoewel Berlijn niet zo ver van Nederland ligt, is het voor hemzelf te gevaarlijk om erheen te rijden en het de treurende weduwe te vragen. De kans dat iemand hem herkent is klein, maar met het andere project dat nu loopt wil hij geen risico's nemen. Iemand anders moet achter de doodsoorzaak van Schneider komen. Hij denkt even na. Zijn agent, die momenteel druk is in Frankrijk met hun gezamenlijke project, is een betrouwbare man die in Nederland woont. Ideaal voor deze eenvoudige klus. De opdracht in Frankrijk heeft hij in ieder geval succesvol afgerond. Carl brengt zijn computer tot leven en opent zijn Gmail-account. Hij scrolt door de inbox, maar ziet nergens een bericht van zijn agent in Frankrijk. Wel is er een mail van de Nederlandse gemeente Oisterwijk waar hij in de jaren tachtig woonde. Iemand van de gemeente wil langskomen. Daar hoeft hij niet op te antwoorden, het huis is een paar jaar geleden verkocht, dus ze zoeken het maar uit met de nieuwe eigenaar.

Dan opent hij *DownTown* en zoekt het profiel van zijn agent op. Daarop is te zien dat hij offline is, blijkbaar is hij nog bezig met zijn huidige klus. Carl besluit een gecodeerde app te sturen. Binnen een halfuur wordt erop gereageerd met de vraag hem te bellen.

'Code?' vraagt zijn agent.

'*BerlinTwentyTwentyFourFoxtrot.*' Nooit namen tijdens een telefoongesprek, denkt Carl, alsmaar die verrekte codes. Zijn code is vertrouwder dan zijn naam. Bij vrijwel ieder telefoontje moet hij die noemen.

Carl en zijn agent hebben veel contact, maar zelden telefonisch. 'Ik stoor toch niet?' is zijn vraag bij het horen van piepende banden en getoeter.

'Ik ben nu in Italië en op weg naar Milaan, daar dump ik de auto.'

'Klus geklaard dus.' Carl lacht. De herinneringen aan zijn eigen actieve dienst komen weer boven.

'Wat heb je?'

Carl legt uit wat de bedoeling is.

'Heb je aanwijzingen dat er iets mis is met de dood van je eh... collega?'

'De crematie heeft binnen een dag plaatsgevonden. Volgens het krantenbericht was hij al enige dagen dood. Maar dan nog.'

'Je klinkt alsof er meer is.'

'In de jaren tachtig zat hij tien jaar undercover bij de Stasi en de laatste twintig jaar was hij voor ons werkzaam op het ministerie van Defensie in Den Haag.'

'Bij de Stasi?' De stem fluit bewonderend. 'Dan heb je wel ballen.'

'Schneider is gevonden in een buitenwijk van Utrecht. Wij hebben daar een geheim appartement.'

'Is er haast bij? Wanneer wil je dat ik het uitzoek?'

'Nu.'

'Geen probleem, ik heb tijd. Stuur jij vervoer, zodat ik snel in Nederland kan zijn? En welk projectnummer moet ik vermelden op de declaratie?'

'Projectnummer?'

De man lacht hard en Carl beseft dat hij in de maling is genomen. Een oeroude grap binnen de dienst. De CIA vergoedt tenslotte alles aan zijn geheim agenten, zowel zakelijk als privé. Al eten ze iedere dag kaviaar in een driesterrenrestaurant of neuken ze iedere nacht een *high-class* hoer. Als het de Verenigde Staten ten goede komt, is niets te gek.

'Ik regel met de logistieke eenheid dat er een vliegtuig voor je klaarstaat in Milaan.'

'En de *intel* over Schneider?'

'Die krijg je zodra je aan boord bent van het vliegtuig.'

'Ik ben om zes uur in Milaan.' Direct daarna wordt de verbinding verbroken.

# 15

## Haarlem

Als hij straks boven is, neemt hij twee ibuprofen en gaat dan meteen slapen. De hoofdpijn kwam voor Veenendaal opzetten en het werd steeds erger. Het adres in Utrecht moet hij voor een later moment bewaren.

Mathias parkeert de auto en loopt naar het appartementengebouw. Hofman lijkt hem continu te volgen, of eigenlijk de geur van Hofman. Dat is toch wel het meest ranzige wat hij ooit in zijn leven heeft geroken. Vreemd dat die oude dame niet over de stank begon. Of ze is haar reuk kwijt, of ze is toch niet zo opmerkzaam.

Het gaat moeizaam om de voordeur van het slot te halen. De sleutel blijft zelfs haken, maar met wat wrikken krijgt hij de voordeur open. Hij opent de tussendeur naar de woonkamer, blijft dan stokstijf staan. Er is iemand.

Hij kijkt rond. De kamer is leeg. De deur naar het Franse balkon staat op een kier. Maar dat was al zo toen hij naar Arnhem ging.

Als een robot draait hij zijn hoofd richting de slaapkamer. Achter de dichte deur hoort hij geluid. Geschuif van schoenen op het laminaat, een beheerste ademhaling. Er is zeker weten iemand in huis.

Hij denkt na. Het messenblok in de keuken is te ver weg, maar de paraplu in de hoek van de kamer is een prima alternatief. Op zijn tenen loopt hij ernaartoe en pakt hem op. Hij houdt zijn rechterhand stevig om het handvat van het afscheidscadeau van zijn collega's van NRC en schuifelt naar de slaapkamer. Hij legt zijn hand op de deurklink. Dan hoort hij een luid gestommel aan de achterkant van de woning.

Met de paraplu in de lucht rent hij de slaapkamer in. Te laat. Door het raam ziet hij iemand op de brandtrap staan, de capuchon van een zwarte hoody verbergt het gezicht. Dan is de persoon weg.

Even blijft hij besluiteloos staan. Dan rent hij naar de voordeur, de trap af, de straat op. De doorgang waar de brandtrap in uitkomt, heeft een uitgang in een klein straatje achter zijn huis. Wanneer hij de hoek om slaat ziet hij in de verte de inbreker wegrennen. Ook al heeft de ander een grote voorsprong, toch zet hij de achtervolging in.

Als hij uitkomt bij een drukke weg, houdt hij stil. Op adem komend kijkt hij om zich heen. Er zijn genoeg mensen op de been, maar niemand met een hoody. Rechts staan auto's geparkeerd, aan de overkant ziet hij de school waar het 's ochtends wemelt van de fietsers, maar waar nu geen leerling te bekennen is. Op de stoep ervoor start een motorrijder zijn machine. Tegen de muur van het gebouw ligt een zwarte hoody. Fuck.

Hij rent op de motorrijder af, voelt een klap en wordt op het asfalt geslingerd. Een pizzabezorger die op zijn elektrische fiets met hoge vaart op hem afkwam, kon hem niet meer ontwijken en heeft hem vol geraakt. Kreunend staat hij weer op, maar de motor is uit het zicht verdwenen.

Met de voordeur op alle knippen, de deuren naar het Franse balkon gesloten en het raam naar de brandtrap gebarricadeerd kan Mathias op dit moment niets meer doen. Trillend neemt hij een slok water en een volgende ibuprofen. Door de consternatie met de pizzabezorger was hij de hoofdpijn even vergeten, maar inmiddels manifesteert die zich weer in alle hevigheid. De jongen was gelukkig meer geschrokken dan boos en mankeerde niets. Zelf heeft hij een lichte schaafwond op zijn hand opgelopen, dat is alles.

Hij laat zich achterovervallen op de bank en sluit zijn ogen. In zijn hoofd speelt zich een caleidoscopische film af, met alle kleuren van de regenboog, de gekste vormen en draaiingen. Er is maar één remedie mogelijk: slaap. Hij buigt voorover en steunt op de salontafel, heel even staart hij naar de magazines die er liggen. Het dossier van Horst lag boven op de stapel. Niet meer, het is weg.

Hij zoekt in de stapel, onder de bank, maar de map met papieren is er niet. Het dossier lag op de stapel toen hij wegging, dat weet hij zeker. De persoon in de zwarte hoody. Het dossier is gestolen, dat kan niet anders.

# 16

## Lauriergracht, Amsterdam

In stilte eet Lara haar ontbijt als de telefoon gaat.

'We hebben een nieuwe zaak, Lara, een dode in Arnhem.' Lis hijgt in haar oor, alsof ze heeft gerend. 'Ben je nog thuis?'

'Om wie gaat het?'

'Ene Benno Hofman. Thomas en ik staan bijna voor je deur. Tien minuten. Kom je zo naar beneden?'

Lara tikt Evy aan, die aan de andere kant van de keukentafel met haar oortjes in een cracker eet. Als Evy een airpod uitdoet, zegt Lara: 'Ik moet zo gaan.'

'Ik heb pap al een paar keer geappt. Hij heeft de appjes niet gelezen.'

'Misschien zit hij in een bespreking?' Onwillekeurig denkt Lara aan de schietpartij in Lyon waarbij de moordenaar van die extreemrechtse Franse politicus is gedood. Is dat de reden dat haar vriend niet op de appjes van zijn dochter antwoordt? Het idee is te idioot voor woorden en ze drukt haar gedachten snel weg.

'Ahh', klinkt het van de overkant van de tafel. 'Hij heeft geappt! *Alles oké. Druk op de weg. Ik ben langer onderweg. Pap.*'

'Dat is fijn, lieverd.' Ze probeert het luchtig te laten klinken. Aan de ene kant is ze opgelucht dat haar vriend de dode in Lyon niet is, aan de andere kant is ze geïrriteerd dat hij alleen met zijn dochter communiceert. Haar stiefdochter heeft haar beide oortjes weer in en smeert een nieuwe cracker. Ze is duidelijk gerustgesteld nu haar vader van zich heeft laten horen. Zelf heeft Lara dat niet. Hij is niet dood, nee, maar dat betekent nog niet dat hij niets met die aanslag in Lyon te maken heeft; de politie is nog op zoek naar de andere persoon die betrokken is. Ze schudt haar hoofd. Het kan ook allemaal onzin zijn wat er in haar hoofd rondspookt. Ze moet duidelijkheid zien te krijgen, maar daar heeft ze hem wel zelf voor nodig. Ze hoopt maar dat hij snel thuiskomt.

Als ze de voordeur opent, komen haar collega's net aanrijden. Thomas stapt aan de bijrijderskant uit en houdt de deur open voor Lara. Als ze is ingestapt, kruipt hij achter in de wagen. Lis mompelt 'goedemorgen' en rijdt weg. Het verkeer in de binnenstad van Amsterdam vergt al haar aandacht. Thomas buigt wat naar voren en praat Lara bij.

'Het gaat om een man genaamd Benno Hofman. Hij is onder andere voorzitter van de fractie van de VVD in de Tweede Kamer geweest en tot zijn dood was hij actief als interim-bestuurder in diverse publieke functies in het land.'

Een beroepsbestuurder, denkt Lara. 'Bij Verheijen ging het om zijn Defensie-verleden; wat is de reden dat wij bij deze Hofman zijn ingeschakeld?'

'Hofman was jarenlang voorzitter van de commissie voor de Inlichtingen- en Veiligheidsdiensten.'

Lara trekt haar wenkbrauwen op. Het is een commissie die onder andere de AIVD controleert en dus haar eigen team, wat goed is, maar daardoor weten leden van die commissie ook van veel geheime zaken.

'Is de doodsoorzaak al bekend?'

'Dat horen we straks in Arnhem.'

Na een rit van ruim een uur draait Lis de auto in een parkeervak voor het appartementenblok waar Hofman woonde. Naast de glazen ingang staat een motor die Lara bekend voorkomt, maar ze kan zich niet herinneren waar ze het voertuig eerder heeft gezien. Voor de glazen pui worden ze opgewacht door een vrouwelijke rechercheur, die zich voorstelt als Ilse de Jong.

'De overledene ligt op de bank in de woonkamer. De schouwarts is aan het afronden. Ze vermoedt een natuurlijk overlijden.' Ilse gaat hen voor naar de lift en drukt op het knopje, waarna de deuren zich meteen openen.

'Wie is de schouwarts?'

'Nora Bergman. Een schouwarts van de landelijke...'

'Ik ken haar van een andere zaak', onderbreekt Lara haar. Hebben jullie haar opgeroepen?'

'We werken in deze regio standaard met de Vereniging Vrijwillige Schouwartsen. Hoezo?'

'Zomaar. Het is toeval, denk ik. Is er braakschade?'

'Nee, de deur stond op een kier.'

De deuren van de lift gaan open en ze lopen de hal in. De rechercheur vervolgt: 'Ik laat je eerst het appartement zien en daarna breng ik je naar de getuige.'

'Je hebt een getuige?'

'Een oude dame. Dat komt zo. De woning waar de heer Hofman is gevonden, is niet het appartement waar hij woonde. Dat ligt ernaast, nummer 35. Wat hij hier deed is een raadsel. En er zijn nog wat andere opmerkelijke dingen die ik eerst wil laten zien. Nemen jullie de zaak van ons over, net zoals in Utrecht?'

Lara negeert de vraag. 'Ik ben nieuwsgierig naar de zaken die je zijn opgevallen.' Ze laat de rechercheur voorgaan, die direct naar een kamer doorloopt. In het voorbijgaan valt Lara een $CO_2$-meter op die aan de muur hangt naast de badkamerdeur en die ze herkent uit Utrecht.

Lis heeft hem ook gezien. 'Hé, dat is zo'n zelfde ding als in...' Ze trekt de deur ernaast open. 'En weer zo'n vreemde badkamer.'

'Rare ruimte, hè? Beetje eng met die leren riemen', zegt Ilse.

'Het is een martelkamer', zegt Lara.

'Je moet er niet aan denken wat hier is gebeurd.' De rechercheur loopt verder en opent een volgende deur. 'Ik heb hier nog zoiets. Hou je van de jaren zeventig en tachtig?'

De spieren in Lara's borst verkrampen, de tintelingen in haar vingers zijn terug, intenser dan ooit. Ze weet wat Ilse bedoelt zonder dat ze de kamer heeft gezien. En het klopt: dit is haar slaapkamer, met hetzelfde ruitvormige behang, de kleur van de gordijnen, de bruine sprei, het cassettedeck... 'Niet te geloven. Nog een.'

Alle vier zijn ze een moment stil. Dan vraagt Lara: 'Is hier ook een kamer met een militaire zender en computers?'

De rechercheur fronst haar wenkbrauwen. 'Ben je helderziend, of zo?' Ze loopt voor hen uit naar een kleine kamer waar een aantal oude computers en een donkergroene zender staan opgesteld. 'Hoe wist je dat?'

Lara legt uit wat ze in Utrecht hebben aangetroffen, en dat ze er rekening mee houden dat het om een Stasi-onderkomen uit de jaren tachtig gaat.

De rechercheur fronst haar wenkbrauwen. 'Maar waarom houden ze het dan zo lang in de oude staat? Wat kan daarvoor de reden zijn?'

'Wie zal het zeggen? Hoop op de terugkeer van de DDR? Geheimhouding? Ze waren nogal van de orders. Misschien was de laatste order dat ze moesten wachten.'

Ze lopen naar de woonkamer, waar de geur van ontbinding sterk aanwezig is. Op de grond voor een driezitsbank ligt het lichaam van een man. Hij is slank en heeft een zwarte pantalon en een wit overhemd aan. Naast hem zit een vrouw op haar hurken, ze maakt aantekeningen.

'Mevrouw Bergman, de mensen van de eh... speciale eenheid zijn er.' De rechercheur doet een stap opzij.

De schouwarts gaat staan. 'Nou ja, zeg. Wat een toeval.'

'Ja, wie had dat gedacht?' Lara wijst naar het lichaam. 'Volgens rechercheur De Jong ga je uit van een natuurlijk overlijden?'

'Het lijkt erop dat hij even is gaan liggen en niet meer wakker is geworden. Een hartaanval, vermoed ik.'

'Zoals bij Verheijen.'

'Exact.'

'Hoelang is hij al dood?'

'Drie of vier dagen.' Nora Bergman gooit haar handschoenen in een soort viskoffer waarin haar onderzoeksspullen zijn opgeborgen. 'Wil je een autopsie laten doen?'

'Als je dat voor mij kunt regelen, graag.'

'De officier van justitie moet akkoord gaan, maar ik verwacht geen moeilijkheden met hem. Ik laat je weten wanneer ik bij het NFI terechtkan.'

'Je doet de autopsie zelf?' vraagt Thomas verbaasd.

'Dat is mijn eigenlijke professie: patholoog bij het NFI.'

'Ik bedoel meer: is dat verstandig? Je hebt deze schouw gedaan...'

'Vertrouw je mij niet?' bijt de schouwarts hem toe.

Lara komt tussenbeide. 'Ik vind dat mijn collega gelijk heeft. Die zaken moeten gescheiden blijven. Dat heeft niets met vertrouwen te maken, maar met professionaliteit.'

Een nauwelijks merkbaar knikje volgt. 'Ik zal mijn best doen voor een snelle afspraak. Mijn verklaring mail ik je.' De schouwarts klapt haar koffer dicht en verdwijnt.

'Zo, die was gepikeerd', zegt Ilse. 'Maar je hebt gelijk.'

Twee mannen in een stemmig pak komen de kamer binnen. Lara kijkt toe hoe ze met ogenschijnlijk veel gemak Hofman in een hoes en daarna in de meegebrachte kist leggen. Ze wacht een moment tot de twee met hun macabere vracht zijn verdwenen en geeft dan haar collega's instructies: 'Lis, jij start met het buurtonderzoek en Thomas onderzoekt het appartement.' Vervolgens wendt ze zich tot de rechercheur. 'Je hebt een getuige, zei je net?'

'Inderdaad, maar wat betreft deze zaak…'

'Die nemen we van je over. Het is klaarblijkelijk een natuurlijk overlijden. Bovendien zijn er bepaalde overeenkomsten met de zaak-Verheijen, waardoor ik denk dat het goed is dat dit bij ons ligt.' Lara is opgelucht dat een natuurlijk overlijden is vastgesteld; daardoor is het gerechtvaardigd dat TSO de zaak overneemt. Bij moord had ze de zaak moeten laten bij de recherche, terwijl de dood van Hofman voor haar team de nieuwe ontwikkeling is die nodig is om het onderzoek niet te hoeven afsluiten. Ze wil heel graag meer weten over de twee overleden mannen en de appartementen waar ze gevonden zijn.

'Oké, geen probleem.' De rechercheur duwt de voordeur open. Bij de lift staat Nora Bergman te wachten.

'Kan ik je even spreken?' vraagt de schouwarts en ze kijkt Lara aan. 'Privé.'

Lara knikt naar de deur van het trappenhuis en sluit hem achter Nora Bergman. 'Wat is er?'

'Ik moet iets met je bespreken. Het is een nogal pijnlijke kwestie. Ik kan niet zeggen wat er speelt, maar het is belangrijk dat ik de autopsie van de heer Hofman zelf doe.'

'Je weet hoe ik en mijn collega's daarover denken.'

'Maar het moet. Echt.'

De vasthoudendheid verbaast Lara. De arts slaat haar ogen neer.

'Wat is er aan de hand? Vertel me wat er speelt.'

De vrouw laat haar kin op haar borst zakken. Fluisterend vertelt ze haar verhaal.

'Waarmee word je gechanteerd?' Lara kan zich niet voorstellen dat iemand de stoere vrouw op haar motor zou kunnen chanteren. Hoewel, ze oogt nu erg timide, en bovendien: stille wateren hebben diepe gronden. Daar weet ze zelf alles van. Met vriendelijke stem herhaalt Lara haar vraag.

'Ik heb de cijfers van een aantal vakken op de universiteit laten eh... opleuken door een student, een hacker, uit zo'n voormalige Russische deelrepubliek. Daardoor heb ik mijn diploma behaald en deze baan gekregen.'

'Maar dat moet jaren geleden zijn.'

'Ja, dat klopt. Blijkbaar stond ik nog in zijn contactenlijst. Hij belde overigens niet zelf, maar een vrouw. Ze noemde haar naam niet. Ze dreigde mijn fraude bij het NFI bekend te maken.' Nora is nog zachter gaan praten.

'En wat moet je nu voor haar doen?'

'Bepaalde lijkschouwingen, autopsies. Daarom werk ik zoveel.'

'Verheijen en Hofman staan op haar lijstje?'

Nora knikt.

'En je weet zeker dat het een natuurlijke dood is? Ik bedoel: geen moord?'

'Daarom begrijp ik niet waarom ik de schouwingen moet doen. Beide mannen zijn echt aan een hartaanval gestorven. Alleen als een autopsie gepleegd moet worden, moet ik dat zelf doen.'

'Omdat daar misschien iets uit komt wat het moord maakt.' Lara zucht. Wat moet ze met dit verhaal? Ze is geen verklikker en ze begint bovendien sympathie te voelen voor de schouwarts. 'Meld je ziek. Je bent overspannen, of zo. Er zitten meer collega's van je thuis. Zo raar is dat niet.'

'En de autopsie?'

Er wordt op het raam getikt van de hal op de vierde. Lara pakt de deurklink. Iemand wordt ongeduldig. 'Dat hoor je nog.'

# 17

## Arnhem

'Problemen?' Ilse kijkt Lara vragend aan terwijl ze een knop indrukt op het liftpaneel.

'Ze wilde haar excuses maken. Een beetje overwerkt, denk ik.'

'Dat kan ik me goed voorstellen. Het zou mijn werk niet zijn.' Ze lopen de lift uit en de rechercheur belt aan bij de woning die op de bovenste etage ligt. 'Hier woont de getuige. Ze heet mevrouw Staal.'

'Wat heeft ze gezien?'

'Dat kan ze je beter zelf vertellen.'

De deur wordt geopend door een oude vrouw met een chagrijnig gezicht in een blauw mantelpakje. Het doet Lara denken aan haar overleden buurvrouw: die had net zo'n pakje aan toen ze in haar kist lag opgebaard.

Ilse stelt Lara voor aan mevrouw Staal en vertrekt dan om het buurtonderzoek te organiseren. Net zoals in Utrecht, een herhaling van zetten.

De oude dame neemt Lara mee naar de woonkamer, die ten opzichte van die bij Benno Hofman gespiegeld is. Overal waar Lara kijkt, staan beeldjes van honden.

Ze gaan ieder op een aparte bank zitten. De zitting is zo hard dat deze nauwelijks inveert als Lara plaatsneemt.

'U spaart ze?'

Mevrouw Staal kijkt haar glazig aan.

'De honden?' verduidelijkt ze.

'O, sorry, kind, ik was even in de war. Ik dacht dat u het over meneer Hofman wilde hebben.'

'Dat wil ik ook. Kende u de heer Hofman goed?'

'Sorry. Nu vergeet ik helemaal om u koffie of thee aan te bieden. Wat onbeleefd van mij.'

Lara schudt haar hoofd. 'Nee, dat geeft niets. Nee, dank u. Maar kende u hem?'

'Zeker.'

'Hoelang kende u hem al?'

'Nou, zo lang als hij hier woont natuurlijk.'

Het gesprek loopt nog niet zo lekker, vindt Lara. En ze gooit het over een andere boeg. 'Is u de afgelopen week iets opgevallen? U komt zo schrander over, ik denk dat u ons enorm kunt helpen. Vertelt u het maar in uw eigen woorden.'

Mevrouw Staal gaat rechtop zitten. 'Over die man met die elektrische auto of de man van DHL?'

'U heeft zelfs twee mannen gezien, wat oplettend. Graag over allebei. Begint u maar bij het begin.'

Een uur later trekt Lara de voordeur achter zich dicht en neemt de lift naar beneden. Ze is tevreden over het gesprek met mevrouw Staal. Het was goed dat ze er alleen was. Met complimenten had ze de oude vrouw voor zich gewonnen en die had uitgebreid verslag gedaan van wat ze had gezien.

'Had ze nog wat voor ons?' Thomas staat in de deuropening van het vermoedelijke Stasi-onderkomen.

'Jazeker, deze dame is nog heel opmerkzaam voor haar leeftijd. Waarschijnlijk zit ze de hele dag naar buiten te kijken.' Lara lacht, maar vervolgt dan op serieuze toon: 'Hofman heeft bezoek gehad van DHL. Er zijn twee dingen die de oude dame waren opgevallen. Het eerste is dat de chauffeur een man was van haar leeftijd, en dat vond ze nogal oud voor een DHL-chauffeur. Hij is lange tijd binnen geweest en kwam met dezelfde doos weer naar buiten.'

'Dat is vreemd, van die doos. Wanneer was dat?'

'Vier dagen geleden.'

'Dat komt overeen met wat de schouwarts vertelde over het tijdstip van overlijden.'

Lara knikt. 'Heb je in de woning iets van DHL gezien? Een pakket, of iets wat hij online heeft gekocht misschien?'

'Nee, er is niets. Alles is oud en versleten. Wat vertelde die vrouw verder?'

'Dat ze gisteren een man heeft gesproken die een afspraak had met de heer Hofman. Ze zei dat hij wel wat van mij weg had qua haar en uiterlijk – ook een beetje excentriek. Ben ik dat?'

'Ontzettend.' Haar collega lacht erbij.

'Ze dacht overigens dat het misschien een "heer van lichte zeden" was, zoals zij het omschreef. Dat vond ze vreemd, want Benno Hofman kreeg vooral bezoek van jonge vrouwen. Zelfs de schoonmaakster was nog jong. Vroeger was hij getrouwd, vertelde ze, maar begin jaren negentig is zijn vrouw bij hem weggegaan. En had het kind meegenomen.'

'Ah, Hofman had een kind? Dat verklaart die kinderkamer. Dat moet een puber zijn geweest.'

'Volgens mevrouw Staal was het een brutaal nest, terwijl ze als kleuter juist heel lief was. Dan kwam ze weleens een snoepje halen, of voor een kwartje een zogenaamd klusje doen.' Lara voelt een steek van jaloezie als ze bedenkt hoe liefdevol de vrouw over het meisje had verteld.

'Heb je nog meer opvallende zaken?'

'Ik heb het beste voor het laatst bewaard.' Ze ziet de ogen van Thomas nieuwsgierig oplichten. 'Miss Marple heeft het kenteken van de auto opgeschreven waarin de man die op bezoek kwam reed.' Ze noemt het nummer, Thomas tikt het meteen in op zijn telefoon.

'Een Volkswagen ID.3; de auto staat op naam van meneer M. Vogel uit Haarlem.'

'Haarlem is te doen vanuit Amsterdam. We kunnen hem op de terugweg een bezoek brengen.' Lara kijkt door het raam, waar ze agenten ziet aanbellen in de straat. 'Is Lis met de rechercheur mee?'

Thomas knikt. 'Ze komt er zo aan. Wat ik van haar begreep zijn er niet veel mensen thuis.'

Samen met Thomas loopt Lara het appartement in. 'Dit is niet toevallig meer', zegt Lara hardop, terwijl ze de kamer in loopt die ze kan dromen. Ze opent de kastdeur, de kleding is van een puber. Terwijl ze peinzend voor zich uit staart, verschijnt Thomas in de deuropening.

'De zender in dat andere kamertje is van hetzelfde merk en type als in Utrecht. Oost-Duitse makelij. Het ding doet het niet meer.'

Ze schrikken op van geklop. Het is Lis die op het deurkozijn roffelt. 'Nou, de mensen hier zijn een stuk minder open dan in Utrecht.'

'Niemand heeft iets gezien of gehoord, zeker?' vraagt Lara.

'Ik heb een opvallend ding. De eigenaresse van het eetcafé aan de overkant van de weg herinnerde zich een oude man met een gele jas. Een paar dagen geleden zat hij bij het raam en leek het appartementengebouw in de gaten te houden. Hij dronk alleen thee, maar betaalde er maar liefst twintig euro voor. Daarom heeft ze hem onthouden.'

‘De DHL-man?’

‘Daar denk ik wel aan. De eigenaresse heeft hem door het raam gevolgd omdat ze geld wilde teruggeven. Hij liep naar een gele bestelbus die recht tegenover het café stond.’

‘Een DHL-bus’, zeggen Thomas en Lara in koor.

‘Nou, dat niet, want de DHL-logo’s ontbraken.’

‘Kan de caféhoudster hem beschrijven?’

‘Een oudere man, gemiddelde lengte, slank en pezig figuur. Hij sprak Nederlands met een accent. Een beetje zoals prins Bernhard vroeger, zei ze. Dat was het.’

Lara kijkt nog een keer haar oude kamer in. ‘We ronden het hier af en gaan terug naar Amsterdam.’

‘Via Haarlem’, corrigeert Thomas haar. Als Lis hem vreemd aankijkt, vertelt hij haar over het kenteken dat mevrouw Staal heeft genoteerd. ‘Ja. Meneer Vogel heeft wat uit te leggen.’

De telefoon van Thomas zoemt. ‘Mijn buurvrouw. Verdorie. Ze is opgeroepen voor een spoedklus, maar wil Levi niet alleen laten. Wat moet ik hier nu mee?’

‘Geen probleem’, zegt Lara. ‘We zetten je thuis af. Lis en ik kunnen ook samen naar Haarlem. Wil jij dan alles wat we nu hebben op een rijtje zetten?’

# 18

**Luchthaven Linate, Milaan**

Het privévliegtuig komt vlak naast hem tot stilstand. Ondanks het sterke ledlicht van de lichtmasten op het platform lijkt het toestel door de matte, zwarte kleur weg te vallen tegen de donkere achtergrond van de omgeving. Er is niets dat glimt, de ramen zijn geblindeerd, zelfs het landingsgestel is in dezelfde zwarte kleur gespoten.

De toegangsdeur zwaait open. Snel loopt hij het trapje op, de cabine in. Achter hem wordt de deur automatisch gesloten. De motoren maken toeren en het vliegtuig komt weer in beweging. De afdeling logistiek heeft blijkbaar haast.

'Ga zitten, Scott.'

Hij gaat in de stoel zitten die de man aanwijst en maakt zijn gordel vast.

Het toestel stijgt op, draait richting de Alpen en zet koers naar Nederland.

'Hoe is het met je, Carl? Ik had je niet aan boord verwacht.'

De man tegenover hem pakt een tas van de grond. 'Met slechte mensen gaat het toch altijd goed? Ik kan beter vragen hoe het met jou is.'

'Het mag amper een naam hebben, het is geen probleem.' Scott houdt zijn linkerhand omhoog waar een pleister op is geplakt. 'Die gozer met wie je me hebt opgezadeld was dat wel. De schietpartij met de Franse politie was nergens voor nodig.'

'Goed personeel is moeilijk te vinden.'

'Het wapen heb ik met opzet achtergelaten bij die amateur. De politie heeft de schutter van de schietpartij in Lyon gedood, hoorde ik op de autoradio. Het is goed de Fransen in die waan te laten.'

'Mee eens. En met het geweer kunnen ze niets. Zelfs als die Fransen heel erg hun best doen, komen ze over een paar maanden uit bij een wapenwinkel in Kabul. Daar verwijst Achmed ze weer naar de Zweden; het is tenslotte een Zweeds wapen dat in Mazar-i-Sharif is buitgemaakt door de Taliban en op de lokale wapenmarkt is beland. Koffie?'

Niet veel later staat er een espresso voor Scott op tafel. Hij neemt een slokje en laat het zwarte vocht door zijn mond walsen, zoals je de wijn keurt bij een wijnproeverij. 'Nog gecondoleerd met je vriend.'

'Binnen het Projectbureau heb je geen vrienden, alleen betrouwbare of minder betrouwbare collega's. Hoe gaat het eigenlijk met Lara?'

'Ik zie haar te weinig, ze heeft zo haar eigen bezigheden.'

'Bij de Nederlandse politie.'

'Je weet heel goed waar ze werkt. Alleen ons werk maakt het soms moeilijk. Ik heb het idee dat ze iets vermoedt. Mijn dochter ook trouwens, haar vragen worden steeds gerichter.'

'Mijn idee met die sneeuwbollen slaat toch aan? Een cadeautje vinden kinderen altijd leuk om te krijgen.'

'Dat idee was oké toen je jaren geleden het Projectbureau voortzette. Inmiddels is Evy negentien en onlangs heb ik met Lara 's nachts de badkamer staan schoonmaken omdat mevrouw bezopen thuiskwam van een feestje en net het toilet niet haalde.'

'Wow.'

'Ik verzeker je: ze is meer geïnteresseerd in de ballen van jongens dan in jouw sneeuwbollen.'

'Dat ze dat kan doen in vrijheid, daar doen we dit allemaal voor.'

'Ik bel je wel zodra ze weer een zooitje van de badkamer heeft gemaakt.' Scott leunt voorover. 'Waarom is de dood van Rolf Schneider zo belangrijk voor je?'

'Ik ging ervan uit dat Rolf Schneider aan ouderdom of zijn bourgondische levensstijl is overleden. Tot ik het adres zag waar hij is gevonden: een geheim onderkomen van ons uit de jaren tachtig. Nadat Schneider bij het Projectbureau was vertrokken, heb ik het appartement nog lang nagelopen voor het geval we het weer nodig hadden. De laatste maanden ben ik er ook niet meer geweest.'

'En met "ons" bedoel je...?'

'De CIA.' Carl haalt een paar vellen papier uit zijn tas en legt die op tafel. 'Waar ik de Russen nu van verdenk, het manipuleren van de verkiezingen in de Verenigde Staten, het ondermijnen van westerse democratieën en het verspreiden van nepnieuws, is al eens eerder met veel succes uitgevoerd.' Carl wijst naar zichzelf. 'Door ons.'

'Wat bedoel je?'

'We hadden de Stasi en andere Oost-Europese geheime diensten als de Securitate in Roemenië en de StB in Tsjechoslowakije al vanaf begin jaren tachtig in onze zak. Die actie noemde we Operation B. De B stond voor 'Berlijn', omdat daar alle geheime diensten van Oost en West samenklitten. We ondermijnden de samenlevingen in Oost-Europa met pro-westerse propaganda en acties, richtten politieke partijen op die streefden naar meer vrijheid en een betere relatie met het Westen. Vooral in Oost-

Duitsland was Operation B een groot succes. En nu doen de Russen dus hetzelfde bij ons.'

'Dat is de werkelijke reden dat we die influencers en politici met banden met Rusland omleggen?' Scott laat zich dieper in de leren stoel zakken. Het heeft hem nooit geïnteresseerd waarom hij iemand moest doden. Nu hij de reden weet maakt dat het niet opeens anders. Het blijft gewoon een opdracht.

'Inderdaad. De Russen hebben mij overigens twee of drie jaar terug benaderd over de operatie. Misschien wilden ze tips hoe je een dergelijke operatie opzet. Hoe ze van Operation B wisten is mij een raadsel. Het bedrag dat ze boden als ik voor hen kwam werken was aanzienlijk.'

'Waar heb je het dan over?' Scott knippert met zijn ogen als hij het bedrag hoort.

'Dat is nu niet belangrijk, want ik ben er niet op ingegaan. Het is wel zorgelijk dat ze er überhaupt van wisten.'

'De operatie is van meer dan dertig jaar geleden, wie ligt daar nog wakker van?'

'Dat zou je verbazen.'

'Goed, wat heb je nu voor me?'

'Rolf Schneider is een natuurlijke dood gestorven volgens de informatie die ik nu heb. Hij was echter een belangrijke pion binnen de organisatie achter Operation B en daarom wil ik zeker weten of er niet meer achter zijn dood zit. Dat wordt lastig, want hij is al gecremeerd; hem stiekem opgraven is uitgesloten.'

Uit niets blijkt dat het verhaal over de Oost-Europese geheime diensten, de ondermijning van Oost-Europa en het aanbod door de Russen is verzonnen. Wat zou hijzelf doen als de Russen hem zo'n bedrag zouden aanbieden? Scott pakt de vellen papier aan die hem worden aangereikt. Er zitten ook een aantal oude foto's bij.

'Dit is alle informatie die ik nu voor je heb over die geheime operatie en dan met name over Rolf Schneider. Hij is op het ministerie van Defensie in Den Haag gaan werken en heeft zijn naam veranderd in Gert Verheijen, een meer Nederlandse naam. Hij is steenrijk geworden door zijn lobbywerk voor defensiebedrijven. Vorig jaar is hij hertrouwd met een Oekraïense, een bloedmooi wijf, Olga Ivanova. Dat zoek ik nog verder uit, want er zitten wat hiaten in het leven van mevrouw Ivanova.'

Over de dood van Gert Verheijen heeft hij iets gelezen op een nieuwsapp, maar hij heeft er geen aandacht aan besteed. Met zijn wijsvinger tikt Scott op een foto die voor hem op tafel ligt. 'Wie is Benno Hofman? Was hij degene die leidinggaf?'

'Ik gaf leiding aan de operatie. Rolf Schneider, Konrad Fischer, Benno Hofman en ikzelf vormden de harde kern. Vanuit Nederland en Helmstedt in Duitsland stuurden we onze agenten in Oost-Europa aan. Benno Hofman was de strateeg, hij zette de grote lijnen uit. Rolf Schneider had een zeer hoge functie bij de Stasi in Oost-Berlijn. Dat was in de laatste drie jaar voor de val van de Muur. Daarvoor runde hij het nep-Stasi-kantoor in Utrecht. We woonden, op Rolf na, de laatste jaren allemaal in Nederland; dat was veiliger voor ons dan West-Duitsland.'

'Weet je wat er met de anderen, buiten Rolf Schneider, is gebeurd?'

'Benno Hofman woont nog steeds in Arnhem, dat ligt in het oosten van Nederland. Konrad Fischer woont ook nog in Nederland. Hij heeft zijn tandartspraktijk na 1990 gewoon voortgezet. Dat kon ook, niemand wist van zijn dubbelrol. Hij is ondertussen met pensioen.'

De naam Fischer komt niet veel voor in Nederland. Lara heet ook zo. Scott denkt terug aan de keren dat hij haar vroeg naar haar ouders en een bezoek voorstelde. Steevast had ze geen tijd. Hij heeft zijn schoonouders nooit ontmoet.

'Is er een probleem?'

'Niet zakelijk.'

'Privéproblemen kunnen je werk ook beïnvloeden.'

Vanzelfsprekend werkt gesodemieter thuis door in het werk. Hij is niet voor niets jarenlang single gebleven. De korte relatie met de moeder van zijn dochter was er een met grote gevolgen; Lara is de vrouw voor wie hij zelfs dit werk zou opgeven als ze dat van hem zou eisen. Eerst moet hij zich focussen op deze opdracht. 'Wil je dat ik de oud-medewerkers van Operation B benader?'

'Doe maar. Wie weet wat daar nog uit komt.' De satelliettelefoon die op tafel ligt, piept zachtjes. 'Deze moet ik even nemen.'

Scott neemt nog een slok van zijn koffie. Het gezicht van de man tegenover hem staat strak als hij het toestel neerlegt.

'Mijn God. Dit geloof je niet. Benno Hofman is ook overleden.'

'Wat? Wanneer?'

'Drie, vier dagen geleden, maar vandaag pas gevonden. Dat betekent dat hij rond dezelfde tijd als Rolf Schneider is overleden.' Carl houdt de telefoon omhoog. 'Ik had iemand aan de lijn van de *intel*-groep op de ambassade.'

'En de doodsoorzaak?'

'Een natuurlijke dood, zegt men. Benno was echter topfit. Vorig jaar heeft hij nog de marathon van New York gelopen in een hele goede tijd.'

Er klinkt zacht gekraak uit een speaker aan het plafond. De gezagvoerder meldt dat hij gaat landen op Eindhoven Airport. Ze maken hun riemen vast en verzinken beiden in gedachten. Pas als de banden het asfalt van de landingsbaan raken, schrikken ze op.

'Dit is geen toeval meer, Carl. Je hebt meer kans om in de lotto de jackpot te winnen.'

'Het is te toevallig. We hebben het ook niet over een stel hobbyisten. Benno Hofman was nog steeds een actieve agent, ondanks zijn leeftijd. Konrad heeft iets aan zijn gewrichten, maar werkt ook nog voor het Projectbureau.'

Scott slaat de papieren een voor een om op zoek naar het adres van Konrad Fischer. 'Schoorl. Waar ligt dat?'

'Iets boven Amsterdam, als ik mij goed herinner. Toen de Muur viel, ben ik er een keer geweest op een feestje dat Fischer gaf. Ik organiseer een auto voor je. Het lijkt mij verstandig dat je Konrad zo snel mogelijk opzoekt.'

# 19

## Haarlem

Vanaf de parkeergarage aan de Jansstraat is het maar een paar minuten lopen naar het adres waar de heer Vogel woont. Lara en Lis hebben eerst Thomas thuis afgezet in Zaandam, zodat hij zijn kat kan verzorgen nu zijn buurvrouw aan het werk is. Daarna zijn ze samen doorgereden naar Haarlem.

Bij nummer 8 bellen ze aan. Er klinkt gestommel, iemand komt de trap af rennen.

'Wie is daar?'

'Bent u Mathias Vogel? We zijn van de politie. Wilt u de deur opendoen?'

De deur wordt van het slot gehaald en gaat een kiertje open, zo ver als de deurketting het toelaat. 'Politie? Komt u voor mijn aangifte?'

Lara ziet een half gezicht. 'Uw aangifte?'

'Van de inbraak.'

'Het gaat om iets anders. Mogen we binnenkomen?'

'Kunt u zich identificeren? Iedereen kan wel zeggen dat hij van de politie is.'

Ze laten hun ID zien.

'AIVD? U zei toch...'

'Kunnen we het gesprek alstublieft binnen voortzetten?'

De voordeur wordt geopend en de bewoner gaat hen voor de trap op. Ze krijgen de bank aangewezen om te zitten in de woonkamer, die knus is en ingericht met lichte meubelen. De keuken was blijkbaar belangrijker, want deze beslaat meer dan de helft van de woning. Verder staat er een eettafel waar tien mensen ruim aan kunnen zitten.

'Ik huur dit appartement van een vriendin. Zij is de chef bij Smulhok!, een restaurant in het centrum van Amsterdam, vandaar de grote keuken. Zelf ben ik niet zo'n keukenprins.'

'Dat ken ik', zegt Lara. 'Gaat u ook even zitten, meneer Vogel. Mogen we u bij uw voornaam noemen?'

'Natuurlijk.'

Lara geeft haar collega het woord en staart naar Mathias die in Arnhem was, die haar ook aankijkt. De oude dame in Arnhem zei al dat de toen nog onbekende man op haar leek: daarmee heeft ze niet gelogen. Er wordt gezegd dat er van ieder mens op aarde een kopie rondloopt. Die van haar zit nu tegenover haar, met wel wat verschillen, afgezien van het feit dat hij een man is. En iets donkerder haar heeft, al is het net zo sluik als het hare. Het is lang en een beetje onverzorgd. Hij wendt zich van haar af als haar collega begint te praten.

'Kent u Benno Hofman?'

Mathias kijkt naar het plafond en houdt zijn mond.

Het is een teken dat een antwoord verzonnen wordt. Hij is in het appartement in Arnhem geweest en zijn auto is op de plek waar Benno Hofman woont gezien.

'Nee, ik ken hem niet.'

'U bent ook niet in zijn appartement geweest?'

'Nee.'

Haar collega laat een kenteken zien op haar telefoon, terwijl

Lara Mathias scherp in het oog houdt.

'Dit is het kenteken van uw auto? Een Volkswagen ID.3.'

Mathias knikt bedachtzaam.

'Wanneer bent u met deze auto voor het laatst in Arnhem geweest?' gaat Lis verder.

Mathias wordt door haar collega verder klemgezet. Hij reageert steeds nerveuzer. Op de laatste vraag heeft hij nog geen antwoord gegeven.

'Was dat misschien gisteren?' vraagt Lara, als ze het gesprek overneemt van haar collega.

Haar bijna-evenbeeld kijkt haar aan en laat dan zijn hoofd zakken. 'Gisteren was ik inderdaad in Arnhem.'

'Bij de heer Hofman?'

'Ja.'

'In zijn appartement?'

'Ja.'

'Is je daarbij iets opgevallen?'

'Hij lag dood op de bank.'

In elkaar gedoken zit haar lookalike op de bank. Hij heeft hen niet meer aangekeken sinds hij heeft toegegeven dat hij in Arnhem was.

'Meneer Hofman lag dus dood op de bank', herhaalt Lara.

Een kort knikje. Mathias staart voor zich uit. 'Ik ging ervan uit dat het Hofman was; dat weet ik niet zeker, want ik kende hem tot gisteren niet, had hem nog nooit gezien.'

'Hoe wist je eigenlijk dat hij dood was?'

'Ik rook het.' Mathias huivert bij de herinnering en haalt zijn hand langs zijn gezicht. 'Zijn huid was… anders. Ik durfde niet dicht bij hem te komen en ben weggegaan.'

'Het is vreselijk om iemand dood aan te treffen.' Lara last een korte pauze in voordat ze verder spreekt. 'Net zei je dat je tot gisteren nog nooit van Hofman hebt gehoord en ofschoon je geen familie bent, rijd je desondanks toch naar Arnhem om hem te bezoeken. Kun je ons uitleggen wat de reden daarvan was?'

'Mijn vader, ik bedoel eigenlijk Horst, heeft mij iets nagelaten.' Hij wijst naar de papieren op de salontafel. 'Het is allemaal zo vreemd.'

Lara hoopt dat haar glimlach bemoedigend werkt. Mathias komt enorm gestrest over, wat niet gek is als je onverwachts een dode vindt. Hij pakt een paar A4'tjes van tafel.

'Dit kreeg ik van een notaris in Delft. Het is niet compleet, want het meeste is gestolen. Er is ingebroken toen ik in Arnhem was. Ik ben de inbreker nog achternagegaan, maar hij is ontkomen toen hij er op een motor vandoor ging. Het dossier lag op de salontafel en ik ontdekte dat het weg was toen ik weer thuiskwam.'

Lara pakt de A4'tjes van de tafel die hij haar toeschuift en geeft er een aan haar collega. Direct beginnen ze te lezen.

'De informatie intrigeerde mij. Ik ben, naast mijn vroegere werk voor *NRC*, verbonden geweest aan Bellingcat als onderzoeksjournalist en daar blijf je nieuwsgierig door. In het dossier dat ik van de notaris kreeg, stond iets over mijn achtergrond. COVID-19 is voor veel krantenredacties de doodsteek gebleken en mijn ex-vrouw bood mij een baan aan in het bedrijf van haar vader. Ik heb nog steeds spijt dat ik de journalistiek toen vaarwel heb gezegd, maar met deze informatie kan ik misschien terugkeren naar wat ik het liefst doe: onderzoeksjournalistiek. Daarom wilde ik een aantal mensen spreken, onder wie Hofman. Deze papieren had ik meegenomen vanwege de adressen en… nou ja, lees het zelf maar.' De man laat een foto zien van een persoon in uniform. 'Dit is Horst Vogel.'

Lara pakt de foto aan en geeft hem dan door aan haar collega. De volgende pagina die ze onder ogen krijgt is een adressenlijst.

Haar blik focust zich op een bekend adres in Schoorl. Konrad Fischer staat vermeld onder Benno Hofman. Het papier begint als vanzelf te trillen. De pijn in haar hand blijft vreemd genoeg uit. Eigenlijk wist ze het al en deze lijst bevestigt het alleen: haar vader zat bij de Stasi.

'Deze informatie heeft u via een notaris gekregen van Horst Vogel. Hoewel u dezelfde achternaam heeft, is hij niet uw vader, stelt hij. Wist u dat niet?' vraagt Lis.

Lara pakt het vel met de informatie over Mathias Vogel aan van haar collega en begint te lezen.

'Hij verdween lang geleden uit mijn leven. De uitnodiging van de notaris kwam als een verrassing, maar het dossier dat ik kreeg, sloeg alles. U heeft het net zelf gelezen. Horst zegt mijn vader niet te zijn, maar was een Stasi-agent en werd daarbij geholpen door een vrouw die zijn vrouw niet was en een kind dat zijn kind niet was. Ze hebben mij gebruikt om een gezin te vormen, als dekmantel voor de buitenwacht.'

Zijn woorden probeert ze te negeren, weg te duwen, maar ze slaagt er niet in. De verbindingen in haar hersenen zijn al gelegd. Wat de tekst voor haar en haar ouders betekent is duidelijk: haar ouders waren Stasi-agenten. Al jaren vermoedde ze dat er iets was, maar ze wilde er niet aan. Haar maag speelt op, ze laat een boer, maar kan niet voorkomen dat deze hoorbaar haar lichaam verlaat.

Lis kijkt haar bezorgd aan. 'Gaat het?'

'Ik moet even naar het toilet.' Lara gaat staan. De ogen van Mathias spreken boekdelen, ook hij heeft de link gelegd.

'Konrad Fischer is jouw Horst Vogel? Ik zie het aan je gezicht.'

'Ik geloof dat ik moet…'

'De wc is in de gang.'

Lara heeft kunnen voorkomen dat ze moest overgeven en gaat

op de wc-bril zitten. Mathias heeft ook de rest van het dossier gelezen en weet vast meer. Na het doortrekken strompelt ze terug naar de woonkamer.

'Ik denk dat we in hetzelfde schuitje zitten, Mathias.' Ze pakt de adressenlijst op.

'Ik wilde de heer Hofman vragen naar Horsts achtergrond, om zeker te weten of het klopte. Beetje naïef natuurlijk: het is al zo lang geleden, maar tot mijn verbazing woonde hij nog op het adres dat Horst mij gegeven heeft. Hofman had vroeger ook een kind in huis, hebben jullie dat gezien?'

Lara weet waar hij op doelt. 'De kinderkamer? Je gaat toch niet beweren dat je dezelfde inrichting had?'

'Ja, vreselijk toch, dat behang. Hoe hebben ze het kunnen uitkiezen.'

Ze moeten lachen, wat de spanning breekt.

Het blad met adressen wordt uit haar hand getrokken door haar collega. 'Ik wil je niet onderbreken, maar ik bedenk mij nu dat er van deze lijst al twee mensen overleden zijn. Dat is geen toeval. Moeten we je vader dan niet waarschuwen?'

Haar hersenen werken niet erg mee: er gebeurt heel veel tegelijkertijd. De problemen met Scott moet ze even naast zich neerleggen. Parkeren, zoals dat heet. Lis heeft gelijk en ze zei het zelf in Arnhem nog tegen Thomas: het is allemaal te toevallig. Ze staat op.

'Zet mij zo thuis af. Probeer uit te vinden waar de anderen op deze lijst wonen of gewoond hebben. Ik rij vanuit Amsterdam gelijk door naar Schoorl.'

'Kan ik nog iets doen?' vraagt Mathias.

Ze neemt Mathias op. Wederom wordt ze overrompeld door de uiterlijke gelijkenissen.

'Schrijf alles op wat in je opkomt dat in het dossier van Horst stond: namen, jaartallen. Alles wat bruikbaar is.'

# 20

## Schoorl

'De buren zijn naar bed gegaan. Wat is jouw status?' klinkt er in zijn oor. Hij negeert de oproep.

'Vogel, ben je daar?'

'Geen bijzonderheden', mompelt hij uiteindelijk. De nachtkijker waardoor hij naar de woning kijkt, geeft een ander beeld dan de kijkers die hij in de jaren tachtig bij de Stasi gebruikte. Vroeger was het beeld groen, maar met de komst van de digitale apparatuur grijswit. Met een druk op een knop schakelt hij naar het warmtebeeld. Hij knippert even met zijn ogen. Na het grijswit gloeit het huis sterk oranjegeel op. Met de isolatie van het huis is het niet best gesteld.

De laatste jaren neemt hij niet meer zoveel opdrachten als deze aan. Op de een of andere manier komt het allemaal op hetzelfde neer, zeker voor wat betreft de uitkomst. De uitdaging is een belangrijk element voor hem geworden; alleen de klussen waar zijn expertise echt tot zijn recht komt, pakt hij nog aan. Clean is zijn specialiteit en er is steeds meer vraag naar. Toch zou hij deze klus voor de Russen niet hebben aangepakt. Het Kremlin heeft hem echter schaakmat gezet.

Achter een van de ramen ziet hij beweging: het doelwit van vanavond. Als hij zich op zijn zij draait, ziet hij twee donkere ogen die fel afsteken tegen de bivakmuts en camouflagekleding die de vrouw draagt. Onder de bedekkende kleding gaat een van Ruslands meest gevreesde moordenaars schuil.

'Fischer is thuis, Blondie.' Hij weet dat ze een hekel heeft aan de benaming die hij haar heeft gegeven.

Ze wijst naar het huis van de buren. 'We wachten nog een paar minuten. Ze zijn een uur geleden thuisgekomen en net naar bed gegaan. We geven ze even de tijd om in slaap te vallen.'

Het doelwit is even buiten beeld van de camera en hij schakelt terug naar het nachtzicht. Tijdens zijn onderzoek naar de leden van Operation B in 1990 stuitte hij op een persoon die hij nog niet kende: Konrad Fischer. Hij kon toen weinig meer over hem vinden dan het adres van zijn tandartspraktijk.

In zijn carrière bij de Stasi, en ook erna, heeft hij genoeg mensen gedood. De tandarts is gewoonweg de volgende in een lange rij. Het is begonnen op zijn eerste dag op de Stasi-opleiding, toen door zijn toedoen een medeleerling werd gedood. De elektriciteit die door zijn lichaam schoot, zette een schakelaar bij hem om: hij vond het spel van leven of dood opwindend. Ook al zat hij zelf niet aan de knoppen, toch voelde het alsof hij het was die Sepp had gedood. Herr Krenz wist dat hij goud in handen had: een superagent zonder gevoelens.

Ze kruipen de struiken uit waarin ze lagen. Blondie geeft hem een kunststof buisje aan dat op een dikke viltstift lijkt. Ze heeft er zelf een in haar rechterhand.

'Ik pak hem als eerste. Mocht het nodig zijn: druk hard op de huid, de naald springt er automatisch uit. Houd hem sowieso goed in de gaten, het werkt maar een paar minuten.'

'Weet je zeker dat het geen sporen achterlaat?' De pen met het verdovende middel verdwijnt in zijn jaszak.

'Geen enkel. Dit werkt alleen iets korter dan de oude pennen waarmee je de vorige twee hebt verdoofd.'

Ze sluipen langs een hoge heg naar de achterkant van het huis. Het slot van de achterdeur is geen belemmering en hij zet de piepschuimen doos die hij heeft meegenomen in de gang op de vloer. De deur naar de woonkamer staat open en ze horen de tonen van het journaal dat op televisie begint.

'Snijd de doos alvast open en kom mij daarna helpen met sjouwen.'

De doos is met zijn mes zo open. Hij kijkt om naar de tuin. Voor de garage staat haar motor, zijn Astra heeft hij verderop in de berm gezet. Over twintig minuten zijn ze weer weg.

De vermoeidheid slaat opeens toe. Shit.

'Vogel!'

Snel loopt hij naar de woonkamer. Op de grond bij de open haard ligt hun slachtoffer. De Russin kijkt niet blij.

'Ik riep je, verdorie! Pak zijn benen.'

Hij negeert de woede van de Russische vrouw en pakt de oude tandarts op bij zijn benen. In vergelijking met Schneider weegt de man niets, maar in Utrecht was er geen trap. Boven aangekomen laat hij hijgend de benen los. Het lichaam ploft op de vloer. Blondie wacht niet op zijn hulp en sleept het lichaam naar de kamer aan het einde van de gang. Ze snauwt tegen hem dat hij de piepschuimen doos moet halen.

Op adem gekomen rent hij de trap af. Dan bedenkt hij dat hij de handschoen om het droogijs op te pakken in de auto heeft laten liggen. Dat heeft hij niet eerder gehad, echt gefocust op de opdracht is hij niet. In de keuken pakt hij snel een ovenhandschoen.

Als hij boven komt, ligt de oude man al in de martelkamer. Blondie steekt haar duim op als ze de doos in zijn handen ziet. Op dat moment klinkt er luid gekraak van beneden.

# 21

## Schoorl

Het schemert als ze Schoorl in rijdt. Veel tijd om haar vader alleen te spreken heeft ze niet. Hooguit twintig minuten, want Lis komt zo ook deze kant op.

Het gesprek in Haarlem zoemt na in haar hoofd en telkens komt ze tot dezelfde conclusie: Konrad Fischer is haar vader niet. Dat verklaart ook meteen haar liefdeloze jeugd. Ze slikt even als ze eraan denkt dat haar vader en moeder totaal niet in haar geïnteresseerd waren. Niet in wat er thuis gebeurde, en niet in haar prestaties op school en de universiteit.

Het is haar inmiddels ook helder dat de vrouw die ze als haar moeder zag, haar moeder helemaal niet is. En ze snapt nu ook waarom haar moeder plotseling verdween: nadat de Berlijnse Muur was gevallen, was haar aanwezigheid niet langer nodig. Wie zou haar echte moeder zijn? Haar vader, of Konrad Fischer, heeft heel wat uit te leggen.

Ze parkeert op dezelfde plek als de laatste keer en stapt uit. Op de veranda van het huis brandt de buitenlamp. Er staat nauwelijks een zuchtje wind: stilte voor de storm die volgens het KNMI vanavond losbarst.

Voor de voordeur blijft ze staan. De barst in het glas loopt nu van de ene kant van het glas naar de andere. Ze kijkt door het raam naar binnen. Op de vloer staat een piepschuimen doos, witte rook kringelt onder het deksel vandaan. Als ze wil aanbellen hoort ze een stem die ze niet herkent. Het klinkt als... Russisch? Ze loopt om het huis naar een van de ramen van de woonkamer. De verlichting brandt, maar er is niemand te zien.

Plotseling duikt een in het zwart geklede persoon op. De niet al te grote man loopt wat stijfjes, als iemand op leeftijd. Hij heeft een ovenwant in zijn linkerhand, zijn bivakmuts zorgt ervoor dat ze zijn gezicht niet kan zien. Wat moet ze doen: wachten op haar collega of nu in actie komen?

Voorzichtig sluipt ze terug naar de voordeur en kijkt de gang in. De doos is verdwenen. Ze kijkt naar de deur – die is in slechte staat, dat had ze de laatste keer dat ze hier was al gezien – en daarna naar haar voeten. De René Caovilla's aan haar voeten waren onwijs duur.

De eerste trap is voldoende om de deur uit het slot te wrikken, het kraken van het hout klinkt hard in de stille nacht. Als ze de onbekende man in huis al wilde verrassen, had ze een andere manier moeten vinden om binnen te komen. Bij de volgende beuk vliegt de deur open. Direct trekt ze haar wapen.

Op de verdieping boven haar zijn voetstappen te horen en er klinkt een stem. Snel controleert ze de kamers waar vroeger de tandartspraktijk was, maar daar is niemand en ze loopt richting de trap. Het licht op de overloop brandt niet en het is lastig om iets te zien. Weer hoort ze iemand iets zeggen. De man met de bivakmuts? Hij moet het intrappen van de voordeur hebben gehoord.

Met haar pistool op de overloop gericht loopt ze zo dicht mogelijk langs de muur de trap op. Daar zijn de treden het sterkst en maken ze het minste geluid.

Boven gekomen blijft ze staan. Aan het einde van de gang ontwaart ze een lichtpuntje. Het is maar klein en zit ter hoogte van het sleutelgat. Het licht komt uit de kamer die voor haar gesloten bleef.

De slaapkamerdeuren staan open. Buiten stopt een auto, maar die rijdt dan weer door. Het licht van de koplampen beschijnt heel even de kale muren van haar oude slaapkamer. Haar collega kan het nog niet zijn, misschien is het een van de buren. In de slaapkamers is niemand.

Met haar pistool voor zich uit gericht staat ze voor de kamer waar ze als kind zo nieuwsgierig naar was. Ze gaat naast de deur staan en duwt zachtjes de deurkruk naar beneden.

De kogel doorboort het hout net onder het slot. Ze schrikt hevig, laat de deurklink los en trekt zich terug in de gang. In het donker tuurt ze naar de kamer van waaruit er geschoten werd.

Ze luistert geconcentreerd. Weer hoort ze die stem in een vreemde taal, ze weet vrijwel zeker dat het Russisch is. Van het dak hoort ze het kabaal van schuivende dakpannen. Iemand probeert te ontkomen.

Ze rent naar de kamer en met haar vinger om de trekker stormt ze naar binnen. Haar hart klopt in haar keel. Snel scant ze de kamer: niemand. Het raam staat wijd open; zo is diegene dus naar het dak gegaan. Ze steekt haar hoofd naar buiten maar ziet niets. De wind is flink aangewakkerd en het is gaan regenen. Ze sluit het raam, kijkt om zich heen en ziet nog een deur. Het plaatje erop met de tekst BADKAMER heeft ze eerder gezien: in Utrecht en Arnhem. Haar aandacht wordt getrokken naar de $CO_2$-meter, die ze ook eerder zag en die naast de deur aan de muur hangt. De waarde op het display loopt snel op: 10.000 ppm, 15.000 ppm, om dan plotseling te zakken naar 12.500 ppm.

Haar oog valt op de piepschuimen doos die ze al in de gang zag staan. Ze checkt het etiket. Het is droogijs. Ze fronst haar wenkbrauwen. Waarom staat hier een doos met geperst $CO_2$? Ze haalt het deksel van de doos. De doos is leeg.

Dan trekt ze de deur met het bordje BADKAMER open en ze ziet een volledig betegelde ruimte met leren riemen aan de muur. Dikke witte rook stroomt uit de ruimte en verspreidt zich als een deken over de vloer van de kamer. Ze aarzelt niet als ze de trainingsbroek herkent en trekt haar vader uit de damp, naar de gang.

Weer hoort ze dakpannen schuiven die vervolgens op het terras aan de andere zijde van het huis kletteren. De onbekende bevindt zich nog steeds op het dak. Voor de man op de grond kan ze op dit moment niet veel doen en ze rent de trap af.

Ze spoedt zich naar buiten. De storm is nu echt losgebarsten; de regen striemt in haar gezicht. Een auto komt de oprit op rijden en houdt stil achter haar auto. Opgelucht ziet Lara dat het een Mazda is, de auto van Lis.

Wanneer haar collega is uitgestapt, legt ze snel de situatie uit.

Opeens klinkt van achter het huis een schreeuw.

Met hun wapen in de aanslag rennen ze naar de achtertuin. Tussen gebroken dakpannen ligt er iemand in het gras, de persoon richt zich langzaam op.

In haar ooghoek ziet Lara nog iemand van het dak glijden. Ze herkent de man aan zijn kleding en postuur: het is de man die ze eerder zag. Hij komt ongelukkig op het gras terecht, maar desondanks staat hij op en strompelt weg.

'Politie! Staan blijven!' schreeuwt haar collega.

Twee harde knallen overstemmen de regen en de wind.

Lis slaakt een gil en valt tegen Lara aan. Allebei komen ze in de struiken naast de garage terecht.

Even weet ze niet wat er is gebeurd. Dan beseft ze dat de persoon die in het gras lag heeft geschoten en haar collega heeft geraakt.

'Shit! Lis!'

Hinkend komt de figuur op hen af. Aan de vormen onder het camouflagepak kan ze zien dat het een vrouw is. Die blijft op vijf meter afstand van haar staan. Lara kijkt spiedend in het rond maar de oude man is nergens meer te bekennen.

De hand waarmee ze haar wapen vastheeft, ligt onder de schouder van Lis. Ze probeert hem los te wrikken, maar haar collega kermt en het lukt niet haar hand vrij te krijgen.

'Politie!' Wanhopig probeert ze Lis' lichaam wat te verplaatsen. Ze wil haar geen pijn doen, maar moet haar wapen kunnen gebruiken.

Ze ziet dat de vrouw haar arm omhoogbrengt en een pistool op haar richt. Lara sluit haar ogen, er is niets meer dat ze kan doen. Ze verwacht dat er herinneringen naar boven komen, maar het enige waar ze aan denkt is meneer Jansen, die thuis in zijn hok zit. Wie gaat er voor hem zorgen?

Het schot klinkt van verder weg.

Wanneer ze haar ogen opent, ligt de vrouw die zo-even nog voor haar stond en haar wapen op haar richtte, voorover in het gras.

Naast haar kreunt Lis. 'Hebben we hem?'

Lara wurmt zich onder Lis vandaan en ziet dan pas dat Lis gewond is aan haar schouder. Ze moet naar het ziekenhuis.

'Van de twee is er eentje ontkomen. Blijf rustig liggen, ik ga bellen voor hulp.'

Als ze haar telefoon tevoorschijn haalt, draaien zwaailichten de oprit naar het huis in. Iemand heeft een melding gedaan. Voordat de hulpverleners ter plekke zijn en de vrouwenfiguur in het gras meenemen, wil ze weten wie het is.

Ze doorzoekt de kleding van de vrouw. Het enige wat ze in haar zakken heeft, is een sleutel van een Yamaha. In de bivakmuts zit een rond gat, ze is in haar achterhoofd geraakt. Lara draait het lichaam op zijn rug en trekt dan de muts van het hoofd. Een dikke bos blond krullend haar komt tevoorschijn. De vrouw is onherkenbaar; de kogel heeft bij uittreden haar gezicht verwoest.

# 22

## Schoorl

De loungeset waarop ze zit, staat onder een afdak achter in de tuin van de buren. Zij zijn degenen die 112 hebben gebeld. Het huis van haar vader is overgenomen door het NFI en niemand mag er meer in tot het forensisch onderzoek is afgerond.

Ze staart naar de regendruppels die in een plas vallen. Ondanks de terrasverwarming heeft ze het koud. De kilte die haar lichaam is binnengedrongen, komt niet door de regen en de wind. De conclusie dat haar vader bij de Stasi zat, en dat weet ze nu zeker na de ontdekking van de kamer met de zender, doet haar huiveren.

Uit haar jaszak haalt ze de polaroidfoto die ze tijdens het eerdere gesprek met haar vader aan hem had willen laten zien – toen het allemaal anders liep en ze met ruzie vertrok. Wie is de vrouw die naast haar staat? Het is haast wel zeker dat het niet haar echte moeder is. Zou ze net als Mathias zijn gebruikt om een gezin te vormen als dekmantel?

Ze kijkt op als ze het gesop van schoenen op het gras hoort.

Thomas komt aangerend. Hij slaat een deken om haar heen. ‘Lis is naar het ziekenhuis.’

'Gaat ze het redden?' Lara trekt de deken strak om zich heen.

'Het is een flinke wond. Volgens de ambulancebroeder is de kogel dwars door haar schouder gegaan, maar heeft die geen vitale delen geraakt. Ze is niet in levensgevaar.'

'Gelukkig maar.'

Thomas gaat naast Lara op het bankje zitten.

'Wie zijn dat?' Thomas knikt naar de foto die Lara nog in haar hand heeft.

'Dit ben ik', zegt Lara, terwijl ze zichzelf aanwijst op de foto. 'En dit is iemand die ik dacht te kennen.' Ze stopt de polaroid weer in haar zak.

Er valt een stilte. Lara is blij dat Thomas niet verder vraagt. Ze wil het niet over haar moeder hebben, die naar alle waarschijnlijkheid haar moeder niet is.

'Heb jij die onbekende vrouw neergeschoten?'

Ze schudt haar hoofd.

'Jullie waren toch alleen, jij en Lis?'

'Ja, en?'

'Ik vraag het je omdat Interne Zaken dit ook gaat vragen. Die gaan niet akkoord met een simpel "nee, ik was het niet", al is dat de waarheid.'

'Ik heb niet gezien wie de vrouw neerschoot. Het was volgens mij van verder weg. Wie er ook geschoten heeft, die persoon heeft ons leven gered.'

Thomas knikt en legt even zijn hand op haar arm. 'Kennelijk is er nog een andere partij geïnteresseerd in deze zaak en die heeft er geen belang bij dat Lis en jij werden gedood.'

Langzaam verdwijnt de adrenaline uit Lara's lichaam. Ze kijkt weer naar haar ouderlijk huis, dat nu volop in de belangstelling staat. Thomas heeft gelijk. Waarom heeft die persoon haar leven gered? Het is op zijn zachtst gezegd een vreemde ontwikkeling.

'Heb je je vader eigenlijk nog gesproken?'

'Nee. Die onbekenden waren al in de woning.' Haar rug doet zeer van het stoeltje waarop ze zit, ze heeft het koud en wil naar huis. Maar eerst moet Thomas weten wat er is gebeurd. 'Op de bovenverdieping van het huis is ook zo'n werkkamer met een zender en een martelkamer zoals we die in Utrecht en Arnhem hebben gezien. Mijn vader lag in de martelkamer in de damp van droogijs. Dat ken je misschien wel. Ze gebruiken het in tv-studio's om rookeffect te creëren. Ik vermoed dat Verheijen en Hofman ook zo zijn gedood.'

'Met droogijs?'

'Droogijs is eigenlijk geperst $CO_2$. En $CO_2$ verdringt zuurstof, je overlijdt aan zuurstofgebrek. Het forensisch team moet daar extra aandacht aan besteden.'

Thomas knikt en haalt zijn telefoon tevoorschijn. 'Ik geef het meteen door.'

'Het rare is dat de $CO_2$-waarde op de meter niet zo hoog was als in Utrecht en ook snel terugliep.'

'Misschien is de meter stuk? Ik vraag of onze collega's dat ook checken. Is je verder nog iets opgevallen?'

Lara denkt lang na, de chaos in haar hoofd maakt het niet eenvoudig om er een samenhangend verhaal van te maken. 'De kamer met de zender hier boven lijkt op de ruimtes in Utrecht en Arnhem. En o ja. De onbekenden spraken in een vreemde taal, ik vermoed Russisch, maar ik weet dat eigenlijk niet zeker.'

'Waarom zouden de Russen oud-Stasi-agenten willen doden? Ze hebben samengewerkt tijdens de Koude Oorlog.'

'Ik heb geen idee.' Lara rilt.

Thomas staat op. 'Kom, ik breng je naar huis. We praten morgen verder.'

Ze stappen in de Audi. Pas als ze de gracht in Amsterdam op rijden, denkt Lara aan waarom ze überhaupt in Schoorl was. 'Hoe is het eigenlijk met Konrad, eh... mijn vader?'

‘Volgens mij valt dat allemaal wel mee. Hij is naar het ziekenhuis in Alkmaar gebracht. Ze zullen hem wel een paar dagen houden.’

# 23

## Schoorl

Als de hulpdiensten voorbijrijden laat hij zich iets onderuitzakken in zijn stoel. Hij telt minstens zeven politie-eenheden en twee ambulances. In Nederland wijkt het protocol bij een schietpartij blijkbaar niet af van dat in de Verenigde Staten: ieder beschikbaar team gaat erop af. Vanuit de BMW kan hij in de buitenspiegel net het huis van de tandarts zien liggen.

De regen klettert op de voorruit en terwijl hij naar de uiteenspattende druppels kijkt, laat hij de gebeurtenissen van zo-even aan zich voorbijtrekken. Van de twee vrouwen in de struiken bracht de aanwezigheid van zijn vriendin hem uit zijn evenwicht. Dat overkomt hem maar zelden, of beter: nooit. Hij moest wel ingrijpen. Maar wat deed ze daar? De gewonde vrouw die half op haar lag is een collega van Lara en hij heeft haar ook eerder bij hen thuis gezien als ze zijn vriendin ophaalde. Al een tijdje weet hij dat ze niet voor de gewone politie werkt. Ze is een soort rechercheur voor de Nederlandse geheime dienst, niet als *hitman*, zoals hij. De CIA werkt in sommige opzichten vaak anders, directer, minder polderend, zoals dat hier heet. Hij vermoedt dat als ze zou weten wat hij voor werk doet, ze de relatie direct verbreekt.

Toch moet hij het haar vertellen. Ze heeft er recht op om het te weten en anders kunnen ze sowieso niet verder.

De vraag die hij zich net stelde is nog niet beantwoord. Wat deed ze daar? Konrad Fischer moet haar vader zijn. Zou ze het weten, van diens geheime verleden binnen de Stasi? Was ze daarom in Schoorl?

Van korte afstand zag hij haar onder haar collega vandaan kruipen, waarna ze de bivakmuts van het hoofd van de vrouw trok. Hoewel het gezicht grotendeels was verdwenen, maakten haar bescheiden lengte en het krullende blonde haar dat hij moest denken aan een Russin die hij in Zwitserland heeft gezien. Als ze inderdaad die persoon is, dan strookt dat met wat Carl eerder in het vliegtuig over de Russen vertelde.

Hij pakt zijn telefoon, zoekt even en vindt dan de foto. Nu weet hij het zeker en hij drukt op het touchscreen in de auto.

Het gezicht van Carl verschijnt op het scherm. 'Hoe ging het? Heb je hem de groeten gedaan?'

'We hebben een probleem. Of eigenlijk twee.'

'Dat klinkt niet best, vertel.'

'Ten eerste: de Russen zijn op oorlogspad met je oud-collega's.' Scott streamt een foto naar het systeem. Op het scherm is een jonge vrouw te zien. 'Herinner je je deze knappe krullenbol nog van onze actie in Zürich vorig jaar?'

'Hoe zou ik haar nou kunnen vergeten? Lekker ding, niet zo groot. Er is niks mis met dit meisje, behalve dat ze voor de Russen werkt.'

'Ze is geen probleem meer, maar het feit dat ze hier in Schoorl was, heeft wel iets te betekenen volgens mij. Het overlijden van Schneider en Hofman zal nu ook in een ander daglicht komen te staan. De Russen zijn met stip gestegen naar nummer één van jouw problemenlijstje.'

Carl vloekt. 'Als zij daar was, is Konrad vast dood.'

'Op dit moment weet ik niet wat zijn medische status is.' Er rijden twee ambulances voorbij. 'En ik kan het niet gaan vragen. Het halve politiekorps van Nederland staat volgens mij hier.'

'En probleem nummer twee?'

'Dat is Lara. Ze was hier ook.'

'Lara? Jouw Lara?'

'Ik vermoed dat er een familieband is met Konrad Fischer.'

'Vanwege haar achternaam?' Carl knikt. 'Het zou zomaar kunnen. Konrad heeft in de jaren tachtig een kind, een meisje, in huis genomen als dekmantel. Ik heb haar één keer gezien op een feestje bij de Fischers thuis.'

'Je weet toch waar Lara werkt.'

'Het Team Speciale Onderzoeken van de AIVD. Hoezo?'

'Ze was hier met een collega. Ik vraag me af waarom.' Scott vertelt in het kort wat er is gebeurd. 'Die blonde krullenbol stond op het punt Lara en haar collega te doden.'

'Waar jij een stokje voor hebt gestoken?'

'Ik kon niet anders. Maar ze was niet alleen, er was nog iemand, een oudere man.'

'Heb je die ook...?'

'Die is gevlucht.'

Carl lacht. 'Daar kan ik me wel iets bij voorstellen als ik jou in het donker zou tegenkomen. Hij duikt wel weer ergens op.' Dan zegt hij op serieuze toon: 'We hebben een ander probleem dat direct opgelost moet worden.'

'Wat kan er belangrijker zijn dan wat ik je net vertelde?'

'In het huis was niet alleen een tandartspraktijk gevestigd, maar ook een geheim commandocentrum van onze geheime operatie. We hielden alle successen en tegenvallers bij en stuurden daarop. Krantenberichten, tv-interviews, boeken en columns. We hadden toen nog geen internet, geen Facebook, TikTok, Instagram of x. Alles kwam samen in Schoorl en later in

Helmstedt, in Duitsland. Zoals ik je heb verteld...' Op het scherm in de auto schudt Carl zijn hoofd. 'Nee, dat heb ik niet verteld, dat zou ik gaan doen. Ik vermoed dat de Russen ons nu terugpakken met Operation B 2.0. Het grote voordeel voor hen nu is dat zij gebruik kunnen maken van allerlei socialmediaplatforms. Daar houdt Konrad Fischer zich mee bezig: inventariseren wat er aan fakenews door de Russen wordt gedeeld en daarop reageren. Dat doet hij natuurlijk niet alleen. We hebben een groot aantal vrijwilligers die denken dat ze ons helpen met een universitair onderzoek van Stanford. Zo ging dat ook in de jaren tachtig. Om een lang verhaal kort te maken: je bent nog niet klaar in Schoorl.'

'Je bedoelt te zeggen dat die tandarts nog steeds betrokken is bij de CIA?'

'Had ik dat nog niet gezegd? Benno Hofman was dat ook. Alleen Rolf Schneider, of Verheijen, zo je wil, werkte niet meer voor ons, maar voor een andere afdeling bij de CIA. We moeten wel met de oudgedienden werken, het is de enige manier om de Russen om de tuin te leiden. Die weten precies wat de aanwas is van nieuwe CIA-agenten, wie dat zijn.' Carl zucht. 'Kennelijk is iemand op het lumineuze idee gekomen dat wij het verband kunnen zien tussen de opkomst van al het nepnieuws, de complottheorieën en andere ondermijnende activiteiten zoals de fentanyl-klerezooi. En dat is de echte reden dat wij dood moeten.'

'Maar welk probleem moet dan nu opgelost worden?'

'Jouw opdracht is om de woning te vernietigen. Alleen staat die as we speak in het middelpunt van de belangstelling van de politie en de AIVD.'

'Dus wat moet ik doen?'

'Wachten tot zij zijn vertrokken. In de kofferbak van de auto vind je wat je nodig hebt.'

Ze beëindigen het gesprek. Scott kijkt in de binnenspiegel van zijn BMW naar het huis van Fischer. Langzaam wordt het rustiger rond de woning. De meeste politie is alweer weg. Ongetwijfeld volgt er een forensisch onderzoek, hij moet nog even geduld hebben.

# 24

## Haarlem

Na het inruimen van de boodschappen kruipt hij weer achter zijn laptop die op de eettafel staat. Hij gaapt. Het was moeilijk om in slaap te vallen gisteravond, na het bezoek van Lara Fischer en haar collega. Toen Leonie hem vertelde dat hun relatie voorbij was, heeft hij ook maanden niet goed geslapen. En net nu hij het gevoel krijgt dat zijn leven weer een beetje op de rit komt, krijgt hij bericht van zijn niet-biologische vader en heeft hij misschien een wel-biologische zus. Hij zou heel graag een zus willen, maar of ze echt familie van hem is, moet nog blijken. Misschien kan een DNA-test uitsluitsel geven? Daar heeft hij haar medewerking voor nodig en het is maar de vraag of ze dat wil.

Weer gaapt hij. Gek dat hij nog zo moe is. Door de oefeningen van de haptonoom was het gelukt om de malende gedachten in zijn hoofd te onderbreken en uiteindelijk als een blok in slaap te vallen. Pas om halfelf schrok hij wakker van het gepiep van een achteruitrijdende vrachtwagen in de straat.

De hele middag staart hij naar zijn laptop; als het tegen vijven loopt, staat er maar weinig op papier om over te dragen aan Lara, agent Fischer. Zijn tweelingzus? Hij wil zo graag weten hoe het zit. Door wie is hij de eerste elf jaar opgevoed? Een stel Stasi-agenten? Hij kan het bijna niet geloven. En als Horst en Marthe zijn biologische ouders niet zijn, wie zijn dat dan wel?

Hij denkt terug aan het dossier dat hij van de notaris kreeg. Horst Vogel schreef dat hij moest uitkijken, maar voor wie? De CIA? Die organisatie stond genoemd in het dossier en het briefje van Horst. Hij zet 'CIA' op het nog summiere lijstje met gegevens die hij zich weet te herinneren. In de papieren had hij gelezen dat Operation B een actie was die de CIA heeft uitgevoerd in de DDR – of nee, heel Oost-Europa, stond er. Dat moet in de tijd geweest zijn dat hij een klein jongetje was en in Den Haag woonde, bij Horst en Marthe. In ieder geval voor 1989.

Nu zijn gedachten eenmaal op gang zijn gekomen staat er al snel een lange lijst met woorden en delen van zinnen op papier die hij heeft onthouden. Een volledig verhaal is er nog niet van te maken.

In de rechteronderhoek van het scherm wordt het batterij-icoontje rood. De accu van dit oude ding loopt snel leeg. Het stamt nog uit de tijd dat hij journalist was. Weemoedig denkt hij terug aan die tijd. Zijn collega's van de onderzoeksredactie bij de krant begrepen er niets van toen hij vertrok. Maar Leonie stond erop dat hij stopte met, in haar ogen, de riooljournalistiek. Hij was zo verliefd dat hij haar blindelings volgde, zonder oog te hebben voor wat hij zelf belangrijk vond. Dankzij Leonie heeft hij de komende jaren voldoende financiële vrijheid, alleen geen invulling van zijn bestaan. Misschien kan hij met de informatie in het dossier wel een mooi artikel schrijven. En misschien, als hij het goed aanpakt, wil *NRC* hem wel terug.

Hij trekt de laptoptas naar zich toe en haalt er een oplaadsnoer uit. Een A4-papier schuift mee. Het is hetzelfde papier als de rest in het dossier. Dit moet hij gemist hebben. Hij legt het A4'tje voor zich op tafel. Er staat een naam op: Carl Braun. Er was dus nog iemand. Onder de naam staan twee adressen, een in Oisterwijk en een in Helmstedt. Hij plugt het snoer in de laptop, steekt de stekker in het stopcontact en met een druk op de spatietoets komt het beeldscherm tot leven. Hij googelt het adres in Oisterwijk. Naast de geijkte Streetview-foto is alleen de verwijzing naar een oude Funda-pagina interessant. Het pand is al een tijd geleden verkocht. Hier komt hij niet verder mee en hij pakt het A4'tje er weer bij.

In totaal zijn er vier mensen die Horst heeft vermeld in zijn dossier en die het bezoeken waard zijn; twee van hen zijn overleden. Carl Braun was de onbetwiste leider, volgens Horst. Wie weet wat deze Braun allemaal kan vertellen over hemzelf? Maar dan moet hij hem wel eerst vinden. Zijn gedachten gaan naar Lara. Wat zou zij te weten zijn gekomen bij haar vader?

Hij staat op en loopt naar de salontafel. Daar ligt het visitekaartje dat Lara hem gister nog toestopte toen ze vertrok. Er staat alleen haar naam en een telefoonnummer op. Er is geen link naar de AIVD en mailen doen ze blijkbaar liever niet. Hij wil de informatie die hij net heeft ontdekt over Carl Braun met haar delen; meneer Braun weet vast meer over zijn afkomst en misschien ook over Lara. Hij typt een lang bericht in WhatsApp en drukt op 'verzenden'. Hij wacht even, maar de vinkjes blijven grijs.

Zou het lukken om meer informatie boven water te krijgen? Bij Bellingcat was dat zijn specialiteit, het eindeloos zoeken naar data, maar dat waren doorgaans recente zaken. De kwestie waar het nu om gaat is lang geleden en dat bemoeilijkt zijn onderzoek. Meneer Braun moet bijvoorbeeld nog wel in leven zijn. Hij moet er rekening mee houden dat hij is overleden. Mathias staat energiek op, hij loopt naar het aanrecht, schenkt een glas water in en neemt een slok. Er is weer een doel in zijn leven: uitvogelen waar hij vandaan komt, wie zijn ouders zijn. En Carl Braun is de aangewezen persoon om hem daarbij te helpen.

Weer aan de eettafel opent hij Google Maps en typt het adres in Helmstedt in. Dat wordt zijn volgende doel, nu het pand in Oisterwijk is verkocht. De woning die in beeld komt is het hoekpand van een rij grote herenhuizen uit begin vorige eeuw. Het merendeel lijkt te zijn omgebouwd naar een kantoor. In tegenstelling tot de rest van de panden in de straat ziet het huis van Carl Braun – hij gaat er voor het gemak van uit dat het nog steeds zijn huis is – er slecht onderhouden uit.

Helmstedt ligt, van west naar oost gezien, in het midden van Duitsland, langs de A2 richting Berlijn. Niet al te ver en goed te doen met zijn elektrische auto. Moet hij Lara laten weten dat hij op zoek gaat naar zijn verleden? Dan denkt hij aan de inbreker die hij in zijn huis betrapte. Is het wel veilig om zomaar op pad te gaan? Aan de andere kant: wat heeft hij te verliezen? Toch besluit hij een bezoek aan de Duitse stad even uit te stellen tot hij Lara gesproken heeft.

Hij schuift de laptop van zich af. Hoe wist die inbreker eigenlijk dat het dossier in zijn bezit was? De envelop van de notaris was geseald en nooit geopend. De enige twee die wisten dat hij het dossier op die dag kreeg, waren Horst, die het dossier heeft samengesteld, en de notaris in Delft. De notaris leek hem niet iemand die informatie over cliënten zou delen met anderen. Als hij daar nu eens van uitgaat en de notaris inderdaad niets heeft gelekt, dan is er nog maar één andere persoon die ervan wist, en dat is Horst Vogel. En als het Horst is, dan zou die nog in leven moeten zijn. Hij wrijft over zijn hoofd, alsof hij daarmee structuur kan aanbrengen in zijn gedachten. Waarom zou Horst het dossier uit zijn huis stelen, terwijl hij er juist voor heeft gezorgd dat hij datzelfde dossier in handen kreeg?

Hij staat op en loopt naar de openslaande deuren. Op het pleintje voor zijn woning is het rustig. Opnieuw vraagt hij zich af waarom Horst het dossier heeft gestolen, of beter: laten stelen. Want één ding is zeker: Horst was het zelf niet. De inbreker was veel te snel voor iemand van, wat zal het zijn, eind zestig?

Er fietst een vrouw voorbij, ze lijkt een beetje op Lara. Uit zijn broekzak haalt hij zijn telefoon. Op het scherm staan nog steeds twee grijze vinkjes. Ze heeft zijn berichten van vandaag nog niet gelezen of heeft op haar telefoon ingesteld dat ze altijd grijs blijven. Wat kan hij doen? Ze moet weten wat hij net heeft ontdekt. Hij belt het nummer maar krijgt een melding dat hij wordt doorverbonden naar een berichtenbox. Hij spreekt iets in en stuurt nogmaals een appje.

Zijn rechterhand begint te tintelen. Waarom reageert ze niet? De naam die hij heeft ontdekt is belangrijk, zeker nu er al twee doden zijn te betreuren. Haar vader staat ook op de lijst; voor hetzelfde geld is hij ook overleden en reageert ze daarom niet.

Peinzend loopt hij naar de bank en neemt plaats. Is hij door de diefstal van het dossier niet direct betrokken bij wat er gaande is? Hij kan haar ook opzoeken. Lara Fischer, zo heet ze voluit en ze woont in Amsterdam. Dat heeft hij haar horen zeggen tegen haar collega. Of is hij te ongeduldig en moet hij haar reactie afwachten? De energie die door zijn lichaam stroomt zegt hem actie te ondernemen, iets te doen. Haar adres zal afgeschermd zijn door de AIVD, dus daar komt hij niet verder mee. Maar er zijn manieren om iemands adres te achterhalen, al moet hij daar een oude kennis bij Bellingcat voor inschakelen. Of gaat hij daarmee over een grens die zijn nog prille band met Lara kan verzieken?

# 25

## Lauriergracht, Amsterdam

Ze neemt een slok van haar koffie. Evy heeft een ontbijt voor haar gehaald bij de bakker dat uitnodigend op de keukentafel staat. Aan de overkant van de gracht is de gemeente een boom aan het weghalen die vannacht tijdens de storm is omgevallen. Het geluid van de kettingzaag gaat door merg en been.

Meneer Jansen ligt op schoot. Wel vreemd dat het konijn het eerste was waar ze aan dacht toen die vrouw in Schoorl een wapen op haar richtte. Scott en zijn dochter kwamen niet eens in haar op. Meneer Jansen spartelt tegen als ze hem weer in zijn hok zet.

Toen ze gisteravond laat thuiskwam, heeft ze haar natte kleding uitgedaan, een warme douche genomen en is daarna in bed gedoken. Haar maag rommelt. Ze pakt een croissant en neemt een hap. Op haar telefoon ziet ze dat Thomas heeft gebeld en ook Mathias heeft geappt en later gebeld. Ze mimet zijn naam: *Mathias*, en scrolt door zijn bericht. Hij heeft nog een naam, Carl Braun, en een adres in Helmstedt ontdekt in de papieren van de notaris. Ze denkt even na. Die Duitse plaats kwam ook naar voren bij het onderzoek naar Verheijen alias Schneider. Lis vertelde dat de flat in Utrecht via een bedrijf in Helmstedt is aangekocht.

Net op dat moment komt er een berichtje van Lis binnen. Het gaat goed met haar maar ze moet wel rust houden. Lara stuurt een duimpje terug en wenst haar beterschap. Ze is blij dat het goed gaat, al had ze Lis nu goed kunnen gebruiken. Dan moet Thomas Carl Braun maar op zien te sporen. Ze staat op om nog een koffie te maken als haar telefoon gaat. Het is het nummer van Interne Zaken en ze laat de telefoon overgaan tot de voicemail inschakelt. Een man vraagt of ze wil bellen om een afspraak te maken – dat kan wachten.

Ze neemt weer plaats aan de keukentafel en neemt een hap van een croissant. Haar hersenen komen langzaam tot leven: de kamer met de zendapparatuur in Schoorl ziet er hetzelfde uit als die in Utrecht en Arnhem; Konrad Fischer zat net als de anderen bij de Stasi. Waarom worden ze nu, dertig jaar later, gedood? Heeft dat met hun werk van destijds te maken? Het gebruik van droogijs om iemand te doden is een unicum; ze is het ook bij de Amsterdamse recherche, waar ze toch jaren heeft gewerkt, nooit tegengekomen. De dood van de twee moest blijkbaar op een natuurlijke dood lijken en dat was gelukt; zelfs een ervaren schouwarts hebben ze om de tuin geleid. Wie weet hoeveel sterfgevallen er in Nederland als een natuurlijke dood worden afgedaan terwijl het eigenlijk moord is? Ze huivert. De croissant smaakt opeens niet meer en ze spoelt de morbide gedachte weg met een slok koffie.

Nu het moord is, moet ze de zaak eigenlijk teruggeven aan de recherche, maar er zit zoveel meer achter deze zaken: de Stasi, de martelkamers, de identieke kinderkamers, Russisch sprekende daders, het droogijs. Het klinkt als een plot van een spionageroman van Frederick Forsyth. Spionage: dat is het terrein van de AIVD. Ze weet dat de AIVD betere mogelijkheden heeft om dieper te graven in het verleden van de Stasi-leden. Zolang haar leidinggevende haar niet tegenhoudt, gaat ze verder. Ze moet er wel rekening mee houden dat ze nog maar een paar dagen heeft voordat ze het onderzoek moet overdragen.

De droogijsmethode fascineert haar. Wie zou zoiets hebben verzonnen? Op internet vindt ze het bedrijf dat op de doos in Schoorl vermeld stond. Ze pakt haar telefoon en toetst het nummer in. Al snel heeft ze iemand aan de lijn.

Het telefoongesprek heeft haar veel wijzer gemaakt. Het extreem koude droogijs, het is min negenenzeventig graden, sublimeert. Dat houdt in dat het niet smelt, zoals gebeurt met ijs dat uit water bestaat, maar dat het direct overgaat naar het gas $CO_2$. En dat is, volgens de medewerker van het bedrijf die ze aan de telefoon had, in grotere hoeveelheden dodelijk: een ijskoude dood.

In Schoorl is de moordenaar niet in zijn opzet geslaagd, waarschijnlijk meer uit geluk dan uit wijsheid. Nieuwsgierig naar het autopsierapport over Benno Hofman logt ze in op het AIVD-systeem. Er is nog niets binnen. Vreemd, de schouwarts zou die toch inplannen? Ze belt het mobiele nummer van Nora Bergman, maar de lijn springt over naar de voicemail.

Er wordt aangebeld. Op de Ring-app ziet ze dat Thomas voor de deur staat. Ze doet de deur voor hem open en wacht hem op bij de trap.

'Koffie?'

'Ja, lekker.'

Terwijl ze de zwarte vloeistof uit het apparaat laat lopen, vraagt ze: 'Wat kom je doen?'

'Kijken hoe het met je gaat en ik kom je ophalen.' Hij wijst naar buiten. 'Het is droog, ik dacht eraan om naar Schoorl te rijden.'

Ze knikt. 'Goed idee. Ik kleed me snel aan, dan gaan we.'

# 26

## Schoorl

Het erf ligt er nagenoeg verlaten bij, op een grijze Volkswagen Transporter na. Op de bestelwagen is het logo van het Nederlands Forensisch Instituut te zien. Er valt ook genoeg te onderzoeken. Ze parkeert haar auto achter het huis. Haar collega laat vanaf de passagiersstoel een appje zien.

'Van Lis. De arts is net langs geweest. De operatie is goed gelukt. Met een beetje geluk wordt ze helemaal de oude. Ze moet nog een paar dagen in het ziekenhuis blijven.'

'Ze appte me vanochtend dat het goed met haar gaat, maar het is fijn te horen dat de artsen ook tevreden zijn.' Opgelucht blaast Lara uit en ze gebaart naar het huis. 'Waar zullen we beginnen?'

'Eerst de tuin en dan naar voren werken? Ik zal tegen de mensen van het NFI zeggen dat we achter zijn.'

Terwijl Thomas op zoek gaat naar de forensisch onderzoekers, loopt zij alvast door naar de achtertuin. Voor de garage wordt net een motorfiets op een bergingsauto geladen: een Yamaha. Ze denkt aan de Yamaha-sleutel die ze vond in de zak van de doodgeschoten vrouw.

‘Wow. Een Yamaha Tracer.’

Haar collega is naast haar komen staan en ze glimlacht om zijn enthousiasme. Ze loopt naar de chauffeur. ‘Gaat dit ding naar het NFI?’

‘Geen idee. Ik breng hem naar het verzamelpunt in Heerhugowaard. De doortransporten regelen ze op kantoor.’

‘Kun je je collega’s niet even bellen om te horen waar die naartoe gaat?’

De man snoert de motor vast met een spanband. ‘Als je het niet erg vindt, ga ik verder. We hebben na de storm van vannacht genoeg te doen. Er wachten nog zes ritten, deze kwam ertussendoor.’

‘Oké.’

De gele vrachtwagen, met daarop de motor, verdwijnt uit het zicht. Lara knijpt haar ogen samen. De motor heeft ze eerder gezien, dat weet ze zeker. Rijdt de schouwarts niet op zo’n motor?

‘De mensen van het NFI zijn klaar met het onderzoek, we kunnen het huis in als we willen’, geeft Thomas aan.

Lara knikt. ‘Laten we beginnen met de garage.’

De garage is voorzien van twee houten deuren, die aan de onderzijde zijn doorgerot. Ze trekt een van de deuren een stuk open en stapt naar binnen. Hoewel er via de geopende deur licht naar binnen schijnt, is het schemerig. Naast lege magazijnrekken staat een grasmaaier en in de hoek staan volle vuilniszakken. Ze herinnert zich de geur van vers gemaaid gras die er vroeger hing en die ze zo heerlijk vond. Nu ruikt het naar een natte hond.

‘Geen licht?’ vraagt haar collega.

‘Jawel.’ Als ze een bakelieten schakelaar omdraait, springt er in de nok van het dak een tl-buis aan. In het licht ziet ze dat er hier alleen troep staat. Uit een van de vuilniszakken steekt een stuk papier en ze trekt eraan. Het is een groot stuk behang. De kleuren zijn door de jaren fletser geworden en ze volgt met haar vinger het patroon. Het heeft niet hetzelfde rustgevende effect als toen het nog op de muur zat.

'Het is inderdaad hetzelfde behang als in Utrecht en Arnhem.' Thomas heeft ook een stuk papier gepakt. 'Wie zou jouw vader ingefluisterd hebben om het te verwijderen?'

'Vermoedelijk een oud-collega.' Ze wijst naar de hoek van de garage. 'Daar ligt het marmoleum. En dat was mijn bureau.'

'Het is nu wel zeker dat Konrad Fischer, net als Gert Verheijen en Benno Hofman, bij de Stasi zat.'

'Daar lijkt het wel op, ja.' Ook al hebben ze in het huis de kamer met de zender gevonden en is het behang van haar kamer hetzelfde als in de andere Stasi-woningen, er knaagt nog iets. Ze denkt aan wat haar vader zei, vlak voordat ze woedend het huis verliet: *ooit zul je respect voor mij en mijn handelen hebben.* Hij was zo overtuigd van zichzelf dat ze zich afvraagt of ze iets over het hoofd ziet. Bedoelde hij daarmee zijn werk voor de Stasi? Of is er iets anders aan de hand?

Ze lopen richting het huis. Op het dak ontbreken een aantal dakpannen en in het gras is nog te zien waar iemand is neergekomen. De struiken waarin Lis en zij lagen zijn weggehaald. Het NFI heeft het onderzoek grondig aangepakt.

Op de voordeur, die openstaat, staat haar schoenafdruk en iemand heeft er een nummer bij geplakt.

Een medewerker van het NFI trekt net haar overall en overschoenen uit. De vermoeidheid is van haar gezicht af te lezen. Ze lacht naar Thomas, een effect dat hij op meer vrouwen heeft.

'Ben je alleen?' hoort ze haar collega vragen.

'Mo is de bus aan het inladen, we moeten zo door naar Arnhem voor een van jullie andere vondsten. Dit kwam tussendoor.' De forensisch onderzoeker pakt haar werkkleding op. 'Eh... dan ga ik maar.'

'Wacht even', houdt Lara haar tegen. 'Heb je nog bijzonderheden?'

De NFI-medewerker wijst naar de tuin. 'We weten dat de vrouw heeft geschoten op jou en je collega. We hebben twee kogels gevonden in de schutting. Een met bloed en een zonder.'

'Ik heb inderdaad twee schoten gehoord.'

'Dat komt dan overeen met de inslagen. De kogel die je collega heeft geraakt is waarschijnlijk een 9mm. Het wapen dat we bij de doodgeschoten vrouw hebben gevonden is een Glock 9mm.'

'En dan hebben we nog de schutter die deze vrouw heeft gedood.'

'Die persoon heeft een dumdumkogel gebruikt. De vrouw is in haar hoofd geraakt. De schade aan haar gezicht is enorm.'

'Die dumdumkogels zijn toch verboden. Wie gebruikt zoiets?'

'Geen idee, maar het morele kompas van de schutter is in ieder geval uit balans. Diegene redt jou en je collega door een ander met een vreselijk wapen te doden.'

'Heb je in huis nog opvallende dingen gevonden?'

'Die kamer boven, de martelkamer, werd ook gebruikt om mensen te doden. Er hangt daar niet voor niets een $CO_2$-meter. Ze noemden die manier van doden in de DDR *kalter Tod*, vanwege de extreem lage temperatuur van het droogijs dat ze ervoor gebruikten. Droogijs is eigenlijk puur $CO_2$ en als dat sublimeert is het in grote hoeveelheden dodelijk, maar dat weten jullie wel.'

Als Thomas de vrouw glazig aankijkt gaat ze verder. 'Het verdringt zuurstof en laat geen enkel spoor achter. Daarom mag je droogijs ook niet met je blote handen beetpakken of op een stenen aanrecht neerleggen.'

'Want?' komt Lara tussenbeide.

'Het spul is min negenenzeventig graden. Je vingers bevriezen direct.'

'Nee, nee, dat bedoel ik niet, wat gebeurt er met het aanrecht?' Lara denkt aan de keuken in Utrecht.

'Die kan scheuren.'

Met de handen in haar broekzakken volgt Lara vanuit haar oude slaapkamer de Volkswagen Transporter die het weggetje afrijdt. Dan draait ze zich naar de muur waar haar bureautje vroeger tegenaan stond. Ze laat haar hand over de kale muur glijden. De geruststellende sensatie die ze vroeger ervaarde, blijft ook nu uit. Achter zich hoort ze gestommel op de trap. Thomas heeft nog een tijdje staan praten met de vrouw van het NFI. Het zou haar niet verbazen als ze een date hebben afgesproken. En wat dan nog?, spreekt ze zichzelf toe. Het zijn volwassen mensen, die mogen dat. Als ze eerlijk is, is het gewoon jaloezie: stel je voor dat zij wel gelukkig worden met elkaar, terwijl ze dat zelf momenteel niet is met Scott. Hun relatie zijn ze lekker aan het laten doorsudderen, zoals je met draadjesvlees doet. Op een gegeven moment valt het vanzelf uit elkaar.

Ze haalt de oude polaroid uit haar jaszak en kijkt naar de vrouw die op de foto naast haar staat. In deze kamer zag ze de vrouw voor het laatst. Die vrouw was niet haar moeder en een koude rilling loopt over haar rug. Hoe komt ze ooit te weten wie haar echte moeder is?

'Sta je je zonden te overdenken?'

Ze draait zich naar haar collega. 'Leuke vrouw.'

'Je bedoelt Roos?'

'Heb je een date?'

'Waarom wil je dat weten?'

'Nou ja. Ik vraag het uit interesse.'

Thomas lacht. 'Van de week op weg naar Blaricum vroeg je het ook al. Ben je soms jaloers op me?'

Het matras van haar oude bed zakt in als ze erop gaat zitten. 'Ik heb Scott.'

‘Het een sluit het ander niet uit.’

‘Dat weet ik.’ Weer wrijft ze met haar vinger over de kale muur. ‘Sorry, het is nogal verwarrend allemaal. Mathias Vogel, die denkt dat hij misschien familie van mij is; mijn ouders, die mijn ouders waarschijnlijk niet zijn. Ik ben jaloers omdat ik mijn vriend lijk kwijt te raken en dat reageer ik af op jou. Dat mag ik niet doen, dat weet ik.’

Hij legt even zijn hand op haar arm. ‘Het maakt je een mens, Lara. Je bent een fijne collega en wat ik over je stiefdochter hoor, een superstiefmoeder. Die vriend van je beseft niet wat voor moois hij in handen heeft als hij je niet ziet staan.’

‘Dank je. Maar heb je nu een date of niet?’

‘We gaan zaterdag uit eten.’

‘Leuk.’

Als haar telefoon rinkelt, staat Lara op en pakt hem uit haar zak. ‘Weer die lui van Interne Zaken.’

‘Hoezo “weer”?’

‘Vanochtend hebben ze me ook al gebeld.’

‘Je zult toch een keer met ze in gesprek moeten over wat hier afgelopen nacht is gebeurd.’

‘Later.’ Ze drukt het gesprek weg. ‘Zullen we verder gaan met het bekijken van het huis?’ Zonder een antwoord af te wachten loopt ze langs hem heen de gang in.

De kamer aan het einde van de gang is hetzelfde als die in Utrecht en Arnhem. De zender van VEB Stern werkt niet meer, evenmin als de computers. De $CO_2$-meter geeft 478 ppm aan. Een veilige waarde als ze Lis moet geloven. Het portret van Honecker hangt iets scheef. De vingerafdrukken in het stof op het glas zitten er nog niet lang. Lara denkt weer aan de zin die Konrad Fischer uitsprak toen ze wegging. Waarom zou hij haar respect verdienen? Ze weet dat de Stasi mensen liet martelen, dissidenten liet verdwijnen en ze zetten baby’s zoals Mathias en zij in om het perfecte plaatje te creëren. Ze haalt de foto van de oude leider van de DDR van de muur. Achter de lijst komt een knop tevoorschijn.

'In Utrecht en Arnhem hing Honecker toch aan een buitenmuur?'

Thomas denkt even na en knikt.

Er klinkt een harde tik als ze op de knop drukt en er iets verderop in de muur een slot openspringt. Een vernuftig verborgen deur wordt zichtbaar.

'Er staan veel vingerafdrukken in het stof op de lijst en ik vroeg me al af waarom je die griezel steeds van de muur haalt.' Ze geeft een duw en de deur gaat verder open. Automatisch springt de verlichting aan.

Voor hen strekt zich een grote ruimte uit van circa tien meter diep en acht meter breed. De computers in de ruimte zijn oud. In het midden staat een tafel met zes stoelen eromheen. Aan de linkerwand hangen landkaarten van West- en Oost-Europa. Erboven hangt een papier met de tekst OPERATION BERLIN. Op de muur hangen vergeelde krantenberichten in veel verschillende talen. Ze kan niet alles ervan lezen, maar de Nederlandse en Engelse wel en de context van de Duitstalige berichten is ook wel duidelijk. Ze gaan over grote en kleine positieve veranderingen in het Oost-Europa van de jaren tachtig.

Rechts hangen landkaarten van Europa, Azië en de Verenigde Staten met honderden uitgeprinte Facebook-, Telegram- en Instagramberichten erop geplakt. Nieuwsgierig leest ze er een paar. De berichten gaan over COVID-19, oorlogen, verkiezingen en het World Economic Forum. Er hangen ook lokale krantenknipsels over een burgemeester die wordt bedreigd, steekpartijen in Nederland, schietpartijen in de Verenigde Staten, de fentanylcrisis in Philadelphia. Waarvoor dient het?

Ook Thomas heeft de kaarten en papieren op de linkermuur

van dichtbij bekeken. ‘Dit lijkt een soort zenuwcentrum. Wat zou “Operation Berlin” betekenen?’

‘Ik denk een of andere Stasi-actie? Moet je dit zien’, en Lara wijst naar de rechterwand. ‘Mijn vader heeft zich zo te zien verdiept in fakenews en complottheorieën. Zou hij iets op het spoor zijn geweest?’

‘Misschien kun je het hem straks zelf vragen als we hier klaar zijn? Je bent hiervandaan zo in Alkmaar.’

# 27

## Schoorl

Het is al enige tijd geleden dat de bestelbus van het NFI is weggereden en hij stapt uit, rekt zich uit. Na een nacht wachten lijkt het erop dat hij bijna aan de slag kan. Uit de kofferbak van de BMW pakt hij een stalen cilinder en hij kijkt even naar de woning die nu zijn doelwit is. Dit keer geen mens, maar het houten huis van Fischer. Hij stapt weer in de auto en legt de brandbom naast zich op de passagiersstoel.

De Audi van zijn vriendin staat nog steeds achter haar vaders huis. Naar zijn zin is ze met haar collega al te lang boven, wat vreten ze uit?

Geïrriteerd zet hij de radio uit, misschien kan hij zich in stilte beter concentreren. Zijn gedachten gaan alle kanten op, er zijn te veel randzaken die aandacht opeisen. Na deze opdracht heeft hij een relatie te redden. Hij weet alleen nog niet hoe. Hij pakt zijn telefoon en tikt op een icoon. Het is de standaardapp voor CIA-agenten van wie familieleden gevaar lopen. In zijn lijst staan alleen zijn dochter en zijn vriendin vermeld die hij kan volgen via hun telefoon. Als hij op Lara's naam klikt gaat het systeem op zoek. Op de kaart die op het scherm tevoorschijn komt is ze dicht bij hem, in het echte leven is ze mijlenver verwijderd.

Carls privé-uitzoekdingetje blijkt groter dan gedacht. Sowieso volgt de laatste maanden voortdurend de ene na de andere opdracht.

Nog niet zo heel lang geleden boeide dat hem totaal niet. Zijn dochter woonde bij haar moeder en hij had Lara nog niet ontmoet. Maar toen stond zijn dochter plotseling op de stoep, omdat haar moeder een nieuwe lover had met een allergie voor kinderen, en is hij veranderd. En toen hij daarna ook nog zijn vriendin ontmoette, zag hij in wat er echt toe doet. En ondanks dat laat hij haar nu uit zijn handen glippen.

Een bekende auto komt voorbij: de Audi van Lara. Ze zit achter het stuur. Hij wil erachteraan rijden, haar in zijn armen nemen en zeggen dat hij van haar houdt. De auto verdwijnt al snel uit het zicht en hij pakt de brandbom van de stoel. Er is op dit moment niemand in het huis en hij kan deze opdracht nu afhandelen.

# 28

**Russische ambassade, Den Haag**

De deur klapt hard tegen de muur als hij de kamer in komt. De Russische vrouw achter het bureau drukt op de knop van een afstandsbediening waarmee een stoorzender wordt aangezet. De buren kunnen weer klagen bij hun provider over de trage wifi.

'Ga zitten, Horst. Ik ben benieuwd: hoe kon het zo mislopen in Schoorl?'

Moeizaam laat hij zich op de bureaustoel zakken. De val van het dak heeft zijn rug geen goed gedaan.

'Waarom hebben we niet in Blaricum afgesproken?' vraagt hij. We lopen hier beiden het risico gezien te worden door een van de diensten.'

De vrouw staat op en kijkt tussen de glasgordijnen door uit het raam. 'Je bedoelt die Opel Vivaro van de AIVD? Die staat daar iedere dag. Ze maken er geen geheim van. Ik maak me meer zorgen over die eenheid van de CIA in een van de kantoorpanden aan de overkant. Tenminste, we vermoeden dat er een team zit.'

'Die bus viel me ook op, daarom ben ik achterom gekomen.' Hij gaat achter haar staan. Ze ruikt zoetig en hij voelt zijn hartslag toenemen. Hij weet dat ze onbereikbaar is en dat hij überhaupt niets meer met haar kan, maar juist daarom windt ze hem op.

Ze schuift de gordijnen dicht en gaat weer achter haar bureau zitten. Hij volgt haar voorbeeld en neemt ook plaats.

'Nog even over Blaricum. Na Gerts dood ligt de woning onder een vergrootglas. We konden niet anders dan het ontruimen.'

Horst knikt. 'We hebben niets aan Gert gehad, het was een misrekening. Al die tijd die je in de relatie hebt gestoken heeft niets opgeleverd. Het was veel beter geweest als je Carl had verleid.'

'Ik kijk er niet graag op terug, nee, maar soms moet je je opofferen voor een hoger doel. En het is niet voor niets geweest. De extra beveiliging die hij liet aanbrengen was een teken dat hij vermoedde of zelfs wist dat er iets speelde. Misschien is hij gewaarschuwd of herkende hij onze werkwijze?'

'Hij is geen probleem meer.'

Een paar seconden is het stil, dan zegt ze: 'Maar vertel. Wat ging er mis in Schoorl?'

'We hadden niet gerekend op die dochter van Fischer en moesten de actie afbreken. De tandarts lag al klaar en ik gooide het droogijs in de ruimte. Dat kon geen kwaad, zoals je weet. We wilden een schietpartij voorkomen...'

'Dat is niet bepaald gelukt.'

'We zijn naar het dak gevlucht. Daar zaten we klem omdat er nog een collega van dat wijf kwam opdagen. Blondie is van het dak gesprongen en zou voor afleiding zorgen. Ik wilde aan de andere zijde via een regenpijp naar beneden klimmen, maar gleed uit. Blondie schoot daarop een van de agenten neer.'

'Wie heeft háár dan doodgeschoten?'

'Een pro met speciale stealthkleding aan. Die vent was nagenoeg onzichtbaar, zelfs jullie hebben zo'n uitrusting niet. Zo was hij er en zo was hij weg. Ik stond echt versteld van zijn snelheid.'

'CIA?'

'In ieder geval een professionele organisatie. Ik heb mezelf niet aan hem voorgesteld en ben ervandoor gegaan.'

'Zoals je weet worden mislukkingen niet getolereerd binnen onze gelederen, dus is je strategie gelukt? Leeft Fischer nog?'

'Dat weet ik niet zeker, ik vermoed van wel. Na de schietpartij ben ik niet direct gevlucht, maar heb me verstopt in de struiken. Die oude Fischer werd op een brancard naar een ambulance gereden, maar het zag er niet levensbedreigend uit. Daarna heb ik de Astra gepakt en ben weggereden.'

'Waar heb je de auto gelaten?'

'In de Vliet, even buiten Leiden. Het werd tijd dat ik er afstand van deed.'

De Russische vrouw is niet blij met zijn verhaal, dat ziet hij aan haar gezicht. Hij weet dat ze de mogelijkheid heeft hem per diplomatieke post naar Moskou te sturen. De komende tijd moet hij oppassen dat hij niet in een busje wordt getrokken.

'Ga achter de medische status van Fischer aan. Hij is ongetwijfeld ter observatie naar een ziekenhuis in de buurt gebracht. Daar is het 's avonds meestal rustig, dus dat mag geen probleem zijn. We kunnen niet riskeren dat anderen achter onze plannen komen.'

'En Carl Braun? Is hij al boven water?'

'Zijn oude adres in Oisterwijk kunnen we vergeten. De woning wordt gesloopt en is jaren terug al verkocht.'

Ze drukt op de afstandsbediening van de stoorzender die op het bureau ligt, als teken dat het gesprek afgelopen is, en hij staat op. De pijn in zijn rug lijkt wat minder geworden, maar kan niet verbloemen dat hij oud is. Ooit was hij fit, sluw en manipulatief.

Als het plan mislukt en het erop aankomt, zal zij de schuld op hem schuiven. Voorlopig heeft ze hem nog nodig, maar dat kan zomaar veranderen.

# 29

## Alkmaar

Een groot gedeelte van het menselijk leed staat vermeld op het bord in de hal: cardiologie, oncologie, urologie, longziekten. Als ze richting de lift loopt, versnelt ze haar pas en ze glipt naar binnen voor de deuren sluiten. Een bedroefd kijkende vrouw drukt het knopje in van de derde verdieping. Daar moet Lara ook zijn. Ze pakt haar telefoon en opent de app van haar leidinggevende. *Bel me.*

Ze stapt uit de lift en loopt door de gang, die zich als oneindig voor haar uitstrekt. Een ziekenhuis stemt haar altijd somber, vandaag lijkt het erger. Maar dit bezoek is belangrijk, zowel voor het onderzoek als voor haar persoonlijk. Ze hoopt dat haar vader toeschietelijker wordt als ze hem vertelt dat ze weet dat hij haar vader niet is. En dat het voor haar belangrijk is te weten wie haar echte ouders zijn.

De kamernummering loopt af. Ineens staat ze voor de deur van de kamer waar ze moet zijn.

Voordat ze de deur opent, kijkt ze de gang in. Een verpleegkundige met grijs krullend haar komt haar richting op lopen en draait zich plotseling om, alsof hij iets is vergeten. De druk op haar middenrif komt uit het niets: de man komt haar bekend voor.

Net als de rest van het ziekenhuis is de kamer doelmatig ingericht. In het enige bed dat er staat, ligt Konrad Fischer. Ze sluit de deur achter zich en gaat naast het bed staan. De waarden op het scherm van de monitor zien er goed uit, het valt haar alles mee hoe hij eraan toe is.

'Wat kom jij doen?' Zijn stem klinkt niet onvriendelijk, meer verbaasd.

'Praten.'

Hij mompelt iets binnensmonds, ze kan het niet verstaan.

'Hoe gaat het met je?'

Zijn gezicht staat strak, maar ontspant zich dan. Hij laat het bed omhoogkomen. 'Goed. Morgen mag ik naar huis, ik heb weinig $CO_2$ ingeademd volgens de artsen.'

Ze wil zeggen: *dankzij jou, Lara*, maar ze doet het niet. Ze pakt een stoel en gaat naast het bed zitten. De stilte die volgt is ongemakkelijk. Ze komt hier niet voor een bedankje, het stilzwijgen over successen is net als vroeger bij de tienen voor wiskunde of geschiedenis: het leven gaat verder, er was geen plek voor waardering. Het oude zeer doet nu meer pijn dan ooit.

Konrad Fischer verbreekt de stilte. 'Ik denk dat de anderen op dezelfde wijze zijn gedood.'

'Waarschijnlijk. Gert Verheijen is al gecremeerd, dat weet je, dat valt niet meer te controleren. Op het lichaam van Hofman wordt nog autopsie uitgevoerd. Dat maakt hopelijk meer duidelijk.'

Hij zegt niets. Lara kijkt naar de oude man onder de deken. Het is onwerkelijk dat deze man, die zo lang deel heeft uitgemaakt van haar leven, haar vader niet is. Ze wil zoveel van hem weten.

'De kamer boven aan het einde van de gang bewijst dat je bij de Stasi zat.'

Nauwelijks zichtbaar schudt hij zijn hoofd. 'Die zender en de computers stonden er voor het geval we een inspectie van de echte Stasi kregen. We hadden regelmatig contact met het hoofdkwartier van die lui in Oost-Berlijn en onze dekmantel moest perfect zijn.'

Een dekmantel? Denkt hij nu echt dat ze dat gelooft? 'De verborgen kamer achter het portret van Honecker is zeker ook nep?' zegt ze.

Zijn ogen vernauwen zich maar hij antwoordt niet.

'Het lijkt op een soort commandocentrum uit de jaren tachtig met al die krantenartikelen, computers. Was dat ook een dekmantel? Ik begrijp alleen nog niet wat je met al dat hedendaagse nieuws moet? Alsof je nog steeds met een onderzoek bezig bent.' Lara kijkt hem uitdagend aan.

Hij laat zich onderuitzakken. 'Tijdens ons laatste gesprek heb ik je gevraagd het verleden te laten rusten; dat geldt evengoed voor het heden. Ik kan er niets over zeggen. Als ik dat doe, lopen anderen gevaar.'

'Dus ik moet respect voor je hebben vanwege iets dat je destijds hebt gedaan en voor de rest mijn mond houden?'

'Inderdaad.'

Ze gaat rechterop zitten. Voor nu laat ze zijn Stasi-verleden even rusten. Er zijn meer dingen die ze wil weten. 'Er is nog iets anders, iets persoonlijks, waar ik achter ben gekomen. En het zou grotendeels, zo niet volledig, verklaren waarom ik zo'n moeizame relatie heb met jou.'

'Je spreekt wartaal.'

'Jij bent mijn vader niet.'

Hij trekt wit weg. Dan herstelt hij zich. 'Dat heb je niet zelf verzonnen.'

'Een eh... kennis van mij heeft dat via een notaris te horen gekregen over zijn eigen vader, die zijn vader niet is en bij de

Stasi zat. Een en een is twee. Het maakt wel duidelijk waarom we niet met elkaar kunnen opschieten en je totaal geen interesse in mij hebt. Je hebt mij alleen gebruikt om een ideaal gezinnetje te vormen.'

'Hoe heet die kennis?'

'Wie zijn mijn echte ouders? Dat zou ik heel graag willen weten.'

'Die zogenaamde kennis van je, is dat soms de zoon van Horst Vogel?'

Lara knikt kort. Dat hij dat weet is een bevestiging dat hij bij de Stasi zat.

'De enige echte Stasi-agent in Nederland zit ons na al die jaren weer dwars. Heeft die notaris tegen die kennis van je gezegd dat Horst zijn vader niet is?'

'Er is een dossier.'

'Het staat zelfs op papier? Staat er nog meer in dat dossier dat van belang is?'

'Dat weet ik niet. De map met de papieren is gestolen. Hij heeft het wel gelezen...'

De man in bed schiet naar voren. 'Gestolen? Door wie?'

'Dat weet ik niet.'

'Jij weet ook niet veel.'

De barse toon zet een oude reactie in werking waar ze niets tegen kan doen. De pijn in haar arm is alsof ze een kwal heeft geknuffeld. De woede is weer terug, voor de tweede keer in korte tijd. Vroeger is ze zo vaak gekleineerd en genegeerd dat er slechts deze vijf woorden voor nodig zijn om de reflex op te wekken. *Jij weet ook niet veel.*

Voordat ze er erg in heeft, staat hij naast zijn bed. 'Ik ben hier niet veilig', zegt hij gejaagd.

Als ze gaat staan kijkt ze hem recht in zijn blauwe ogen – zelfs dat heeft ze niet met hem gemeen. 'Degene die jou heeft aangevallen is omgekomen. Ze werd neergeschoten door een onbekende man op het moment dat ze mij wilde doden.' Haar agressie ebt wat weg.

'Ze is dood?' Hij lacht spottend. 'Dat weet je wel?'

De woede sijpelt weer haar aderen in. Bijna was ze omgekomen en daar reageert hij niet eens op. Toch kan ze zich inhouden. 'Je bent hier veilig.'

Hij gaat weer in bed liggen en staart voor zich uit. 'Waaróm heeft ze Schneider en Hofman gedood en wilde ze mij doden? Het is jaren geleden.'

'Waar ben jij op dit moment mee bezig?'

Zijn lippen krullen zich in een grimmig glimlachje. 'Niets dat jou aangaat.'

Wederom trilt haar telefoon. Weer haar leidinggevende. Tegelijkertijd komt er een appje binnen: *bel me, urgent!*

'Ik moet deze even nemen.' Terwijl ze de gang op loopt, neemt ze het telefoontje aan en houdt het toestel tegen haar oor. 'Bel je over die afspraak met Interne Zaken?'

'Dat is nu niet belangrijk. Ben je in het ziekenhuis bij je vader?'

Halverwege de gang houdt ze stil en draait zich om. 'Eh...'

'Ben je bij hem? Ik bedoel: sta je naast zijn bed?'

De verpleegkundige met het grijze haar van zo-even duwt een karretje voor zich uit en verdwijnt in de kamer waar ze net uit is gekomen. 'Nee, ik sta in de gang.'

'Luister. De Russen willen hem waarschijnlijk vermoorden. Een operationeel team van ons dat het Russische consulaat in Den Haag afluistert, heeft zoiets opgevangen. Wacht, ik stuur je een foto van de hitman: een oude man. Het is van veraf genomen en daardoor niet zo scherp.'

Langzaam loopt ze terug naar de kamer.

'Thomas en ik zijn er bijna', zegt de stem aan de andere kant van de lijn. 'Heb je je wapen bij je?'

'In het kluisje in de auto.' Ze bekijkt de foto die is binnengekomen op haar telefoon. Een oude man met grijze krullen kijkt in de lens van de camera. De foto is inderdaad wazig, maar het is voldoende om hem te herkennen. 'Shit! Hij is hier.'

Ze rent de kamer in, Konrad ligt met zijn hoofd opzij op het kussen. Net was hij nog klaarwakker. Naast het bed staat de verpleegkundige, die aan het slangetje rommelt dat naar het infuus in Konrads hand loopt.

'Ik ben al klaar, hoor', zegt de man met een licht Duits accent. Als hij wil weglopen, houdt ze hem tegen.

'Een ogenblik, eh... Wat bent u aan het doen? Gaat alles goed met eh... mijn vader?' Als ze hem goed bekijkt, twijfelt ze: is hij niet te oud om de man op haar telefoonscherm te kunnen zijn? Ze heeft hem wél al eens eerder gezien, maar waar?

Volkomen onverwacht krijgt ze een zet en de man wurmt zich langs haar. Ze herstelt zich meteen en steekt haar been uit, waardoor hij voorovervalt en hard met zijn hoofd tegen een tafel knalt. Hij brengt zijn hand naar zijn hoofd, zijn vingers worden rood. De wond op zijn hoofd bloedt hevig. Snel krabbelt hij overeind en hinkt weg.

'Is alles goed met je?' vraagt ze. Konrad Fischer heeft, waarschijnlijk door alle commotie, zijn ogen weer open.

Hij knikt. 'Opschieten, hij mag niet ontsnappen.'

'En jij dan?'

'Ga!'

De bloedspetters in de gang wijzen haar de weg richting het trappenhuis. Ze opent de deur, hoort voetstappen, het geluid komt van beneden. De oude Duitser is hooguit een verdieping lager. Met meerdere treden tegelijk sprint ze de trappen af.

Beneden gekomen rukt ze een deur open en komt in een gang die verlaten is, er staan alleen wat lege bedden en rolkarren. Het is er doodstil. Ze hoort alleen het suizen van de luchtbehandeling.

Op de glanzende vloer is het bloedspoor eenvoudig te volgen. Ze rent door en komt bij een buitendeur. Hij is niet afgesloten. Buiten kijkt ze om zich heen. Op een klein parkeerterrein staan auto's geparkeerd, vast van personeel. Er is niemand te zien. Op de stoep speurt ze naar bloedspetters, maar er is niets. Waar is hij naartoe?

Ze hoort een ritselend geluid en draait zich om. Vanuit de schaduw naast de deur duikt een gestalte op. Met een mes in zijn hand komt hij op haar af.

Een kort ogenblik verstijft ze, dan zet ze een paar stappen naar achteren tot haar rug een geparkeerde auto raakt. Ze zit klem en zakt door haar knieën. De man knielt naast haar en zet het mes op haar keel. De zijkant van zijn gezicht zit onder het bloed, in zijn haar ziet ze het gapende gat van de wond. Opeens weet ze wie hij is: Mathias liet haar in Haarlem zijn foto zien, de man in Stasi-uniform.

'Stop met het onderzoek als je wil blijven leven. Niemand kan het meer tegenhouden. Jij ook niet.'

'Horst Vogel?'

De man stompt haar in het gezicht.

De vuistslag komt gemeen aan, een kort moment ziet ze sterretjes en ze sluit een paar seconden haar ogen. Als ze die weer opent is de man verdwenen. Haar hart bonst in haar keel en het duurt even voordat ze beseft wat er aan de hand is. De tweede moordenaar uit Schoorl is Horst Vogel.

Steunend tegen de auto komt ze overeind. Waarom heeft hij haar niet gedood en alleen tijdelijk uitgeschakeld? Ze loopt naar haar auto, haalt haar wapen uit het kluisje en spoedt zich terug naar het ziekenhuis, bang voor wat ze in de kamer van Konrad Fischer zal aantreffen.

# 30

## Alkmaar

Het desinfectiemiddel dat op de wond wordt gesmeerd, prikt. Lara zit op het bed waar Konrad net nog in lag. Een verpleegkundige, dit keer een echte, behandelt de wond in haar nek die ze opliep tijdens de aanvaring zojuist.

‘U weet zeker dat ik de politie niet hoef te bellen? U had wel dood kunnen zijn.’

Als ze het hoofd schudt, lijken haar hersenen los te liggen. De klap is hard aangekomen en die oude man haalde niet eens echt uit.

De verpleegkundige plakt met tape een gaasje op de snee. ‘U moet de komende dagen in de gaten houden dat het niet gaat ontsteken.’ Ze knikt naar het rechteroog van Lara. ‘Dat zal flink blauw worden. Als uw zicht verandert, bel direct. En doe de komende dagen rustig aan.’

Ze bedankt de vrouw en gaat voorzichtig staan. Natuurlijk kan het altijd erger, maar echt fijn is het niet met een bonkend hoofd, trekkende tape in je nek en een opgezwollen huid onder je oog.

‘De dame heeft gelijk over dat rustig aan doen.’

Lara verandert van onderwerp. ‘Die Oost-Duitser kwam voor

jou, eh... Konrad, hij wilde mij niet vermoorden.'

Konrad knikt bevestigend. 'Hoe oud ook, hij voert zijn orders nog steeds blindelings uit. Blijkbaar stond je niet op zijn lijstje, anders had je hier niet meer gestaan.'

'Voordat hij wegvluchtte gaf hij mij eerst nog een waarschuwing het onderzoek niet voort te zetten. En toen zei hij iets vreemds: *het is toch niet meer tegen te houden.*'

'Dat zei hij letterlijk zo?'

Als Lara knikt vervolgt Konrad: 'Misschien zijn de Russen verder dan we dachten.'

'Heeft dit te maken met Operation B?'

De man zucht. 'Het is niet aan mij om daar iets over te zeggen.'

Gefrustreerd schopt ze tegen het bed. 'Hou nou eens op met dat geheimzinnige gedoe. Operation B, wat het ook is, stamt uit de Koude Oorlog. Waar of niet?'

Konrad staat op van het krukje. 'Het wordt tijd dat we je bij de zaak betrekken. Je werkt tenslotte bij de AIVD, hoe betrouwbaar wil je het hebben. Ik zal Carl bellen.'

'Bedoel je Carl Braun?' Lara realiseert zich dat Mathias haar die naam appte. Dan bedenkt ze dat ze niets meer van zich heeft laten horen.

'Klopt. Hij leidt deze operatie.'

Zowel Konrad als Lara kijkt op als twee mannen de kamer binnenkomen. Het zijn Mark en Thomas. Ze stellen zich voor aan Konrad. Dan kijken ze Lara aan.

'Wat is er met jou gebeurd?' vraagt Mark. Snel brengt Lara haar collega's op de hoogte van het voorval met Horst Vogel. Ze wijst naar haar vader die ondertussen zijn kleding heeft aangetrokken. 'Hij is hier niet veilig meer.'

Mark knikt. 'Thomas en ik brengen hem nu naar een veilige plek.'

Konrad kijkt Lara aan. 'Als je je even wilt opfrissen: aan de rechterkant, daar waar je de kamer binnenkomt, is een toilet met een wastafel.' Hij wijst naar een deur.

Ze nemen afscheid. Lara kijkt de drie na tot ze aan het einde van de gang uit het zicht verdwijnen en loopt naar het toilet.

In de spiegel bekijkt ze de blauwe plek onder haar oog, het heeft wel iets weg van uitgelopen mascara. Ze moet bedenken hoe ze het zal verklaren aan haar vriend en haar collega's, want daar krijgt ze zeker vragen over. Terwijl ze over een oorzaak van haar verwondingen aan het nadenken is, hoort ze achter zich een geluid. Ze kijkt om; iemand in donkere kleding loopt achter haar langs de kamer in. Als ze de persoon de kamer in volgt, ziet ze hem bij het raam staan, met een treurig 'het gaat om het gebaar'-tankstationbosje bloemen in zijn hand.

Langzaam draait hij zich om. 'Dag.' Verrast trekt hij zijn wenkbrauwen op. 'Jemig, wat heb je gedaan?'

De huid rond haar rechteroog protesteert als ze hem verbaasd aankijkt. 'Scott, wat doe jij hier?'

Langzaam lopen ze naar elkaar toe. Een paar seconden staan ze aan de grond genageld. Verlangen en wantrouwen vechten om voorrang.

Waar komt hij opeens vandaan? Ze voelt de opwinding in haar lijf. Ze heeft hem gemist, zijn aanwezigheid, zijn lichaam. Maar wat als haar vermoeden over zijn werk juist is en ze toegeeft aan haar verlangen? Is ze dan medeschuldig? Zoveel vragen schieten door haar hoofd, maar het verlangen wint. Ze zoenen alsof het hun eerste keer is, zoals toen in Florence. Direct duwt ze hem van zich af. *Florence.* Waarom heeft ze nog niet gecontroleerd of op die bewuste dag dat ze elkaar ontmoetten iemand in Florence is vermoord? Dat gaat ze zo snel mogelijk doen.

'Wat is er?' vraagt Scott verbaasd.

‘Ik ga naar huis.’

Samen lopen ze naar de lift. Scott kijkt haar geregeld aan, maar zegt niets. Beneden lopen ze, nog steeds zwijgend, naar de uitgang. Het ziekenhuis lijkt uitgestorven, op het parkeerterrein staan nog maar een paar auto’s. Uit zijn zak haalt hij een afstandsbediening en klikt erop. De knipperlichten van een onbekende BMW lichten op.

‘Duur ding.’

Hij humt. ‘Geleend van een kennis.’

‘Hoe wist je eigenlijk dat ik hier was?’

Scott legt zijn hand op haar arm. ‘Ik weet dat ik het een en ander heb uit te leggen.’

‘Over de sneeuwbollen die je voor je dochter meeneemt?’ Ze flapt het eruit.

Zijn ogen veranderen op slag van tint naar diepdonkerblauw. Dat betekent opwinding of woede. Het is wel duidelijk dat genot nu niet de oorzaak is van de kleurverandering.

‘Niet hier.’ Hij stapt in de BMW en trekt de deur dicht.

Ze trekt de autodeur weer open, heeft ze geen recht op een antwoord? De deur voelt zwaar aan en is enorm dik. ‘Welja, nog gepantserd ook. In welke branche werkt die kennis van jou eigenlijk?’

Hij tuurt door de voorruit naar de ingang van het ziekenhuis. Zijn gezicht staat somber. ‘Laten we het thuis bespreken, Lara. We moeten echt praten, ik heb je een hoop uit te leggen.’ Hij knikt naar de passagiersstoel.

Ze twijfelt, haar auto staat twee rijen verder op het parkeerterrein. Misschien is het beter om niet zelf te rijden na de klappen die ze heeft opgelopen, en ze stapt in. Stilzwijgend rijden ze de snelweg op richting Amsterdam. Ofschoon er veel te bespreken is, stellen ze het uit tot thuis. Ze duwt de zonneklep omlaag, het ledlicht van het spiegeltje is onbarmhartig. De zwelling onder haar oog lijkt nog groter geworden. Voorzichtig raakt ze het aan: alsof ze een waterbed induwt.

'Doet het zeer?'

'Een beetje.'

'Ik heb thuis een zalfje dat je erop kunt smeren, dat werkt super.'

'Waar heb jij dat voor nodig? Ik heb jou nooit met een blauwe plek gezien.'

'Dat bedoel ik.'

Ze rijden het centrum van Amsterdam in en schieten maar langzaam op.

Wanneer de auto eenmaal in de garage onder het appartement staat, pakt hij licht trillend haar hand.

'Ik wil je niet kwijt, Lara. Denk daaraan als ik je straks dingen vertel die je nog niet van me weet', zegt Scott en stapt dan uit. Met een treurige blik loopt hij naar de deur die toegang geeft tot het appartement.

Verbaasd kijkt ze hem na, zo bedrukt kent ze hem helemaal niet. Is hij echt bang haar kwijt te raken? Wil zij hem kwijt? Als het waar is waar ze hem van verdenkt, weet ze niet of ze zichzelf nog in de spiegel kan aankijken als ze bij hem zou blijven. Dan denkt ze aan Florence en pakt haar telefoon erbij. Via Google vindt ze een nieuwsbericht van vierenhalf jaar geleden. Ines Bellucci, professor aan de universiteit van Genua, is dood aangetroffen in de Via del Corno in Florence. Ze was van dichtbij in het hoofd geschoten.

Als Lara het adres opzoekt, ziet ze dat het straatje maar op vijf minuten lopen ligt van de parkeergarage waar Scott en zij elkaar ontmoetten. De handrem in haar hoofd laat het niet toe dat ze nu jankt, slaat, schopt of het uitschreeuwt.

# 31

## Amsterdam

Evy hangt in haar pyjama op de bank voor de televisie en kijkt naar een film. Ze springt op als ze hen ziet en omhelst haar vader. 'Ik heb je gemist.' Dan kijkt ze naar Lara. 'Mijn God, wat is er gebeurd?'

'Het lijkt erger dan het is', zegt die en vertrekt haar gezicht als ze probeert te lachen.

'Ik gebruik een zalfje van pap als ik blauwe plekken heb. Wacht, ik haal het even.' Even later is ze terug met een witte tube, zonder opschrift.

Voorzichtig brengt haar stiefdochter een laagje zalf aan op de zwelling onder het bewuste oog.

'Eef, wil je even naar je kamer gaan? Lara en ik moeten iets bespreken.'

De slaapkamerdeur boven slaat dicht en ze gaan ieder aan een kant op de bank zitten.

Scott zucht diep en kijkt haar dan aan. 'Om maar met de deur in huis te vallen: ik werk niet voor de ambassade, maar voor de CIA. En wat ik je ga vertellen is geheim, maar dat is bij de AIVD niet anders.'

'Hoe weet je dat ik daar werk?' Ze vermoedde al dat hij wist van haar werk bij de AIVD, maar hoopte dat hij iets anders had ontdekt.

'De CIA heeft zo zijn ingangen. Laat ik duidelijk zijn: ik verwijt je niets en begrijp dat je niets hebt gezegd, maar ik wil met je verder en dan wil ik niet meer tegen je hoeven liegen.'

'De CIA dus.'

Hij knikt.

Ze staat op en loopt naar de wand die behangen is met een ruitpatroon. Langzaam laat ze haar vinger over de lijnen glijden, net zoals vroeger. Het helpt ook nu niet om rustiger te worden en ze gaat weer op de bank zitten.

'Als moordenaar, of hoe noemen jullie dat: *hitman*?' De tintelingen in haar rechterarm blijven uit.

'Zwart-wit gezien ben ik misschien een moordenaar, maar zo eenvoudig is het niet. Ik dood alleen het grootste uitschot op aarde. Die lui zijn een gevaar voor de Verenigde Staten en ondermijnen de westerse democratieën, zoals bij die Fransman in Lyon.'

'En die vrouw in Florence? Wat heeft zij gedaan dat ze van jou dood moest?' Ze ziet aan zijn gezicht dat hij weet over wie ze het heeft. 'Ondermijnde zij ook onze democratie?'

'Nee. Bellucci wilde geheime informatie verkopen aan…'

Lara onderbreekt hem. 'Het maakt me eigenlijk niet uit waarom je haar gedood hebt, het is te erg voor woorden. Heb je me in die parkeergarage opzettelijk aangereden en daarna verleid om weg te kunnen komen?'

'De aanrijding was niet… Oké, misschien was dat inderdaad mijn eerste gedachte, maar toen ik uitstapte en ik je zag was ik… verliefd. Noem het hoe je het wil.'

'Verliefd op mij?' Ze schudt ongelovig haar hoofd. 'Je bent getraind om geen gevoel te tonen, ga ik zomaar van uit.'

'Ik had mijn gevoelens altijd onder controle, tot ik jou zag.'

Lara gaat opnieuw staan. De signalen die door haar zenuwbanen razen, doen pijn en concentreren zich niet alleen meer in haar rechterhand. Hij heeft haar verraden, zo voelt ze het. Hem zoenen in het ziekenhuis had ze niet moeten doen. Haar gevoel voor hem was sterker dan de zorgen om wie haar vriend werkelijk is. Het besef dringt door dat ze daarmee een verkeerd teken heeft afgegeven.

Hij kijkt haar aan. 'Ik bepaal niet wie er gedood moet worden.'

'Het interesseert me niet wie wat bepaalt. Jij bent degene die de trekker overhaalt.'

'Dat is zo.'

'En dat vind je niet erg: iemand doden?'

'Die kerel in Frankrijk verspreidde nepnieuws en complottheorieën, bijna zeker voor de Russen. Alles om de Franse burgers tegen elkaar op te hitsen.'

'Je verschuilt je achter een opdrachtgever en vage redenen om iemand te doden. Die man had een vrouw en kinderen.' Nog net kan ze het woord 'klootzak' inslikken.

'De dood van die Fransman maakt deel uit van een veel groter plan, of beter gezegd: van een plan om het verspreiden van nepnieuws door de Russen te laten stoppen.'

'Ach, is het een complot? Als je dat gelooft, ben je geen haar beter dan de mensen die je vermoordt.'

'Het is echt waar en niet voor de eerste keer. Ik weet er nog niet alles van, maar in de jaren tachtig is het al eens eerder gedaan in Oost-Europa. Carl kan je daar meer over vertellen, het is nog steeds *top secret*. Toen zaten wij, de CIA, erachter, nu zijn het de Russen.'

Ze denkt aan wat Mathias en Konrad haar eerder vertelden. 'Je bedoelt Operation B?'

Scott knikt. 'Konrad heeft je erover verteld?'

'Nog niet in detail.'

'De Russen hebben het CIA-plan uit de Koude Oorlog nieuw leven ingeblazen. De hoeveelheid data is tegenwoordig echter vele malen groter dan in de jaren tachtig en daardoor valt het nepnieuws niet meer zo snel op. De kwaliteit van de teksten, maar zeker van de foto's is zoveel beter. Elke website of socialmediapagina die je aanklikt bevat wel iets van nepnieuws. Sommige sites vallen op en worden aangepakt door de overheid, maar ondertussen publiceert een gerenommeerde krant in een artikel de grootste onzin die iedereen gelooft. Dat is nog maar het topje van de ijsberg. De druk wordt opgevoerd op onze samenlevingen met als enige doel: ontwrichting. Zeker de oude communistische landen worden zo op den duur een makkelijke prooi voor die kliek in het Kremlin. De Russische strategie is een gevaar voor ons allemaal en daar vechten we tegen.'

De spanning in haar lichaam loopt verder op, haar rechterhand tintelt. 'Je blijft een ordinaire moordenaar.'

Hij staat plotseling op, pakt haar bruusk beet met zijn ene hand en heft zijn andere hand.

'O, wil je me slaan? Ga je gang!' Ze wijst op de plek onder haar oog, waar de zwelling al aardig is weggetrokken. 'Als je het hier doet en me daarna insmeert met die zalf van je, valt het niet op.'

'Dat was ik helemaal niet van plan.' Hij beweegt de wijsvinger van zijn omhooggeheven hand voor haar gezicht en zegt fel: 'Die lui die ik dood zijn onkruid dat je moet verdelgen, zodat andere, nuttige planten er kunnen groeien.'

Lara's stem schiet omhoog. 'Het is niet aan jou om daarover te beslissen. Daar zijn rechters voor of God, als je daarin zou geloven.' En daar gelooft hij niet in, weet ze.

Ze kijkt hem aan. Ze kent hem, hij is niet iemand die in een complottheorie gelooft. En hij is volledig overtuigd van zijn verhaal. Langzaam wordt ze wat rustiger. Als zijn verhaal op waarheid berust, kan ze dan met hem onder één dak blijven wonen? Hij blijft een CIA-*hitman* die meerdere mensen heeft gedood. Maar hij is ook de liefde van haar leven, oprecht geïnteresseerd in wat ze doet en in haar persoonlijk. De laatste maanden zijn ze elkaar misschien wat kwijtgeraakt in het leven dat ze leiden. Dat moet anders als ze samen verder willen. Zou dat kunnen? Allebei ander werk, op een andere plek misschien. Is dat voldoende om hem de moorden te vergeven? Ze gaat weer naast hem op de bank zitten.

'Ik heb tijd nodig.'

'Dat begrijp ik.'

'Ik wil dat je morgenochtend weg bent.'

'Hoelang, denk je, eh...'

'Dat weet ik niet. Voorlopig, in ieder geval.' Ze denkt even na. 'Ik weet wel dat als ik besluit dat ik met je verder wil, je dit werk op zal moeten geven.'

'Ik vind wel een andere baan.'

'Je dochter kan hier vanzelfsprekend blijven.' Ze staat op.

'Wat ga je doen?'

'Ik weet het niet, ik moet even naar buiten.'

Als ze de trap af loopt, begint ze geluidloos te huilen. Ze trekt de voordeur achter zich dicht. Het regent weer, maar dat is prima, dan vallen haar tranen niet op.

# 32

## Amsterdam

Het regent gestaag door en ze staat al een tijdje onder een afdakje bij een winkel te vernikkelen van de kou. Het geroffel van de regendruppels op de auto's die langs de gracht staan geparkeerd, werkt rustgevend. Ze wrijft de tranen uit haar gezicht.

Op het moment dat ze haar huis uit liep, was het duidelijk dat ze niet verder met hem kon. Maar kan ze hem echt zo eenvoudig opgeven? De last die zijn woorden teweegbrengen, rust zwaar op haar schouders. Haar lichaam lijkt erdoor ineen te schrompelen, ze gaat rechtop staan en haalt diep adem. Het lamlendige in haar lijf vloeit weg.

Is haar standpunt over zijn werk reëel? Iemand doden is een grens die ze zelf niet over gaat, niet vrijwillig in ieder geval. Tientallen mensen doden buiten alle rechtssystemen om kan ze niet rijmen met haar ethische normen. Natuurlijk is ze niet blind voor de problemen in de Europese samenlevingen die volgens Scott voor een groot deel worden veroorzaakt door de Russen. De CIA probeert daar op zijn eigen manier een stokje voor te steken. Het klinkt als een complot uit een thriller. Maar wat als hij, en ook Konrad, gelijk heeft? Het zou een operatie zijn die de

Russen jaren kost, met als uiteindelijk doel een Sovjet-Unie nieuwe stijl. Helemaal onlogisch klinkt het niet.

Als het ophoudt met regenen, komt ze uit haar schuilplaats om haar wandeling door het centrum doelloos te vervolgen. Wat moet ze met hem aan, hun relatie nog een kans geven? Wat ze ook bedenkt, steeds komt ze uit bij de door Scott gepleegde moorden.

Een beweging aan de overkant van de gracht doet haar opkijken: al een tijdje loopt een man met haar op. Voor het water slaat ze linksaf de Leliegracht op en kijkt om. De man rent de brug over en volgt haar nu op honderd meter afstand. Stug loopt ze door. De impulsieve wandeling om haar gedachten op een rijtje te zetten na het gesprek met Scott lijkt een achtervolging geworden. Wie zou het zijn die haar volgt? Bij de volgende hoek slaat ze weer linksaf.

De Westerkerk torent geruststellend boven de bebouwing uit, ze is niet ver van huis. Haar wapen zit nog in de holster op haar heup, ze hoeft zich niet nog een keer in een hoek te laten drijven zoals bij het ziekenhuis. Dat was haar eigen schuld, maar dat zal niet nog een keer gebeuren.

Iets verderop langs de gracht staat een bestelbus. Als ze over haar schouder kijkt, ziet ze dat de achtervolger nog op de Leliegracht loopt. Ze rent naar de bus, verschuilt zich erachter en trekt haar wapen. Door de cabine heen ziet ze haar achtervolger inhouden als hij de hoek om komt. Dan ziet ze wie het is.

Het wapen stopt ze weg. Als hij langs de bestelbus loopt, gaat ze voor hem staan. 'Mathias?'

'Jemig, ik schrik me rot.' Hij wijst naar de blauwe plek in haar gezicht. 'Wat is er met jou gebeurd?'

'Wat doe je hier, waarom volg je mij?'

'Ik wilde bij je langsgaan en zag je net de deur uit komen en…'

'Langsgaan? Hoe kom je aan mijn adres?'

Mathias legt uit hoe hij via een kennis bij Bellingcat aan haar gegevens is gekomen. 'Je reageerde niet op mijn berichten. En ik wilde met je...'

'Je had dat nooit mogen doen.' Ze beent weg. Hoe haalt hij het in zijn hoofd haar privéadres op te vragen? Ze hoort hem roepen, maar negeert het.

Hij zet het op een drafje en haalt haar in. 'Lara, je moet naar me luisteren! Ik vermoed dat Horst nog leeft en ik heb het adres van Carl Braun in Helmstedt gevonden. Dat heb ik je nog geappt.'

Ze blijft staan. Haar nieuwsgierigheid naar de informatie die Mathias heeft gevonden, wint het van de ergernis.

Mathias komt voor haar staan. 'Je hebt helemaal gelijk dat ik je adres niet had mogen opzoeken. Ik had moeten wachten op je reactie. Sorry.'

Zijn verontschuldigingen klinken oprecht. 'Oké, excuses aanvaard.' Ze knikt naar de drukke Raadhuisstraat. 'Verderop zit een café, daar kunnen we in ieder geval uit de kou overleggen.'

Samen wandelen ze verder. Scott had het over ene Carl die meer wist over wat er allemaal gaande is. Dat moet wel dezelfde persoon zijn over wie Mathias het heeft en ze kijkt opzij. Moet ze hem vertellen dat hij gelijk heeft over Horst, dat hij nog leeft? Soms vergeet ze dat ze bij de AIVD werkt. Aan de andere kant: wat kan het voor kwaad hem iets te vertellen dat hij al weet?

In het café is het druk. Het is een ouderwetse, gezellige bruine kroeg. Ze vinden een plekje aan het einde van de bar. De barman komt direct naar hen toe en ze bestelt een bier voor Mathias en een koffie met amaretto voor zichzelf. Ze heeft behoefte aan iets sterkers dan koffie alleen. Al snel staan de bestellingen op de bar. Net als ze een slok wil nemen, stoot iemand met zijn rugzak tegen haar aan. Geërgerd kijkt ze de man na. Die heeft niets in de gaten en gaat verderop aan een statafel staan.

Haar hartslag versnelt als ze de man die naast haar aan de bar zit aankijkt. Zijn mannelijke gelaatstrekken kunnen niet verbergen dat hij op haar lijkt.

In het kort vertelt ze hoe ze aan haar verwondingen is gekomen. 'Hij leeft dus nog, zoals je al vermoedde', besluit ze haar uiteenzetting.

'Hij was de enige die van het dossier wist. Ik kom er maar niet uit waarom het is gestolen. Heb jij een idee?'

Ze denkt even na. Hoe goed kent ze hem eigenlijk? Ze hebben elkaar amper gesproken, bovendien is hij kennelijk onderzoeksjournalist en heeft zelfs de mogelijkheden om haar adres boven water te krijgen. Moet ze hem wel in vertrouwen nemen? 'Ik kan daar niet zoveel over zeggen, ben ik bang.'

'De inbraak is niet toevallig.'

Ze knikt. 'Iemand wilde voorkomen dat je de informatie las, denk ik. Is het nog gelukt om je iets te herinneren van wat er in het dossier staat?'

Hij pakt een paar geprinte vellen papier uit zijn tas. 'Het zijn flarden. Er komt soms nog meer bovendrijven. Ik heb alles opgeschreven en daardoor heb ik een vermoeden wat er zich destijds heeft afgespeeld. Als het echt waar is, dan is het een gedurfde actie van de CIA geweest, met grote gevolgen voor de Sovjet-Unie.'

Als ze de papieren aanpakt, moet ze denken aan wat Scott thuis zei over de actie uit de jaren tachtig. Zijn complottheorie over de Russen zou toch waar kunnen zijn. En als haar vader deel uitmaakte van het plan uit de Koude Oorlog, begrijpt ze nu ook wat hij bedoelde met waarom ze ooit respect voor hem zou hebben. Maar dit is allemaal nog lang niet zeker. Ze denkt aan wat Scott zei, dat hij Carl Braun wil benaderen om haar te betrekken bij... *whatever* het mag zijn.

'Waar zit je met je gedachten? Is er iets?'

'Ik probeer alles te begrijpen en op een rij te zetten.' Ze houdt de vellen papier omhoog die hij haar gaf. 'Sommige dingen worden opeens een stuk duidelijker. Gert Verheijen en Benno Hofman zijn gedood om wat in het dossier staat. Dat past allemaal in elkaar. De vraag is alleen: waarom zijn ze nu gedood en niet dertig jaar geleden?'

Haar telefoon gaat, ze pakt hem uit haar zak en ziet op het scherm de foto van degene voor wie ze net haar huis is ontvlucht. Ze haalt diep adem voor ze opneemt en luistert dan naar wat hij te vertellen heeft. Met geen woord rept hij over hun relatie, hij houdt het zakelijk, waar ze blij om is. Hij heeft Carl gesproken, die op zijn beurt Konrad Fischer en daarna haar leidinggevende bij de AIVD heeft gesproken. De CIA wil samenwerken met het Team Speciale Onderzoeken van de AIVD – waarschijnlijk omdat ze al veel hebben ontdekt over het Russische plan, Operation B 2.0. Haar leidinggevende stelde voor dat Lara leiding blijft geven aan de AIVD-inbreng van het onderzoek. In de praktijk verandert er dus niet veel. De details zullen ze bespreken in het safehouse waar Konrad ook wordt ondergebracht. Daarvoor moet ze richting Groningen rijden, het specifieke adres krijgt ze een kwartier voor aankomst. Scott vraagt haar of ze met hem wil meerijden, maar ze antwoordt ontkennend. Als ze met hem moet samenwerken in een gezamenlijke actie van de AIVD en CIA, zal het lastig genoeg zijn om afstand te bewaren. Voordat hij kan protesteren beëindigt ze het gesprek.

Het is niet handig dat haar eigen auto nog in Alkmaar staat bij het ziekenhuis. Ze kijkt naar Mathias. Misschien moet ze hem meenemen? Mogelijk loopt hij gevaar door wat hij weet over het dossier; de inbraak bij hem thuis toont aan dat hun tegenstander bereid is veel risico te nemen. 'Ben je met de trein vanuit Haarlem gekomen?'

'Nee. Er zijn werkzaamheden op het spoor. Mijn auto staat in een parkeergarage even buiten het centrum. Hoezo?'

'We moeten naar Groningen.'

Verbaasd schudt Mathias zijn hoofd.

'Ik heb daar een afspraak en ik denk dat het beter is als je met mij meegaat.'

# 33

## Amsterdam

De dochter van Fischer slaat opeens linksaf. Zou ze hem doorhebben? Hij verschuilt zich in een portiek en ziet dat de vrouw over haar schouder kijkt naar een man die aan de overkant van de gracht loopt. Als de man dichterbij komt, herkent hij hem en het is alsof hij een klap in zijn maagstreek krijgt. Een hippie met lang haar, is het eerste wat bij hem opkomt. Het is weliswaar niet zijn echte zoon, maar God weet hoe vaak hij in de afgelopen dertig jaar aan hem heeft gedacht. De signalen die ook nu door zijn oude lichaam razen verwarmen hem, verbazen hem ook. Het woord dat bij dit gevoel hoort is genegenheid, iets dat hij alleen voor zijn hond Stalin voelde. Hoe was het leven verlopen als hij de jongen in 1989 had meegenomen naar Leipzig?

Het oortje in zijn rechteroor trilt kort en met een tik op het apparaatje neemt hij het gesprek aan.

'Ja?'

'Waar ben je, Vogel? Je zou me op de hoogte houden.'

Hij komt uit zijn schuilplaats en volgt de vrouw weer, nu met Mathias tussen haar en hem in en zijn Russische opdrachtgeefster aan de lijn.

Hij kijkt naar het schild dat aan een van de grachtenpanden is bevestigd. 'Leliegracht.'

'Gaat ze weer naar huis?'

'Ze wordt gevolgd door...' Moet hij de naam noemen? De Russen zijn onvoorspelbaar en doden iedereen die een bedreiging is voor hun plan.

'Door wie?'

Hij zwijgt.

'Wie?' klinkt het nogmaals, nu fermer.

'Mathias.'

'Je zoon?'

'Het is niet mijn... We spreken elkaar straks', zegt hij en beeindigt het gesprek.

Zijn lichaam protesteert als hij het tempo opvoert om dichter bij Mathias te komen. Hij bedenkt dat deze exercitie niet nodig was geweest als hij haar had gedood in het ziekenhuis, maar soms is het beter iemand te laten leven, zodat ze gevolgd kon worden tot aan haar woonadres. Hij had bij het ziekenhuis gewacht en gezien dat de vriend van dat AIVD-wijf haar mee had genomen in zijn Duitse patserbak. Het kenteken van de BMW bracht hem zo snel niet verder dan een jetskiverhuurbedrijf in Cannes. Als hij er meer tijd aan zou besteden, zou zijn zoektocht waarschijnlijk toch eindigen in Panama, net als bij de appartementen in Utrecht en Arnhem. De Russen hadden de vriend nagetrokken maar hadden, behalve zijn naam, niets bijzonders over Scott Mulroy gevonden. Wat zo goed als hetzelfde betekent als dat hij bij een geheime dienst werkt, zeer waarschijnlijk de CIA. Die vriend is dus foute boel; hoe fout moet nog blijken, maar hij is een factor om rekening mee te houden.

Het lijkt er inderdaad op dat Mathias en hij dezelfde vrouw volgen. Waar kennen die twee elkaar van? Niets wijst erop dat zij van het dossier weet. Dat ze weet van de dood van de twee

Operation B-leden en de recente aanslag op Fischer, is ingecalculeerd. En die oude tandarts heeft haar waarschijnlijk het nodige over het plan uit de jaren tachtig verteld, maar ook dat is geen probleem.

Als hij de hoek om slaat ziet hij dat de vrouw en Mathias met elkaar in gesprek zijn, waarna ze samen doorlopen. Die twee kennen elkaar, dat is wel duidelijk. Het wordt steeds interessanter. Even later ziet hij hen een café binnengaan. Dat is jammer: de afluisterapparatuur die hij bij zich heeft, is niet geschikt voor een drukke locatie. Hij moet er zelf opaf. Er is een kans dat hij herkend wordt en hij zal moeten oppassen, hij kan zich geen fouten veroorloven.

De statafel naast de twee is vrij en dichtbij genoeg om iets van het gesprek op te vangen. Aan de bar bestelt hij een bier en hij neemt zijn glas mee naar de vrije plek. In het voorbijgaan stoot hij per ongeluk met zijn rugzak tegen de vrouw aan. Hoewel ze een beetje moppert, geeft ze gelukkig geen blijk van herkenning. Hij neemt een slok van zijn bier en richt zijn telefoon op de twee aan de bar. Het geruis dat zijn telefoon laat horen, gaat over in hun stemgeluid. Terwijl ze praten, maakt hij aantekeningen en hij is zorgelijk over wat hij opschrijft.

Dan wordt de vrouw gebeld. Uit het gesprek maakt hij op dat de beller meer weet over de operatie uit de jaren tachtig in het oude Oost-Europa. Als ze heeft opgehangen, praat ze kort tegen Mathias en ze maken aanstalten om op te stappen. Snel loopt hij voor hen uit naar buiten en neemt contact op met de Russin die zich ergens in de nabijheid van het café ophoudt.

'Ze vertrekken. Waar ben je?'

'Ik sta aan de overkant, naast de kerk. Blijf zo staan, ze lopen nu achter je langs. Weet je waar ze heen gaan?'

'In de omgeving van Groningen. Uit een telefoongesprek kon ik opmaken dat onze man daar in een safehouse is ondergebracht. Maar ik ben niet honderd procent zeker, hoorde slechts één kant van het verhaal.’

‘We volgen ze tot we zeker weten wat ze gaan doen.’

# 34

## A7 richting Groningen

Na Emmeloord wordt het rustiger op de snelweg. De Volkswagen van Mathias is even wennen, maar de elektrische auto bevalt haar wel: het rijdt soepel en de motor is niet te horen.

Sinds ze de man op de passagiersstoel duidelijk heeft gemaakt dat alleen al het feit dat hij kennis heeft van het dossier genoeg is om hem te doden, is hij stil.

'Ik begrijp dat het angstig is als je wordt bedreigd.' In haar linkerbuitenspiegel ziet ze een zwarte SUV met hoge snelheid aankomen en plots afremmen. De chauffeur wurmt zich tussen het overige verkeer op de rechterbaan en blijft achter de auto hangen die weer achter hen rijdt.

'Toen ik nog onderzoeken publiceerde bij *NRC* en Bellingcat, ben ik weleens online bedreigd. Er zat soms iets tussen waarmee je iemand op de kast kreeg. Maar er is nooit echt iets gebeurd.'

Lara haalt een vrachtwagen in. Direct haalt de zwarte auto achter haar ook in en snijdt daarbij de weg af van een andere automobilist. Haar bijrijder geeft haar een mueslireep, waar ze een hap van neemt. De croissant bij het ontbijt is het laatste wat ze heeft gegeten.

'Sta jij open voor een DNA-test?'

Zijn vraag overvalt haar. Maar natuurlijk wil ze zeker weten of hij familie is. 'Het zou veel duidelijk maken.'

'Dat klinkt niet erg enthousiast.' Hij wrijft over zijn korte baard. 'We lijken uiterlijk zoveel op elkaar. Wil jij niet weten of we familie zijn?'

'Het idee dat jij mijn broer bent is nogal verwarrend. Sorry.' Om lachend te vervolgen: 'Ik zou het heel leuk vinden.'

'Mijn hele leven ben ik alleen geweest.'

'Heb je nooit een vriendin gehad?'

'Ik ben zelfs getrouwd geweest. Maar dat is op de een of andere manier nooit familie geworden, begrijp je?'

'Eigenlijk ben ik vooral nieuwsgierig naar mijn… Misschien is het wel onze moeder.'

'Wanneer ik geen gevaar meer loop, ga ik naar Berlijn. Anderen hebben in het Stasi-archief hun ouders teruggevonden. Dat zou ons ook kunnen lukken.'

Vanzelfsprekend wil ze op zoek naar haar ouders. Maar niet op dit moment, hun veiligheid heeft nu prioriteit.

Ze naderen knooppunt Drachten, de eindbestemming heeft ze nog niet doorgekregen. Ze tuurt in de binnenspiegel, de zwarte SUV rijdt nu zo'n honderd meter achter hen. Zonder richting aan te geven neemt ze de afslag richting Oosterwolde en ze remt licht af voor een lange bocht.

'Wat doe je? Groningen is rechtdoor. Of heb je soms trek?' Hij wijst naar het McDonald's-restaurant. 'We hadden wel iets kunnen eten in het café voordat we vertrokken.'

'Ik denk dat we worden gevolgd.'

Verschrikt kijkt hij achterom. 'Door wie?'

'De zwarte Hyundai Tucson. Ik zag ze al voor Joure.'

'Ik bedoel: wie zijn het?'

'Ik kan het niet goed zien. Maar het lijkt erop dat Horst naast de chauffeur zit en er zit ook nog iemand op de achterbank. Ik denk dat het Russen zijn.' Op een vierbaans provinciale weg voegt ze in, geeft gas en haalt direct een vrachtwagen in om vervolgens op de linkerbaan te blijven rijden.

Hij kijkt weer naar achteren. 'Horst? Echt?'

Lara trekt hem aan zijn jas. 'Blijf voor je kijken. Ze hoeven niet te weten dat wij weten dat we gevolgd worden.'

De eerste afslag rijdt ze voorbij. Terwijl Mathias continu in de rechterbuitenspiegel kijkt, houdt ze een gestaag tempo aan van honderd kilometer per uur.

'Hoe weten ze eigenlijk dat we mijn auto hebben genomen en niet die van jou?'

'Waarschijnlijk werden we al in het centrum van Amsterdam gevolgd en zagen ze ons in Sloterdijk instappen. Hou het stuur eens vast.'

Hij doet wat hem gevraagd wordt en ze toetst iets in op haar telefoon. Daarna neemt ze het stuur weer over. 'Ik heb mijn leidinggevende geappt dat we worden gevolgd. We kunnen nu niet naar het safehouse, we moeten eerst onze achtervolgers zien te lozen.' Haar telefoon laat een piepje horen als er een bericht binnenkomt. 'Er is hulp onderweg.'

'Die lui zijn ons niet vanuit Sloterdijk gevolgd. Weet je nog hoe druk het was tot aan Almere? Daar kunnen ze ons nooit bijgehouden hebben.'

Ze rijdt nog een stuk door, neemt dan de volgende afslag naar Jubbega en slaat aan het einde van de afrit linksaf. De Hyundai rijdt nog steeds achter hen. Niet wetende wat te doen, volgt ze de kaarsrechte weg met boerderijen en hier en daar een zijweg. Na een aantal kilometer slaat ze weer linksaf, richting Haulerwijk. Het begint schemerig te worden, nog even en het is donker.

De woorden van Mathias over hoe de Russen hen hebben gevonden pijnigen haar hersenen. Haar telefoon is speciaal omgebouwd voor de AIVD en is niet uit te peilen, en die van hem staat uit. Ze heeft met niemand fysiek contact gehad, zover ze weet. Niet in Amsterdam. In het ziekenhuis in Alkmaar? Shit, toen die oude Duitser haar neersloeg?

'Check je jaszakken! En die van je broek.'

Hij doet direct wat hem gevraagd wordt, maar meer dan zijn huissleutel tovert hij niet tevoorschijn. Ze doet hetzelfde en vindt de sleutel van haar Audi, wat kassabonnetjes en een pakje zakdoekjes.

'Er moet een gps-systeem in de auto verstopt zitten.' Als Mathias haar ongelovig aankijkt, vervolgt ze: 'Daar hebben ze alle tijd voor gehad. En denk aan de inbraak in je huis, ze hielden je al langer in de gaten.'

'Denk je?' vraagt hij. 'De inbraak ging om het dossier, niet om mijzelf.'

'Maar ze weten wie je bent, en wat je gedaan hebt bij Bellingcat. Als ik een risicoanalyse op je zou loslaten, zou ik alle mogelijke opties willen afdekken. Deze auto is er daar een van.'

Abrupt stuurt ze naar rechts en slaat een zijweg in richting een bos. De Hyundai mist de inrit en rijdt door.

Mathias kijkt door de achterruit. 'Ze keren.'

De Volkswagen versnelt wanneer ze het gaspedaal dieper indrukt. Met hoge snelheid racen ze over de smalle klinkerweg. Nu de kans zich voordoet, wil ze de afstand tussen haar en de SUV vergroten.

Het weggetje komt uit op een parkeerplaats, er staan een paar auto's. Lara scant de omgeving. Rechtdoor het bos in kan niet, het pad is afgesloten door een houten balk. Naar rechts gaat de weg over in een zandpad. Het voelt niet goed om door te rijden, maar het is de enige optie.

'Kijk eens waar dit pad eindigt', zegt ze terwijl de auto heen en weer schudt door de kuilen in het pad.

Hij zoekt op Google de locatie op en schudt zijn hoofd. 'Volgens mij loopt het dood.'

Bij een fietspad dat het zandpad kruist, stopt ze. 'En waar leidt dit heen?'

Mathias tuurt op zijn telefoon. 'Het komt uit bij een zwembad. Maar het is toch veel te smal voor de auto? Jemig, wat nu?'

Net als ze wil doorrijden doemt de Hyundai op in de binnenspiegel. Er is geen tijd meer om plannen te maken. Opnieuw trapt ze het pedaal in en stuurt de auto het fietspad op. De zwarte Hyundai volgt direct. Het pad is net breed genoeg voor de Volkswagen; de SUV is breder en de afstand tussen hen wordt groter.

Met het linkervoorwiel rijdt ze naast het fietspad; de grond is drassig, waardoor de auto sterk naar links trekt. Ze stuurt hard tegen, het wiel krijgt weer grip op het asfalt, maar door de snelheid van de auto schiet deze abrupt door naar rechts. Vloekend realiseert ze zich dat ze een beginnersfout heeft gemaakt. Er klinkt hard gekraak, de auto heeft een betonnen paaltje geraakt, glijdt een greppel in en komt met een doffe klap tot stilstand. Heel even is het oorverdovend stil. Dan hoort ze een scherp sissend geluid vanonder de auto komen en de cabine vult zich direct met rook.

'Eruit!' schreeuwt ze en geeft Mathias een duw.

Met enige moeite klauteren ze door de ramen naar buiten en vervolgen lopend hun weg over het fietspad. Even kijkt Lara over haar schouder. Grote vlammen verlichten het bos, de Volkswagen brandt fel, waarschijnlijk is de accu door de crash beschadigd geraakt. De Russen zijn niet meer te zien.

Na een paar honderd meter stopt de man naast haar met rennen. 'Sorry. Mijn conditie is ruk', brengt hij happend naar adem uit.

Lara weet dat als hun achtervolgers eenmaal langs de brandende auto zijn, ze geen schijn van kans hebben. Weliswaar heeft ze haar wapen, maar tegen minimaal twee of drie geharde moordenaars is de overlevingskans nihil. Ze moeten zich ergens verstoppen om van daaruit hulptroepen in te schakelen.

'Vooruit', zegt ze tegen Mathias, en ze rennen door tot ze bij het zwembad aankomen. Het is gesloten, er is niemand te zien. Dan komt een auto het parkeerterrein op rijden. Het is de zwarte wagen van de Russen. Ze stoppen op twintig meter afstand, de koplampen beschijnen de ingang van het zwembad. Haar hartslag neemt toe nu ze klem zijn gezet door hun achtervolgers.

Ze haalt haar wapen uit de holster. De Glock hoeft ze niet van de beveiliging te halen, die werkt automatisch. Het pistool is tot veertig meter effectief en de auto is veel dichterbij.

Drie mensen stappen uit de Hyundai. Ze herkent Horst van het ziekenhuis, en de vrouw is de weduwe van Verheijen. De derde persoon die uitstapt, de chauffeur, is een onbekende.

Olga Verheijen en de chauffeur lopen ieder aan een kant een meter of tien bij de auto vandaan, terwijl de oude man op haar en Mathias afkomt lopen. Zo ontstaat er een soort van driehoek. Als het tot een schietpartij komt, is ze zelf in het nadeel. Want het gaat niet lukken ze in korte tijd, zonder dat een van hen reageert, alle drie neer te schieten. Haar rechterhand, waarmee ze het wapen vasthoudt, trilt licht door de pijnlijke steek die erdoorheen trekt.

Horsts stem klinkt luid over de parkeerplaats: 'Ik heb je gewaarschuwd, Lara, je moest stoppen met je onderzoek. Dat heb je niet gedaan en daar zul je nu de consequenties van moeten aanvaarden.'

'Wat wil je van ons?'

'We geven jullie graag een lift, nu je eigen auto niet meer beschikbaar is. Daarna praten we verder.'

Lara kijkt opzij. De oranje gloed tussen de bomen moet wel de aandacht trekken. Hopelijk is de politie snel ter plaatse.

'Nee, dank je. We wachten wel op de politie.'

Hij wuift naar de SUV. 'Het is geen verzoek. Leg je wapen naast je neer en loop naar de auto.'

Naast haar doet Mathias een stap naar voren, maar ze houdt hem tegen. Haar wapen nu afgeven en instappen staat gelijk aan zelfmoord. Ze richt haar wapen op Horst, die stopt met lopen. De andere twee reageren direct: ze houden hun wapens in de aanslag.

De oude man kijkt haar onbewogen aan. 'Je kunt dit niet winnen, Lara. Geef het op.'

Lara houdt haar wapen strak op Horst gericht. Dan spitst ze haar oren. Hoort ze het goed? Er komt een auto aan, is het de politie die op de brand afkomt?

Met hoge snelheid komt een BMW de parkeerplaats op stuiven. Horst kijkt verschrikt naar opzij. Mathias bedenkt zich geen moment en trekt zijn vader naar de grond.

Olga Verheijen en de chauffeur openen het vuur op de BMW, maar de kogels ketsen af op de gepantserde carrosserie. Wanneer de twee doorkrijgen dat hun kogels geen effect hebben, rennen ze naar de Hyundai. Voordat de chauffeur kan instappen, wordt hij geraakt door de BMW: hij glijdt over de motorkap en klapt op de klinkers.

Lara ziet dat Horst Mathias van zich af duwt en hij krabbelt overeind, klaar om te vluchten. Haar blik schiet naar Olga. Die heeft haar wapen gericht op... Horst?, flitst het door Lara's hoofd. Ze vuurt een kogel af. Vrijwel op hetzelfde moment dat de kogel Olga's borstkas doorboort, heeft de vrouw zelf de trekker overgehaald. Horst valt op de grond.

Even is het oorverdovend stil. Dan gaan de deuren van de BMW open en twee mannen stappen uit. Ze herkent Scott; de andere man kent ze niet, maar ze vermoedt dat het Carl is. De twee zijn op elkaar ingespeeld: haar vriend rent met getrokken pistool naar de Russin, terwijl de ander de chauffeur voor zijn rekening neemt. Allebei stoppen ze hun wapen in de holster; het gevaar is geweken.

Lara probeert te praten maar het lukt niet. Haar adrenalinepeil is razend hoog en dat slaat blijkbaar op haar stem. Wanneer ze haar wapen in de holster terugstopt, beeft haar hand opnieuw. Traag zakt ze door haar knieën, maar ze wordt overeind getrokken en meegesleurd. Scott schreeuwt dat ze ervandoor moeten. Ruw wordt ze op de achterbank van de BMW geduwd. Als ze uit het raampje kijkt, ziet ze nog net hoe Horst wankelend opstaat en richting de Hyundai strompelt.

# 35

## Finsterwolde

Lara kijkt door het raam naar buiten. Het uitzicht over de kale akkers is saai en rustgevend. In de verte beweegt iets. Een haas. Het huppende dier doet haar denken aan meneer Jansen.

Na de schietpartij bij het zwembad is ze naar het safehouse gebracht. Daar heeft ze tijd om na te denken wat er allemaal niet verkeerd gaat, want de problemen in haar leven stapelen zich op. Naast de ellende uit haar jeugd, die haar blijft achtervolgen, is er nu ook een moordende vriend. Ze wordt steeds heen en weer geslingerd. Ze wil hem niet kwijt, maar kan zijn acties niet goedkeuren. En hun relatie voortzetten en zijn daden afkeuren kan niet tegelijkertijd. Ze weet wel dat het geheimzinnige karakter van zijn werk het lastig maakt een oordeel te vellen over de mensen die hij heeft gedood, maar die mensen zijn koelbloedig vermoord. Door haar vriend, de man die die mensen ziet als onkruid dat je moet verdelgen.

Zelf behoort ze nu ook tot de groep die iemand heeft gedood. Ze voelt er nog niets bij, maar misschien moet de reactie nog komen als de adrenaline uit haar lichaam is verdwenen. De dood van mevrouw Verheijen was zelfverdediging, dat kan er ook mee te maken hebben dat ze zich zo voelt.

Ze tuurt naar de akker, maar de haas is nergens meer te bekennen. Gelukkig zijn er ook lichtpuntjes. Misschien heeft ze een broer. Haar baas zou de staafjes met hun beider DNA naar een lab brengen. De test zou met voorrang uitgevoerd worden en er zal snel uitsluitsel zijn. En dan is er nog haar echte moeder. Het is fijn om over haar te mijmeren. Ze hoopt maar dat ze haar kan opsporen.

Ze loopt naar de badkamer en kijkt naar de spiegel die haar genadig gezind is. De zalf van Evy heeft zijn werk goed gedaan. De blauwe plek onder haar oog is vrijwel weggetrokken. Op het wondje op haar voorhoofd en in haar nek zit al een korstje. De schade valt alles mee.

Scott komt de slaapkamer binnen en blijft in de deuropening van de badkamer staan.

'Goed geslapen?'

'Hi Scott', zegt ze. Na de schietpartij in Friesland heeft ze hem niet meer gezien. 'Bedankt voor je hulp bij het zwembad.'

'Die vrouw heb je zelf gedood, daar had je mij niet voor nodig.'

'Zonder jou en Carl had ik daar de kans niet voor gekregen.'

Hij kijkt haar aan. 'Dus jouw leven redden is wel oké? Voor de tweede keer in korte tijd trouwens.'

Verbaasd neemt ze hem op. 'In Schoorl: was jij dat?'

'Ja.'

Ze perst haar tanden op elkaar. Dat ze nog leeft heeft ze te danken aan een kille moordenaar. Maar nu kon het niet anders, er was geen keuze. Al die anderen die hij heeft gedood waren een weerloos doelwit.

Hij lijkt haar twijfel op te merken. 'Ik verdedig de Verenigde Staten tegen mensen die onze vrijheden aanvallen.'

‘Wat jij doet is heel iets anders dan mijn leven redden. Als je dat niet inziet ben je…’

‘Een klootzak?’

‘Zo denk ik niet over je, dat weet je.’

‘Laten we erover ophouden.’

Ze draait zich om en kijkt hem aan via de spiegel. Ze wil niet huilen waar hij bij staat. Waar is die rustige tijd dat ze dacht dat hij bij de Amerikaanse ambassade werkte en een normale baan had? Ze kan niet negeren dat hij een moordenaar is.

De stilte is pijnlijk, ze moet iets zeggen. ‘Waar zijn we? Het moet een uithoek zijn, want ik zie amper bebouwing.’ Het is een krampachtige poging om te communiceren met de man die ze kwijt is.

‘Ik spreek het vast verkeerd uit: Finsterwolde. Op de grens met Noord-Duitsland.’ Hij loopt weg zonder wat te zeggen.

Lara kleedt zich uit en stapt onder de douche. Ze laat de straal over haar gezicht stromen, haar tranen vermengen zich met het warme water. Dan vermant ze zich, zet de douche uit en trekt haar kleren weer aan.

Als ze de woonkamer binnenkomt, kijkt ze rond. De inrichting is functioneel: een bank, een salontafel en een eettafel. Aan de tafel zit haar vader die haar vader niet blijkt te zijn. Hij heeft een krant voor zich uitgespreid en schuift zijn telefoon eronder als hij haar ziet.

‘Waar is iedereen?’ vraagt Lara hem.

‘Die jongeman met wie je onderweg hiernaartoe was, is met je collega’s mee. Hij mocht hier niet blijven en wordt naar een andere plek gebracht. Scott en Carl komen er zo aan, ze nemen een nieuwe auto in ontvangst. De kogelgaten in de BMW vallen nogal op. En ik moest je dit briefje geven van je baas.’

Ze gaat aan tafel zitten, vouwt het briefje open en blaast geërgerd uit als ze leest dat ze zo spoedig mogelijk een afspraak moet maken met Interne Zaken. Daar heeft ze nog geen zin in. Een paar minuten staart ze voor zich uit.

'Trek je de dood van die Russin niet te veel aan, Lamberta.' Ze schrikt op uit haar gedachten. 'Het was zelfverdediging, die dingen gebeuren. Je hebt daarmee Mathias en jezelf gered.'

'Het is Lara. En ik heb nergens last van.' Ze leunt achterover tegen de rugleuning van de stoel. 'Weet je nog dat we iedere zaterdagochtend zo zaten? Jij met je krant en ik met de *Hitkrant*?'

'Je gaat toch niet sentimenteel doen?'

Haast automatisch schudt ze haar hoofd. Ze wil geen herinneringen met hem ophalen, ze wil dat hij excuses maakt voor de desinteresse tijdens haar jeugd. Hij had er dan misschien een goede reden voor, het heeft er hoe dan ook flink in gehakt. En ook al kan ze het op haar werk wel verborgen houden, de onzekerheid die daaruit voortgekomen is, speelt haar nog altijd parten.

De onverschilligheid druipt van zijn gezicht als de man tegenover haar een bladzijde van de krant omslaat. Het is de enige reden waarom ze twijfelt de vraag te stellen die haar vanbinnen opvreet. Nerveus schuift ze haar stoel aan. Haar stem klinkt hees als ze de vraag op tafel gooit.

'Weet je wie mijn echte ouders zijn nu jij en eh... mama dat niet zijn?'

Hij vouwt zijn krant op, staart een moment naar zijn handen die voor hem op tafel liggen en kijkt haar dan nors aan.

'Ik weet dat je biologische moeder uit Pankow, een voorstad van Oost-Berlijn, komt. Ik heb geen naam voor je, maar het moet in het Stasi-archief wel te vinden zijn. Ze is in de speciale gevangenis Bautzen II vastgezet vanwege vijandelijkheden tegen de staat, zoals dat toen heette. Jullie zijn daar...'

'"Jullie"?' Een opwindend signaal raast door haar lichaam en ze duwt zich omhoog.

'Jij en die...' Hij balt zijn vuisten, voordat hij verder spreekt. 'Die man met wie je hier kwam aanzetten, Mathias, is je tweelingbroer. Jullie zijn geboren in Bautzen II.'

Lara's hart maakt een sprongetje. Hoewel het pas na de DNA-test honderd procent zeker is, heeft Konrad het nu al bevestigd: ze heeft een broer.

'Bautzen was een Stasi-gevangenis?'

'Zoiets.' Hij schudt zijn hoofd. 'Het was erger dan de hel.'

'Wat heeft ze de DDR dan misdaan, dat jullie haar op zo'n plek hebben vastgehouden?'

'Ze heeft anderen geholpen te ontsnappen naar West-Berlijn. En niet wij, maar de echte Stasi was voor die jarenlange detentie verantwoordelijk.'

Ze rekent snel uit dat er een kans is dat haar moeder nog in leven is. Zou ze geprobeerd hebben haar twee kinderen op te sporen? Maar waarom heeft haar moeder hen dan niet kunnen vinden?

'En wie was de vrouw die mijn moeder speelde in Schoorl?'

'Een actrice die de CIA had ingehuurd, iemand die in Hollywood niet aan de bak kwam, maar deze rol met verve speelde.'

'En leeft ze nog, weet je dat?'

'Een jaar of vijf geleden is ze omgekomen bij een verkeersongeluk.'

Konrad is niet erg scheutig met het delen van informatie. Maar ze heeft hem eindelijk aan het praten gekregen en moet nu doorzetten.

'Dus je wist dat ik een kind was van een dissident die vastzat in de DDR en ondanks dat haalde je mij bij mijn moeder weg en bracht mij naar Nederland?'

'Haar man werkte bij de Stasi en heeft haar laten opsluiten. Ze is zwanger geworden in Bautzen II en heeft jullie afgestaan aan de staat. Zodoende konden we over jullie beschikken. Daar heb ik nooit problemen mee gehad, omdat het onze zaak, Operation Berlin, hielp. Niemand in de DDR zou het wagen om naar jullie twee op zoek te gaan en niemand in Nederland had argwaan bij een gezin met een kind.'

'Meen je dat? Heeft onze moeder ons vrijwillig afgestaan?'

Na een zucht gaat Konrad verder. 'Vergeet niet: het was een andere tijd, waarin de Duitse Democratische Republiek alles voor haar burgers bepaalde. Maar je moeder raakte zwanger in de gevangenis. Ik kan me voorstellen dat ze getraumatiseerd was en jullie daarom heeft afgestaan.'

'Mijn God.' Lara is geschokt. Moet ze wel op zoek naar haar echte moeder? Wie weet wat ze nog meer oprakelt. En wie heeft haar moeder eigenlijk zwanger gemaakt? Een cipier, een ondervrager? Het moet een verschrikkelijke tijd zijn geweest.

'Luister, Lamber... Lara. Hoe pijnlijk het voor jou ook was en misschien nog is, onze groep had alleen het grotere doel voor ogen: de val van de Sovjet-Unie. En indirect heeft jouw moeder ons daarbij geholpen. Met haar kinderen vormden we een voor de buitenwacht normaal gezin, en konden we onze geheime praktijken uitvoeren zonder dat iemand dat in de gaten had.'

Haar stiefvader, zoals ze hem wel kan noemen, kan het mooi vertellen en heeft gelijk. Door de aanwezigheid van een kind vermoedde niemand dat het gezin Fischer andere, grotere doelen had. De Sovjet-Unie is uiteengevallen mede door toedoen van de man tegenover haar.

'Met hoeveel waren jullie?'

'Alles bij elkaar in heel Oost-Europa? Enkele honderden. Die mensen wisten natuurlijk niets van het grotere doel. Operation B werd geleid door Carl. Rolf Schneider, Benno Hofman en ik vormden de leiding direct daaronder. Stasi-geheimagenten zoals Horst Vogel gebruikten, of beter, misbruikten we voor operationele taken omdat zij enorm goed opgeleid en nietsontziend waren. Vogel lieten we voornamelijk vanuit Nederland in de DDR opereren. Hij viel niet op en we konden hem missen als hij werd gesnapt of gedood.'

Als de deur van de woonkamer opengaat, kijkt Lara op. Scott en Carl komen binnen en gaan ook aan de eettafel zitten, Scott naast haar, Carl aan de andere kant van de tafel naast haar stiefvader.

Na de aanvaring in de badkamer een halfuur geleden is het ongemakkelijk om naast Scott te zitten. Ze negeert hem en observeert de man die leidinggaf aan het supergeheime CIA-project Operation B. De lachrimpeltjes in zijn gezicht kunnen niet verbergen dat zijn ogen iets anders uitstralen: een meedogenloosheid die haar doet rillen, en die ze ook in de ogen van Horst zag.

Haar vriend legt zijn telefoon op tafel. 'Ik had net iemand aan de lijn die ik ken bij de politie hier in Nederland. In Haulerwijk hebben ze alleen de uitgebrande Volkswagen aangetroffen. De Hyundai en de lichamen van de Russen zijn weg. Dat betekent dat die Oost-Duitser is ontsnapt.'

'We hadden hem in de kofferbak moeten gooien', zegt Carl.

'Is die uitgebrande Volkswagen nog een probleem?' vraagt Lara.

'Dat is geregeld. Mathias heeft, met terugwerkende kracht, eergisteren aangifte gedaan van diefstal. De politie handelt dit af als een gestolen auto die uitgebrand is teruggevonden.'

# 36

**Zaandam**

Het jarenzestig-bedrijfspand ligt verscholen in een zijstraat van een klein industrieterrein en valt niet op tussen de rest van de bedrijven. De verf op de kozijnen bladdert af, de smalle groenstrook voor de deur is overwoekerd. Tussen het onkruid liggen verroeste blikjes en McDonald's-verpakkingen. Een 'te huur'-plakkaat op een van de ramen is vergeeld en nauwelijks meer leesbaar.

'Is dit het safehouse?' Mathias kan de verbazing in zijn stem niet verhullen.

'Wat had je dan verwacht? Het Amstelhotel?'

Hij kijkt van opzij naar de collega van Lara, die lachend een klinkerpad naast het gebouw op rijdt en de auto naast een stalen deur parkeert. Vanuit Groningen zijn ze eerst naar Zoetermeer gegaan om de baas van Lara af te zetten, en daarna zijn ze doorgereden naar deze plek in Zaandam.

'Ik woon aan de voorkant, mijn buurvrouw Susan aan de achterkant. Het safehouse is in het midden.'

'Je buurvrouw weet van...'

'Zeker. Ze werkt bij de afdeling persoonsbeveiliging en heeft op dit moment dienst. We letten samen op de tijdelijke bewoners.'

Thomas wijst naar de ramen. 'Kogelvrij glas. En de muren lijken oud, maar die zijn aan de binnenkant voorzien van twintig centimeter dik gewapend beton. Zoals bij een bunker.'

Ze stappen uit en via een vuistdikke stalen deur betreden ze een vierkante ruimte.

'Dit is de sluis. De buitendeur moet gesloten zijn en op slot voordat de volgende open kan.'

'Hier zitten normaal gesproken geen mensen zoals ik, denk ik? Is dit niet wat overdreven voor een werkloze journalist?'

'Vergis je niet met wie je te maken hebt. In Haulerwijk was je er zelf bij. Als Carl en Scott niet waren komen opdagen had je hier niet gestaan. Die Russen zijn met iets groots bezig waarbij ze niet gestoord willen worden. Volgens mijn collega wilden ze zelfs Horst doden. Dat zegt iets over de vertrouwelijkheid.'

'Ik begrijp het.' Hij gaat op een versleten bank zitten, waarvan het bruine leer op een aantal plekken vaal en gescheurd is. Als hij rondkijkt kan hij zich niet aan de indruk onttrekken dat de boel is ingericht met meubels van iemands overleden opa of oma. De sprei op het bed oogt gedateerd, de televisie daarentegen oogt splinternieuw. Zou de AIVD ervan op de hoogte zijn dat hij graag naar films kijkt?

Thomas wijst hem op een aantal belangrijke zaken, zoals de alarmknoppen en de nooduitgang naar het appartement van de buurvrouw.

'Eten doe je normaal gesproken in deze ruimte. Maar de koelkast is leeg en ik ga zo macaroni maken, misschien wil je mee-eten? Dat is dan bij mij. Dat deel van het pand is net zo zwaar beveiligd, daar hoef je je geen zorgen over te maken.'

Hij loopt achter Thomas aan een andere woonkamer in. Die

is licht en modern ingericht. Naast het witte dressoir staat een krabpaal.

'Ga zitten', zegt Thomas, en Mathias laat zich in een Ikeastoel zakken. Door de kleine ramen kijkt hij naar de verlaten straat en het bedrijfspand aan de overkant. Zit hij hier niet als schietschijf? Ondanks de zware beveiliging geeft het pand hem niet echt een veilig gevoel.

'Dit is Levi', onderbreekt Thomas zijn gedachten. Ik heb hem samen met mijn buurvrouw.' De kat springt van Thomas' arm en ruikt aan Mathias' broek. Hij heeft niets met dieren en dat voelen die beesten aan. De kat besluit hem verder te negeren om vervolgens onder de salontafel een rustig plekje te vinden.

Al snel staat de macaroni op tafel. Daarna gaat hij meteen terug naar zijn eigen compartiment en zoekt zijn bed op. De slaap laat niet lang op zich wachten.

Plots schrikt hij wakker. Hij hoort geluiden die hij niet kan plaatsen. In zijn appartement in Haarlem kent hij elke piep en kraak, hier klinkt het geluid raar en verdacht.

Een rilling loopt over zijn rug. Hij spitst zijn oren. Hij hoort echt voetstappen. Is het de buurvrouw die van haar werk komt? Hij komt langzaam overeind. Door de kier in het gordijn ziet hij twee donkere schimmen langs het raam lopen. De zenuwuiteinden in zijn lichaam signaleren gevaar. Het kogelvrije glas en de dikke betonnen muur: het is niet genoeg om hem gerust te stellen, en met zijn hand drukt hij op de alarmknop. Als er niets lijkt te gebeuren, geeft hij een ram op de knop. Dan wordt de stalen deur naar het appartement van Thomas opengegooid. Zijn beveiliger komt met getrokken pistool de kamer in. Mathias springt uit bed en graait zijn kleren bij elkaar.

'Wie zijn dat? Ik zou hier veilig zijn', zegt hij wijzend naar de kogelvrije ramen.

'Schiet op, we moeten hier weg.'

'Hoe weten ze dat ik hier zit?' vraagt hij angstig terwijl hij zijn kleren en schoenen aantrekt. Hij ziet hoe Thomas de deur naar het appartement van zijn buurvrouw opent.

Op dat moment klinkt er een zware, doffe klap en met donderend geraas vallen de kogelvrije ramen van de woonkamer van het safehouse in elkaar. De twee mannen worden door de drukgolf van de ontploffing omvergeblazen. Direct is de ruimte gehuld in een stofwolk en hij is even gedesoriënteerd.

Thomas pakt hem bij de arm. 'Opschieten. We moeten naar de garage.'

Ze rennen een gang in. Een deur aan het einde wordt plotseling geopend.

Thomas staat abrupt stil, Mathias volgt zijn voorbeeld.

In de deuropening verschijnt een man met een kalasjnikov. Thomas twijfelt geen moment en haalt twee keer de trekker over. De man is in zijn borst geraakt en zakt in elkaar.

'Hierheen!'

Thomas opent een andere deur in de gang en ze komen uit in de slaapkamer van de buurvrouw. De toegang tot de kamer is via eenzelfde gepantserde deur als naar de andere woning. Hij hoopt dat dit de aanvallers zal tegenhouden.

Als hij de kamer binnenkomt lijkt die om zijn as te draaien, steeds sneller en sneller. Dan voelt hij een klap in zijn gezicht en wordt weer wat helder, maar beseft nog niet waar hij is. Hij wrijft wat suffig over zijn wang, het deed zeer.

'We moeten verder.' Ze gaan een volgende deur door en komen in de schemerige woonkamer annex keuken van de buurvrouw. Boven hen klinkt geknars van voetstappen op grind.

'Shit, ze zitten ook op het dak.'

Mathias duikt in elkaar als er een persoon langs het raam loopt. De man heeft een kalasjnikov in zijn handen. Hij krijgt steken in zijn maag. Ze zijn vast omsingeld.

‘Waar blijft de politie?’ vraagt hij fluisterend.

‘Geen idee. Ik heb al een kwartier geleden alarm geslagen, nog voordat jij op de alarmknop drukte.’ Thomas’ stem klinkt rustig, maar zijn ogen staan gejaagd. ‘De elektriciteit is ook uitgevallen.’

Het display van de oven is inderdaad donker.

Vanuit de slaapkamer van de buurvrouw klinkt een doffe klap, de verplaatsing van de lucht doet hen wankelen.

‘Fuck. Ze hebben ook deze deur opgeblazen. We moeten hier weg.’ Thomas wijst naar een houten paneel naast de vaatwasser. ‘Die geeft toegang tot de kelder. Kom.’

Op handen en knieën schuifelen ze naar het aanrecht. Thomas verwijdert het luik, kruipt erdoorheen en laat zich zakken.

Mathias volgt en vloekt als zijn voeten water raken, het sijpelt zijn schoenen in en zijn broek wordt nat tot onder zijn knieën. Door een klein raam valt wat licht naar binnen.

‘Dat raam is onze redding’, geeft Thomas aan.

‘Weten die lui dat niet?’

‘Dat merken we gauw genoeg.’

Ze waden door het koude water naar het venster dat op heuphoogte in de muur is aangebracht.

‘Het terrein waar we op uitkomen is van een installatiebedrijf. Ik ga eerst.’

Mathias knikt.

Zodra ze buiten staan, rennen ze naar de dichtstbijzijnde bestelbus en verschuilen zich erachter. De beveiligingslampen van het installatiebedrijf springen aan. Behoedzaam sluipen ze naar een volgende bestelbus. Dan klinkt het ratelende geluid van een mitrailleur. De kogels slaan in de bus waar ze net nog achter stonden.

# 37

## Finsterwolde

Met haar voeten onder zich getrokken zit ze op de bank. Zo zit ze ook graag thuis als ze een serie kijkt, met een dekentje en meneer Jansen op schoot. Maar half volgt ze het gesprek tussen de twee mannen die nog aan tafel zitten. Het is haar niet duidelijk waarom Carl naar Helmstedt in Duitsland wil. Het heeft iets te maken met het overzetten van bestanden, iets wat niet op afstand kan. Scott is het met hem eens. Als ze haar naam hoort vallen, veert ze op. De voormalig leider van Operation B vindt dat zij mee moet, zodat ze weet wat er speelde in de jaren tachtig en waarom de Russen nu achter hen aan zitten.

Haar stiefvader zit aan de andere kant van de bank en bemoeit zich niet met het gesprek. Zijn telefoon licht steeds op. Als ze zich weer naar de tafel draait, kijkt ze Carl recht in het gezicht aan. Hij schudt heel subtiel zijn hoofd. Er speelt iets, maar ze heeft de signalen blijkbaar volledig gemist.

Ze voelt zich moe na alles wat er vandaag is gebeurd, misschien moet ze zo gaan slapen. Ze pakt haar telefoon en checkt of er nog berichten zijn. Er is een mail binnengekomen met het forensisch rapport over de woning in Schoorl. Dat kan ze straks in bed lezen. Het lijkt weken geleden dat ze in Schoorl bijna het leven liet. Ze denkt aan Lis, hoe zou het met haar zijn? Ze stuurt meteen een appje. Lis is kennelijk nog wakker, want ze krijgt direct antwoord: *Bel je zo.*

Als haar telefoon gaat, staat Lara op en loopt de bijkeuken in. Als Lis haar op dit tijdstip nog wil spreken, moet het belangrijk zijn en wil ze met haar praten zonder dat een van de heren in de woonkamer haar hoort. 'Hi Lis, hoe gaat het?'

'Met mij goed, maar met jou?'

Lara geeft een korte versie van wat er die dag is gebeurd, en vertelt dat ze nu in een safehouse in de buurt van Groningen is.

'Jemig. Je hebt dan in twee dagen tijd drie keer de dood in de ogen gekeken.' Na een korte stilte praat Lis verder. 'Maar wat ik je wil vertellen: ik voelde me vanmiddag goed genoeg om te bellen en heb jouw kennis bij de MIVD gesproken over de Stasi in Nederland in de jaren tachtig. Hij was eerst niet zo spraakzaam, tot ik wat details deelde over ons onderzoek en de schietpartij in Schoorl. Hij wist te vertellen dat de MIVD op de hoogte was van de aanwezigheid van Stasi-agenten in Nederland. Een van de agenten die ze in de gaten hielden was Horst Vogel. Ik heb het dossier dat ze van hem hebben opgebouwd net naar je gemaild.'

'Heel goed, ik ben benieuwd. Hebben ze van de anderen ook een dossier?'

'Nee, dat hebben ze niet. En ik weet waarom. Begin jaren tachtig is de MIVD een groot onderzoek gestart naar de rol van de Stasi in Nederland; dat deden ze in samenwerking met de voorloper van onze AIVD. Dat onderzoek is na een aantal maanden van de ene op de andere dag afgebroken.'

'Waarom werd het stilgelegd?'

'In 1983 kwam de Amerikaanse vicepresident George Bush sr. op bezoek in Nederland. Nadat Bush met Lubbers had gesproken, moesten de veiligheidsdiensten het onderzoek naar de Stasi stopzetten. Het onderzoek is dus voortijdig beëindigd onder druk van de CIA.'

Meteen moet ze denken aan de man in het dure pak met wie haar leidinggevende in Zoetermeer onenigheid had. En dat haar team moest stoppen met het onderzoek naar de dood van Gert Verheijen, terwijl dat nog maar net was gestart. Het zou haar niet verbazen als dat net zoiets is als in 1983 is gebeurd en ze vertelt Lis wat haar stiefvader haar heeft verteld.

'Ah, dat is dus de reden dat we het onderzoek naar Verheijen moesten stopzetten. De Amerikanen hebben de toenmalige AIVD gedwongen.'

'Waarschijnlijk. Maar nu ze samenwerken met de CIA zal het voortzetten van het onderzoek geen probleem meer zijn.' Lara begrijpt nu ook waarom de autopsie op Benno Hofman maar niet wordt uitgevoerd. Bij een grondig onderzoek zou de ware doodsoorzaak, $CO_2$-vergiftiging door droogijs, naar voren kunnen komen.

'Iets anders, Lara', onderbreekt Lis haar gedachten. 'Ik krijg Thomas niet te pakken. Weet jij waar hij is?'

'Hij is onderweg naar een safehouse om Mathias onder te brengen. Dat is het laatste wat ik heb gehoord.'

Als ze haar collega dag heeft gezegd, staart ze naar buiten. Lis klonk ongerust. Het is inderdaad niets voor Thomas om niet te reageren. Lara probeert hem zelf te bellen, maar meer dan een hard geruis hoort ze niet.

Waar zou hij Mathias naartoe hebben gebracht? De meeste safehouses liggen niet zo afgelegen zoals hier, meer in stedelijk gebied. Ze herinnert zich dat Thomas mopperde over de tijd die hij kwijt zou zijn: drieënhalf uur rijden omdat ze via Zoetermeer moesten om hun baas af te zetten.

Op Google Maps checkt ze de route. Zoetermeer is iets meer

dan tweeënhalf uur. Als dat een omweg was en het safehouse daarna nog een uur rijden is, moet het ten noorden of ten zuiden van Zoetermeer liggen. Lara kent de locaties niet, maar een beeld komt in haar hoofd op. Die ene nacht dat ze bij Thomas thuis was, in Zaandam. Ze ziet de stalen deur voor zich, die ze tegenkwam toen ze door zijn huis dwaalde. Toen had ze er geen aandacht aan besteed, maar nu... Zaandam is een uur rijden vanaf Zoetermeer, ziet ze op Maps.

Ze belt Mark, die direct opneemt.

'Zit Mathias Vogel bij Thomas thuis?' vraagt ze, nog voordat haar baas iets kan zeggen.

Als het stil blijft aan de andere kant van de lijn, gaat Lara verder: 'Lis krijgt hem niet te pakken en ik ook niet. Dat is echt niets voor hem. Er moet iets aan de hand zijn. Dus: zit Mathias bij Thomas thuis?'

'Ja.'

'Jemig. Is dat wel veilig?'

'Er is een zwaarbeveiligd safehouse in zijn woning gebouwd, dus niemand loopt gevaar.'

Daar wist ze niets van. 'Is alles oké daar?'

Het blijft stil aan de andere kant van de lijn. 'Shit. Ik krijg net door dat de elektriciteit is uitgevallen. Operationele Zaken heeft alarm geslagen en een interventieteam is onderweg. Wacht. Ik krijg nog een melding van het C2000-systeem. Mijn God.'

Lara loopt terug de woonkamer in en gebaart naar haar vriend.

'Er worden schoten gemeld rond het safehouse in Zaandam', hoort ze haar baas zeggen. Dan wordt het gesprek abrupt beëindigd.

'Wat is er?' vraagt Scott.

'Er is iets gaande in Zaandam, bij het safehouse waar Mathias naartoe is gebracht. Ik krijg Thomas niet te pakken, er zijn schoten gehoord en... ik moet er nu naartoe.'

Hij pakt haar arm beet en trekt haar naar zich toe. 'Jij blijft hier. Carl! Code rood!'

Lara probeert zich los te trekken. 'Rot op met je code rood.' Maar Scott verstevigt zijn greep en ze zit in zijn armen gevangen. Nog niet zo lang geleden liet ze zich dit gewillig welgevallen, nu zou ze willen dat ze sterker was.

Carl komt met getrokken pistool de woonkamer in en kijkt hen verbaasd aan.

'Het lijkt erop dat het safehouse in Zaandam wordt aangevallen. Lara krijgt geen contact met Thomas en ze heeft contact gehad met Mark Bodde die zegt dat de stroom er is uitgevallen. Gaan we naar *level red*?'

'Ik check eerst de omgeving.' Carl loopt naar buiten.

'Het heeft echt geen zin om erheen te rijden', zegt Scott tegen haar. 'Buiten de afstand ernaartoe, weten we niet of het echt een aanval is. Misschien is het wel vuurwerk of een stroomstoring.' Hij laat haar los.

'Zo'n safehouse heeft toch zeker een noodstroomvoorziening?' vraagt ze.

'Jawel, maar die valt te saboteren. Ik snap dat je je zorgen maakt, Lara, maar Thomas lijkt me een capabele vent.'

Carl komt terug de woonkamer in. 'Buiten is alles veilig, niemand te zien. De akkers rondom de boerderij zijn voorzien van warmtebeeldcamera's, de sensoren op het erf werken. Toch nemen we geen risico en gaan naar *level red*.'

'Wat houdt dat in?' vraagt Lara.

'We gaan de *saferoom* in, tot we weer naar *level green* kunnen.'

# 38

## Zaandam

Naast het installatiebedrijf is een autohandelaar gevestigd. De afscheiding tussen het parkeerterrein met bestelbussen en dat met de derde- en vierdehands auto's is een oud hekwerk. Het ziet eruit alsof er vaak tegenaan is gereden. De gaten zijn groot genoeg om doorheen te kruipen.

'Wacht op mij bij die blauwe auto', fluistert Thomas. 'En haal een kentekenplaat van een auto, gewoon lostrekken.'

De blauwe auto is een Renault. 'En jij? Wat ga jij doen?'

'Ze hebben al even niet geschoten. Ik vermoed dat de bestelbussen hun het zicht belemmeren, maar als ze opduiken, dek ik je.'

'Kunnen we hier niet wachten tot er hulp is?'

'Ze storen het telefoonsignaal, volgens mij. Dus ik weet niet of mijn alarmsignaal is doorgekomen. En via de autohandelaar is de enige manier om hier weg te komen.'

Mathias knikt, hij heeft weinig keuze. Op handen en knieën tijgert hij over het asfalt. Hij verwacht ieder moment dat een kogel zijn billen of achterhoofd zal binnendringen. Opgelucht bereikt hij de Renault en hij kijkt naar Thomas die zijn wapen nog op het safehouse heeft gericht. Nu moet hij nog een kentekenplaat regelen. Geen idee wat ze daarmee moeten, maar hij doet wat hem gevraagd wordt. De gele plaat is zo los en hij steekt zijn duim op.

'Naar de rode Mazda!' hoort hij Thomas schreeuwen. Ze rennen apart van elkaar naar een vierdeurs auto vooraan op het terrein.

Dan hoort hij een knal. Thomas valt, hij is geraakt in zijn linkerbeen. Mathias helpt hem snel overeind. Uit de wond sijpelt bloed. Samen strompelen ze naar de rode Mazda.

Thomas pakt de kentekenplaat en duwt hem tegen de onderkant van het raam, boven het slot, en geeft er een tik op. Als de plaat tussen het raam en de chromen strip zakt, klinkt er een klik en het slot springt open. Thomas opent de deur en rommelt wat onder het dashboard. Dan komt de auto tot leven. 'Jarentachtigauto's, ik ben er gek op.'

'Hoe wist je dat van dat slot?' vraagt Mathias.

'Oud foefje.' Hij duwt Mathias de auto in. 'Jij moet rijden.' Daarna hinkt hij naar de bijrijderskant en laat zich op de passagiersstoel vallen. 'Snel, wegwezen hier.'

Op dat moment klinkt er een schot en een van de achterzijramen van de Mazda springt aan diggelen.

'Rijden!'

Mathias duwt de versnellingspook in de eerste versnelling en geeft gas. Hortend en stotend rijden ze weg. Omdat hij gewend is aan een automaat, gaat het allemaal niet zo soepel. Voor hen doemt een hek op dat met een hangslot is afgesloten.

'Gas erop!' schreeuwt de man naast hem.

Hij trapt het gaspedaal in, de auto versnelt. Het eenvoudige hek is geen partij voor de auto en ze schieten de straat op. Het gevoel van opluchting duurt maar kort, in de achteruitkijkspiegel ziet hij een donkere Audi sedan.

'Probeer ze voor te blijven.' Thomas ziet grauw, hij heeft zijn handen om zijn been geklauwd.

De oude Mazda is niet snel genoeg en de Audi rijdt al snel vlak achter hen. Thomas wijst een zijstraat in. Mathias volgt zijn aanwijzing en slaat op het laatste moment linksaf. Maar ook hun achtervolgers redden de bocht net.

'Probeer ze voor te blijven. Ze zijn sneller, maar niet zo wendbaar. Ik probeer het interventieteam te bereiken. Waar zitten we?'

'Albert Heijnweg, staat op dat bordje.'

Weer slaat Mathias af. Dankzij het late tijdstip is er geen ander verkeer, maar toch remt hij af bij een volgend kruispunt. De Audi ramt hen van achteren. Door de onverwachte duw neemt de snelheid van de Mazda toe.

Met piepende banden racen ze de volgende zijstraat in, maar dan raken de rechterwielen de stoeprand. De auto klapt hard terug en wordt nogmaals geramd door de Audi. De Mazda maakt een halve draai en komt dan tot stilstand.

Naast hem ligt Thomas schuin weggezakt tegen de deur, hij is buiten bewustzijn. Op twintig meter afstand staat de Audi met een zwaar beschadigde voorkant. Ze moeten hier weg. Onder het dashboard ziet hij allerlei gekleurde draden, maar hij heeft geen idee hoe hij de auto moet herstarten.

# 39

## Finsterwolde

Een lange gang brengt hen bij de toegang van de saferoom. De stalen deur gaat soepel open en ze betreden een betonnen ruimte. Ze gaan nog een deur door en komen dan in de daadwerkelijke saferoom.

Ze gaat op een bank zitten en kijkt rond. De ramen ontbreken, maar verder lijkt de ruimte op een gezellige woonkamer, compleet met een nephaard en een televisie. Haar stiefvader sjokt naar een van de slaapkamers. Deze situatie zal waarschijnlijk nog even duren en het is geen gek idee om zijn voorbeeld te volgen en te gaan slapen. Toch blijft ze zitten en op haar telefoon opent ze de mail met het forensisch rapport.

Het verslag is opgesteld en ondertekend door iemand die ze niet kent. Veel van de informatie heeft de forensisch specialist van het NFI in Schoorl al aan haar en Thomas verteld. Meteen moet ze aan hem en Mathias denken, een huivering trekt door haar lichaam. Het valt haar zwaar dat ze hier in een of ander afgelegen boerengat in een betonnen hol zit en alleen kan afwachten of iedereen het overleeft. Ze zucht, richt haar aandacht weer op het rapport. Als ze de paragraaf over de administratie van haar stiefvader leest, trekt ze haar wenkbrauwen op. Het koopcontract van een nieuwe villa in Portugal is op zijn minst opvallend te noemen. Via Google heeft ze het optrekje in Albufeira zo gevonden, het is in alles het tegenovergestelde van de woning in Schoorl. Wilde hij er gaan wonen of was het een investering? Ze weet eigenlijk niets over hem en zijn wensen. Maar wat doet het ertoe? Hij is niets meer dan haar stiefvader met wie ze een slechte band heeft.

Haar telefoon trilt. Er komt een appje binnen van Evy, die is aangekomen in San Francisco. Ze stuurt een foto waarop ze er vrolijk en opgelucht uitziet. De foto is naar Lara privé gestuurd en niet naar hun gezinsapp. Lara wenst haar veel plezier en laat het daarbij. Dit is niet de situatie om haar stiefdochter over te vertellen.

Opnieuw verdiept ze zich in het rapport van de forensisch rechercheur. Het verslag loopt stapsgewijs het huis in Schoorl door. Het deel over de martelkamer op de eerste verdieping moet ze twee keer doorlezen, voor het goed tot haar doordringt. Op de vloer is een plas water aangetroffen. Ze richt zich op. Waar komt dat water vandaan? In de kamer ernaast stond een verpakkingsdoos van droogijs. En droogijs smelt niet, maar sublimeert, het laat geen sporen na en zeker geen water. Ook was de $CO_2$-wolk overduidelijk aanwezig. Ze staart voor zich uit. Als in een film ziet ze voor zich hoe ze haar vader naar de gang trok. Het laagje rook hing boven de vloer en trok niet omhoog, alsof er te weinig toevoer was van droogijs dat sublimeerde. De kooldioxide-waarden in zijn bloed waren niet veel hoger dan normaal; hij had dus niet veel $CO_2$ ingeademd, zo vertelde hij in het ziekenhuis. Dan lijkt het erop dat er niet alleen droogijs, maar ook gewoon ijs in de verpakking zat. Een korte prikkeling in haar nek maakt haar alert. Hoefde hij niet dood of zit er iets anders achter? Ze moet dit straks met Scott en Carl bespreken. Ze neemt het forensisch rapport verder door, maar komt niets tegen wat ze niet al wist.

Dan opent ze de volgende mail. Die is van Lis en bevat het MIVD-dossier over Horst Vogel. De Militaire Inlichtingen- en Veiligheidsdienst was inderdaad al veel over hem te weten gekomen. Zo wist de MIVD dat hij was opgeleid in Schloss Struvenberg en dat hij werkte als ondervrager in het Stasi-detentiecentrum Bautzen II. Zelf heeft ze de gevangenis Hohenschönhausen in Berlijn bezocht. Dat bezoeken was al erg, laat staan als je er vastzat. Van Bautzen II heeft ze nog nooit gehoord, maar wat ze er online over vindt geeft geen positief beeld.

De meeste informatie in het dossier gaat logischerwijs over de tijd dat Vogel als Stasi-agent in Nederland actief was. Hij wordt omschreven als een gevaar voor Nederland. Een ster in manipuleren en hij is een nietsontziende moordenaar. Zijn specialiteit was *kalter Tod*. In die tijd was het belangrijke informatie over een geïnfiltreerde Stasi-agent, maar wat kan zij ermee? Is die oude Stasi-agent nog steeds gevaarlijk? Hij had haar kunnen doden in het ziekenhuis maar deed het niet.

'Waar denk je aan?' Haar vriend komt bij haar zitten.

'Niets bijzonders.'

'Zo zag het er niet uit.' Hij slaat een arm om haar heen. 'Komt het door mij?'

'Wat bedoel je?'

'We leven, maar niet meer samen. Dat was al zo voordat ik je over mijn eh… echte werk vertelde. We doen ons eigen ding en dat is het.'

'Daar zijn we beiden schuldig aan.'

Haar vriend trekt haar zachtjes naar zich toe, maar ze duwt hem van zich af. 'We zouden afstand houden. Weet je nog?'

'Hallo, ik ben je vriend. Weet jíj dat nog?'

‘Ik weet niet meer wie jij bent. Daarom heb ik tijd nodig om…’

Een deur gaat open en Carl kijkt hen aan. ‘Ik stoor de tortelduifjes toch niet?’

‘Wat is er?’

‘Ik heb nog eens zitten denken over de gebeurtenissen van de afgelopen dagen en wat onderzoek gedaan. En we hebben een groot probleem.’

# 40

## Zaandam

Een kleine, gezette man stapt uit de Audi en komt rustig hun kant op lopen, alsof het een relaxed wandelingetje is. Ondertussen trekt hij een pistool onder zijn leren jack vandaan en schiet.

Mathias duikt onder het dashboard, Thomas wordt geraakt. Hij wacht het volgende schot niet af, duwt het portier open, laat zich op het asfalt vallen en kruipt naar de achterzijde van de auto. De angst voor de dood zegt hem te vluchten. Waar kan hij naartoe? Schoenen schrapen over het asfalt. Ontsnappen is niet meer mogelijk.

Voorzichtig kijkt hij om de Mazda heen, de man heeft nu zijn wapen op hem gericht. Hij duikt terug achter de auto. Er klinkt een schot. Op de plek waar zijn hoofd zo-even nog was, zit nu een gat in het plaatstaal.

Terwijl hij naar de voorkant van de auto sluipt, kijkt hij voorzichtig door de ruit van het voorportier. De man in het leren jack draait zich om naar een auto die op hoge snelheid komt aanrijden. Het is een groene Toyota SUV van Staatsbosbeheer. De auto rijdt een groenstrook door, over een fietspad en schept de man met het leren jack. Die landt vol op de motorkap en laat zijn pistool op straat kletteren.

Het is zijn vader die achter het stuur van de Toyota zit. De SUV komt slippend tot stilstand tegen de Mazda. De man schuift van de motorkap en blijft bewegingsloos op straat liggen. Horst Vogel springt uit de auto.

In de Audi zijn inmiddels de alarmbellen afgegaan en zowel het bestuurdersportier als het linkerachterportier vliegt open. Twee mannen stappen uit. Ze zijn te laat. Langzaam zakken de twee in elkaar naast de Audi. Ze zijn onder vuur genomen door Horst.

'Mathias?'

Mathias komt vanachter de Mazda tevoorschijn. Hij durft haast niet te gaan staan, maar ziet dat Horst naar de Toyota wijst.

'Instappen!'

Hij kijkt naar Thomas die schuin weggezakt op de voorstoel van de Mazda zit en hij twijfelt, maar wordt dan hardhandig de SUV in geduwd.

Horst rijdt op hoge snelheid Zaandam uit, richting Amsterdam. Mathias focust zich op de verkeersborden boven de weg, vooral om niet te denken aan wat er net is gebeurd en hoe bang hij was. Dan merkt hij zijn natte kruis op. Zijn wangen beginnen te gloeien.

Horst kijkt even naar opzij. 'Niks om je voor te schamen. Angst uit zich in vele gedaanten.'

'Ik denk dat Thomas...'

'Niet speculeren over iets dat je niet zeker weet, Mathias.'

'Hoe kun je zo rustig blijven in een situatie als deze?'

'Training en ervaring. Ik heb letterlijk in mijn broek gescheten toen er een wapen op mij werd gericht, al was ik toen nog een kind.'

Bij de afrit Westpoort verlaten ze de snelweg. Horst parkeert de Toyota op de P&R bij station Sloterdijk.

'Deze auto valt nogal op en de boswachter zal hem als gestolen hebben gemeld. We moeten ander vervoer vinden. In die tas zit wat kleding. De trainingsbroek pas je wel. Doe je eigen spullen in de tas, laat niets achter. Ik ben zo terug.'

Horst stapt uit en verdwijnt uit het zicht. Opgelucht verwisselt hij zijn natte broek voor de droge en schone trainingsbroek. Hij ziet een groene FlixBus stoppen bij het station. Zal hij instappen of op Horst wachten? Een groep luidruchtige jongeren stapt in de bus – niet bepaald het gezelschap waar hij op zit te wachten en hij blijft zitten in de Toyota. Vragen over de aanval in Zaandam stapelen zich op in zijn hoofd. Hij voelt zijn maag omdraaien als hij denkt aan Thomas. Hoe zou het met hem gaan? Zou hij nog leven?

Hij haalt diep adem. Wie zou er om zijn eigen dood treuren? Zijn pleegouders niet, die zijn al jaren geleden overleden. Zijn ex niet. Zijn vader? Die hem van de ene op de andere dag heeft verlaten? Maar als Horst er niet was geweest, had hij nu niet meer geleefd.

Zijn redder komt aanlopen met een papieren tasje. 'Ik heb een andere auto geregeld, die staat verderop langs het spoor. En ik heb even twee broodjes gehaald. Die kunnen we straks in de andere auto opeten.'

Twintig minuten later zijn ze op weg in een kleine bestelauto.

'Hoe kon je weten dat we op een kruispunt ergens in Zaandam werden aangevallen?'

Horst glimlacht. 'Je rechterjaszak.'

Uit zijn jaszak haalt hij een Apple AirTag. Hoe kan dat? Hij denkt aan het gevecht bij het zwembad. Zijn vader zag kans het glimmende schijfje in zijn jas te stoppen. Hij schudt zijn hoofd, laat het raam zakken en gooit het ding naar buiten.

'Waar is Lara?' vraagt Horst uit het niets.

Hij heeft net een hap van zijn broodje genomen en verslikt zich. Als hij uitgehoest is, zegt hij: 'Heb je mij gered vanwege Lara?'

'In deze zaak ben jij voor mij niet belangrijk, Mathias. Behalve als je weet waar ze is. En ik weet zeker dat je dat weet, anders had ik je daarstraks niet gered van die Russen.'

'Wat bedoel je?'

'Waarom zou ik risico nemen als het mij niets oplevert?'

De rest van zijn broodje laat hij in de papieren zak vallen. 'Ga je mij martelen als ik het je niet vertel?'

'Je weet dus waar ze is.'

Hij vloekt binnensmonds, echt geschikt voor die geheimedienst-shitzooi is hij niet. Zelfs die oude man is een stuk scherper. 'Wat ik niet begrijp is waarom…'

Zijn vader is even stil en begint dan te praten. Hij heeft de telefoon van de dode Russin bekeken en weet nu de echte reden waarom de Russen op oorlogspad zijn. 'Ik moet haar en de anderen spreken. Ze lopen een groot gevaar, er is een… probleem met een van hen.'

Mathias observeert de man achter het stuur. Het is een berekenende man, een moordenaar die opdrachten blindelings uitvoert. Heeft hij dan nu goede bedoelingen, is dit iets persoonlijks? 'En jij gaat haar redden?' schampert hij. 'Als ik het me goed herinner, wilde jij óns meenemen bij dat zwembad.'

'Ze heeft mijn leven gered toen die Russin me wilde neerschieten. Maar er is nog iets anders en het is belangrijk, anders zou ik het je niet vragen.'

'Wat zit er voor jou aan vast, behalve het redden van Lara?'

Horst geeft geen antwoord.

Welke keuzes heeft hij? Hij dacht echt even dat Horst hem had gered omdat hij ooit zijn zoon was. Wat een misvatting. En moet hij hem nu op zijn woord geloven? Rücksichtslos naar het safehouse in Finsterwolde rijden lijkt hem geen goed idee. Hij denkt even na.

'Hebben de aanvallers in Zaandam ook gebruikgemaakt van de locatiegegevens die je had via die Apple AirTag?'

'Ik heb zelf geen contact meer met de Russen gehad, na dat debacle bij het zwembad. De auto en de lichamen heb ik ergens in een bos gedumpt. Zij hebben het adres van het safehouse in Zaandam van iemand anders.' Hij slaat op het stuur. 'Daarom moeten wij nu naar Lara.'

'Rij voorlopig richting Zwolle. Dan kan ik erover nadenken of ik Lara zal bellen om te horen wat zij van je idee vindt.'

Op de snelweg wordt het langzaamaan drukker, hoewel de ochtendspits nog ver weg is. In stilte vervolgen ze hun weg.

'Mathias?' Zijn vader blikt even opzij.

'Wat?'

'Het spijt me van... dat ik toen weg ben gegaan. In 1990. Geloof me, ik heb vaak aan je gedacht, of je een gezin had, wat voor werk je zou doen.'

Hij is even van zijn stuk gebracht. Dat heeft nog nooit iemand aan hem gevraagd en het klinkt oprecht. Of wil hij alleen maar dat het oprecht is? 'Ik ben gescheiden en heb voor *NRC* en Bellingcat gewerkt. Momenteel ben ik op zoek naar werk, het liefst als journalist.'

'Lastig.'

'Zeker.'

'In mijn rugzak zit het dossier dat je van de notaris hebt gekregen. Ik heb het niet meer nodig. Misschien zit er een verhaal in?'

Mathias pakt de rugzak en trekt de map eruit. 'Wie heeft het eigenlijk gestolen? Jij was het niet. Je bent best fit voor je leeftijd, maar zo snel ben je niet.'

‘Het was een vrouw die voor de Russen werkt, een keiharde killer, maar ze is geen probleem meer.’

Weer rijden ze kilometers zonder dat een van hen iets zegt. Pas bij Wezep wordt het stilzwijgen verbroken.

‘We zijn volgens mij in de buurt van Zwolle. Wil je Lara bellen?’

# 41

## Finsterwolde

'Wat bedoel je met "groot probleem"?' vraagt Scott aan Carl.

'Ik ben ervan overtuigd dat iemand de Russen heeft ingelicht over de verblijfplaats van Rolf Schneider, Benno Hofman en Konrad Fischer.'

Lara vindt het vreselijk om tegen iemand op te kijken in een gesprek en gaat staan. Ze vult Carl aan: 'Schneider oftewel Verheijen is verhuisd naar Blaricum, Hofman woonde nog in het appartement naast het Stasi-appartement in Arnhem en Konrad is nooit verhuisd. Dat laatste weet jij, Scott, want je bent er geweest.'

'Eh… het huis in Schoorl is…' begint Scott.

Carl schudt zijn hoofd.

'Wat wil je zeggen?' Ze kijkt Scott aan, maar Carl beantwoordt haar vraag.

'Het huis is afgebrand. Er is niets meer van over. Vanwege de bewijzen in de Operation B-kamer op de eerste verdieping konden we niet anders. Alleen onze locatie in Helmstedt is er nog en daar moeten we zodra het kan naartoe.'

Lara slikt en gaat zitten. Het huis waar ze is opgegroeid bestaat niet meer, wat moet ze daarvan vinden? De herinneringen aan de plek zijn niet fijn, maar het blijft wel haar ouderlijk huis. Al is het zelfs dat niet. Het huis van haar echte moeder staat ergens in Duitsland; over wie haar vader is, is niets bekend. Als ze in de gevangenis is geboren, is ze er dan ook verwekt? Als dat zo is, komt ze er nooit achter wie haar vader is. Ze neemt zich voor dat ooit uit te zoeken, als de kans zich voordoet.

'De vraag is wie van ons hier in huis op de hoogte was van het safehouse in Zaandam.' Carl is naast haar gaan zitten.

'In ieder geval de AIVD. Ik weet niet of ze het besproken hebben toen ze hier waren.' Ze belt haar leidinggevende en hoopt dat hij kan opnemen tijdens de interventieactie in Zaandam, maar ze krijgt direct de voicemail. Ze appt hem de vraag over het safehouse en of hij al iets meer weet over Thomas en Mathias.

'Dat moeten we even afwachten', zegt Carl. Hij haalt zijn wapen tevoorschijn. 'Ondertussen kunnen we vrijuit filosoferen over wie reden heeft om die informatie door te spelen aan de Russen. Jullie wapens op tafel graag.'

Haar vriend legt zijn wapen op tafel als Carl zijn pistool op hem richt. 'Ben je gek geworden?'

'Nee, wel verstandig. Magazijn eruit, kogel uit de kamer.'

Scott doet wat hem gevraagd wordt, Lara doet hetzelfde.

'Haal Konrad en vergeet zijn wapen niet.'

Even later zit een slaperige Konrad aan de ene kant naast haar op de bank en Scott aan de andere. Op de salontafel liggen drie gedemonteerde wapens. Carl is gaan staan en houdt nog steeds zijn wapen vast.

'Wat kan een reden zijn voor iemand om de boel te verraden?'

Niemand reageert.

'Dan zal ik het zeggen', gaat Carl verder. 'Ideologie of geld. Ideologie kunnen we vergeten, niemand van ons hier is aanhanger van Poetin. En dan rijst de vraag: wie van ons heeft dringend geld nodig?'

Weer valt er een stilte. Lara denkt aan Konrads dure villa in Portugal. Het huis of beter gezegd het stuk grond in Schoorl brengt genoeg op, maar dan nog blijft de aankoop in Portugal aan de prijs. En dan zijn er nog de bevindingen van het forensisch team dat de hoeveelheid droogijs in de martelkamer in Schoorl niet dodelijk was. Misschien moest het lijken op een serieuze moordpoging, zodat hij niet verdacht zou worden? Ze kijkt opzij en ziet een liefhebber van dure motoren en oldtimers. Waarvan hij dat betaalt, weet ze niet en ze heeft geen idee wat een CIA-agent verdient. Zelf heeft ze sinds ze de loterij een aantal jaar geleden heeft gewonnen financieel niets te klagen, maar dat houdt ze nog even voor zich. In deze zaak is niemand meer te vertrouwen.

'Ik heb de laatste uren niet stilgezeten en wat onderzoek gedaan.' Carl pakt zijn wapen steviger beet en tikt met zijn vinger op zijn iPad. 'Ik weet zeker dat de mensen van de AIVD de plek hebben besproken. Dat zal blijken uit de reactie van je baas op jouw appje, Lara. Ondertussen kunnen we wat camerabeelden bekijken.'

Scott schuift iets naar voren op de bank.

'Mathias is niet binnen geweest. Ik heb de boer gevraagd de opnamen van de buitencamera's naar mij te sturen.' Carl zet de iPad op de salontafel, voor de drie op de bank.

De video begint te lopen en toont de AIVD'ers en Mathias die voor de boerderij bij een grote tractor staan te overleggen. Dan schakelt het beeld over naar een andere hoek. De tractor is nu van achteren te zien. Voor de tractorband zit iemand gehurkt die het gesprek lijkt af te luisteren.

Carl richt zijn wapen op Konrad en zet de video stil. 'Na Operation B was jij een van de weinigen die ik nog vertrouwde en je wilde maar wat graag meedoen. Jij hebt die twee in Zaandam de dood in gejaagd voor geld?'

Haar stiefvader lijkt niet onder de indruk van de beschuldigingen. 'Het gaat niet om een paar ton. Dat weet je zelf ook. Ik ben niet de enige die is benaderd, weet je nog? Bovendien zat ik dringend om geld verlegen.'

Lara slaat haar hand voor haar mond. Ze herinnert zich de laptop met de goksites die openstonden toen ze bij hem op bezoek was.

'Het enige verschil is dat ik niet heb toegehapt', zegt Carl. 'Je bent een verrader!'

'Ik heb de kant van de winnaars gekozen. Dat is iets heel anders. De mediaoorlog met het nepnieuws is niet door ons te winnen. Jullie zouden er ook beter aan doen over te stappen, nu het nog kan.'

Carl lacht schamper. 'Heb je je weleens afgevraagd waarom er, zelfs na COVID-19 waarbij de Russen losgingen met het demoniseren van deskundigen, nooit een opstand in het Westen is uitgebroken?'

De zelfverzekerde blik van haar stiefvader verandert in een vragende.

'Omdat we in Helmstedt een supercomputer hebben staan die door middel van AI al het nepnieuws filtert of het met tegenberichten nagenoeg tenietdoet.'

Op haar telefoon komt een appje binnen. Het voorstel om het safehouse in Zaandam te gebruiken is inderdaad buiten bij de boerderij besproken. Het is de bevestiging van wat al duidelijk was. Ze weet nu wie haar collega en Mathias heeft verraden. Ze appt terug en vraagt nogmaals hoe het met hen gaat. De woorden die op het scherm verschijnen, branden in haar ogen. *Thomas zwaargewond. Mathias zoek. Russisch moordteam is uitgeschakeld, maar niet door ons.* De woede die haar stiefvader bij haar opwekt is heviger dan ooit tevoren en neemt bezit van haar lichaam. Het pistool op de salontafel is zo dichtbij, ze steekt haar hand uit en pakt het op.

Een andere hand omklemt haar pols als een bankschroef. 'Dat is niet de oplossing.'

Als ze het wapen laat vallen, laat Carl haar pols los.

Op dat moment duikt haar stiefvader naar voren, grijpt zijn wapen samen met het magazijn van tafel en laat zich op de grond vallen. Er klinkt een harde klik als hij het magazijn op zijn plaats drukt, en zijn arm komt omhoog.

Er klinkt een schot. Het geluid van de knal buldert door de kamer. De geur van kruit vult de ruimte.

Haar oren tuiten. Naast haar staat Scott met zijn wapen in zijn hand. Ze heeft niet eens gemerkt dat hij het pakte, laat staan dat hij het laadde en net als Carl op de verrader richtte.

'Scott, vraag aan de boer of de kust veilig is. We wachten niet langer en gaan naar Helmstedt.' Carl stopt zijn wapen in de holster op zijn heup en duwt met zijn voet tegen het lichaam van haar stiefvader.

Het is merkwaardig dat ze medelijden voelt voor de man die haar leven zo negatief heeft beïnvloed. Sinds haar jeugd heeft ze dat al, medelijden voor mensen die verliezen. Bij elk spelletje op school ging zij onderbewust voor de verliezende partij. Omdat ze zelf een verliezer is? God, wat is ze weer negatief over zichzelf. Daar moet ze eens mee stoppen. De ringtone van haar telefoon haalt haar uit haar gedachten. Het is een onbekend nummer.

'Lara?'

Haar hart maakt een sprongetje van blijdschap. 'Mathias! Wat is er gebeurd?'

'Ik zit met Horst in de auto en ben onderweg naar...'

'Word je vastgehouden? Bedreigt hij je?'

'Nee, nee. Nou ja... nog niet. Maar hij heeft me in Zaandam

gered van de Russen en hij wil jou spreken. Het is zeer dringend.'

Scott loopt naar de uitgang van de bunker, Carl maant haar mee te komen. Met de telefoon aan haar oor volgt ze hen naar buiten.

'Wat is er zo belangrijk? We vertrekken zo. Wacht even…' Ze onderbreekt het gesprek als Carl op haar schouder tikt.

'Is dat Mathias?'

'Hij is samen met Horst Vogel, die mij dringend wil spreken.'

'Hij wil jou spreken? Vreemd.'

'Wat moet ik doen? Ik kan Mathias toch niet aan zijn lot overlaten? Wie weet wat Horst met…'

Carl pakt Lara bij de schouders. 'Laat hem hierheen komen. Bij de boer zit een klein team beveiligers. Ik zal ze instrueren wat ze moeten doen als Mathias en Horst hier het terrein op rijden. De beveiliging houdt ze op afstand tot ze gefouilleerd zijn. Jij blijft binnen totdat het sein veilig is gegeven.'

'Oké. Dank je, Carl', en ze richt zich weer op het telefoongesprek. Ze vertelt Mathias dat de beveiliging op hem en Horst wacht en dat ze de instructies moeten opvolgen. Nadat ze het adres van de boerderij heeft doorgegeven, beëindigt ze het gesprek.

Carl komt teruglopen en zegt: 'Ik heb het team geïnstrueerd.' Hij geeft Lara een zwart apparaat met een grote antenne. 'Met deze portofoon sta je in verbinding met die van het beveiligingsteam.'

'Kun je niet wachten tot Mathias en Horst hier zijn?'

'Dat zal niet gaan. Ik moet iets eh… doen in Helmstedt, voordat de Russen erachter komen. Scott en ik rijden er alvast naartoe. Dan kom jij later, zodra je weet wat er zo belangrijk is dat die Oost-Duitser je heeft te vertellen.'

'Kan Scott niet hier blijven?'

Uit het niets trekt Carl haar naar zich toe en geeft een kus op haar wang. Ze is te verbouwereerd om te reageren. Hij fluistert iets in haar oor, terwijl haar vriend een tas in de achterbak van de auto gooit.

Ze verstijft van zijn woorden.

Carl neemt plaats achter het stuur van de Mercedes en knipoogt. Scott stapt in zonder gedag te zeggen.

Met gemengde gevoelens kijkt ze de wegrijdende auto na.

# 42

## Finsterwolde

Ze is aan de keukentafel van het safehouse gaan zitten. De portofoon ligt voor haar en kraakt zachtjes. Er is nog niets van belang gemeld. Terwijl ze wacht, denkt ze aan haar stiefvader, met wie ze nog niet zo lang geleden aan deze tafel zat. Met zijn onverwachte openhartigheid heeft hij haar ingepalmd. Ze is boos: boos op hem omdat hij net zo makkelijk overliep naar de vijand waar hij eerst tegen streed, boos op zichzelf omdat ze zijn verraad niet doorhad. Ja, nu weet ze ook zeker waarom er gewoon ijs tussen het droogijs zat. Zo bleef Konrad buiten de verdenking en kon hij, omdat hij bleef leven, de Russen van informatie blijven voorzien.

Haar telefoon trilt. Ze krijgt een update van Mark over Zaandam. Thomas heeft bij het safehouse vijf van de acht aanvallers gedood; bij de Mazda waarin Thomas ernstig gewond is aangetroffen, zijn nog eens drie lichamen gevonden. Zijn toestand is nog altijd zorgelijk. Waar heeft ze haar collega's mee opgezadeld? Een is gewond aan haar schouder, de ander verkeert in levensgevaar. En zelf zit ze veilig in een safehouse.

Ze denkt aan het telefoongesprek daarnet met haar… broer.

Het is eigenlijk merkwaardig: ook al is het nog niet voor honderd procent zeker, toch heeft ze hem als familielid al omarmd. Hij klonk daarnet gelukkig niet angstig of onder druk gezet, maar niets is wat het lijkt in deze zaak.

Uit de portofoon klinkt een metalig stemgeluid. 'Opgelet allen. Er komt een Renault-bestelauto aanrijden. Ze rijden nu de toegangsweg op. Over en sluiten.'

De stem brengt haar terug in het hier en nu. Ze loopt naar het raam. De kleine bedrijfsauto stopt vijftig meter van de boerderij. Tot zover houdt iedereen zich aan de gemaakte afspraken. De portieren gaan open en beide inzittenden stappen tegelijkertijd uit. Direct storten twee beveiligers zich op de bestuurder. Een derde fouilleert Mathias en gebaart hem naar het safehouse te lopen.

Lara opent de voordeur. 'Ik ben zo blij dat je veilig bent', zegt ze en ze omhelst Mathias.

Hij geeft haar wat onwennig een kus en zegt: 'Wat doen ze met Horst? Volgens mij was het heel dringend wat hij heeft te zeggen.'

'Mijn collega's controleren hem op afluisterapparatuur en verborgen wapens en hebben een voorgesprek met hem. Daarna komt hij hierheen.'

'Hij heeft mij gered.' Mathias vertelt haar wat hem en Thomas is overkomen in Zaandam.

'Ik hoop dat Thomas het redt. Volgens mijn baas is hij er slecht aan toe', zegt Lara verdrietig. 'We kunnen alleen maar afwachten.'

Mathias' ogen worden vochtig. 'Zonder hem en Horst had ik het echt niet overleefd.'

Een van de beveiligers komt de woonkamer in en wijst naar haar broer. 'We zijn zover.'

Voor de tweede keer neemt ze in het safehouse afscheid van

hem. Een gepantserde auto brengt hem naar huis. Daar zal een team beveiligers op hem letten totdat het sein veilig wordt gegeven. Met wat ze nu weten, is hij veiliger in zijn eigen huis midden in Haarlem dan op een verlaten industrieterrein.

De deur gaat opnieuw open en Horst Vogel wordt de kamer in begeleid door drie van haar collega's. Geboeid wordt hij op een stoel gezet, terwijl een van de agenten zich achter hem opstelt.

Zijn gezicht is vermoeid en doorgroefd met diepe lijnen, maar zijn helblauwe ogen staan helder. Zittend op de stoel is het net een lief, oud opaatje. De wond in haar nek prikt en herinnert haar eraan dat ze hem niet mag onderschatten. Dat hij Rolf Schneider alias Gert Verheijen en Benno Hofman heeft vermoord kan ze niet bewijzen, dat ze het zelf zeker weet is genoeg om alert te zijn.

Hij doorbreekt als eerste de stilte. 'Je vraagt je vast af wat ik hier kom doen.'

'Dat doe ik inderdaad.'

Hij draait zich naar de beveiliger achter hem. 'Waar zijn de telefoons?'

De agent legt twee telefoons op tafel.

'De YotaPhone is van de Russische vrouw die de leiding had.'

'Mevrouw Verheijen? Degene die op je schoot bij het zwembad?'

'Dat zat erin. Ik was voor de Russen niet meer bruikbaar.' Dan knikt hij naar de rechter telefoon. 'Lees vooral de Engelstalige mailwisseling van een paar weken geleden even.'

Het toestel lijkt op een ouder model iPhone en ze heeft van het merk gehoord, maar er nog nooit een in handen gehad. 'Is dit een toestel van de Russische geheime dienst?'

'Special Operations, de heilige graal.'

'Werkt dit ding op een netwerk hier?' vraagt ze verbaasd.

'Jullie zijn zo naïef.'

De beveiliger heeft zijn hand al op zijn wapen.

'Hoe bedoel je?'

'De Russen hebben hier al jaren een eigen telecommunicatienetwerk, net zoals in elk ander NAVO-land. Met deze telefoon kun je elke Russische zendmast vinden, afluisteren of uitschakelen. De AIVD wordt de geheime dienst van het jaar, dankzij dit toestel', zegt hij spottend.

Voorzichtig legt ze de YotaPhone op tafel, alsof het om een kostbaar Swarovski-beeldje gaat.

'Zoals ik net zei: lees eerst de mailwisseling van een paar weken geleden.'

Nogmaals pakt ze de YotaPhone, waarvan het scherm oplicht als ze erop tikt. 'Is het niet beveiligd?'

'Dat was het wel, met een vingerafdruk.' Hij steekt zijn duim op.

'Ik zal maar niet vragen hoe je de beveiliging hebt omzeild.'

'De eigenaresse werkte vrijwillig mee.'

Als Lara hem bevreemd aankijkt, vervolgt hij: 'Toen ik haar lichaam, en dat van de chauffeur, dumpte.'

Een lichte misselijkheid kruipt door haar slokdarm omhoog als ze aan die vrouw denkt, haar borst aan gruzelementen door de inslag van de kogel uit haar wapen. 'Om welke datum gaat het?'

Na het horen van de datum scrolt ze door de mailtjes. De meeste zijn in het Russisch. Op de genoemde datum staat inderdaad de Engelse mail.

'Het mailadres triggerde me. En de naam onderaan zeker.'

Ze scrolt door de mail naar beneden en staart naar de naam. Die verrader heeft ze vanmiddag nog gesproken, vlak voordat hij zichzelf van kant maakte.

# 43

## Haarlem

De voordeur slaat dicht als twee beveiligers zijn appartement verlaten. Snel draait hij de deur op slot en loopt terug naar de woonkamer. Uit een van de slaapkamers komt de vrouw die zijn persoonlijke beveiliger is voor de komende dagen.

'Ik heb de kamers gecontroleerd, meneer Vogel.'

'Zeg alsjeblieft Mathias.'

'Oké, ik ben Susan.'

Hij kijkt haar net iets te lang aan, deze vrouw is helemaal zijn type. Voordat zijn gedachten met hem aan de haal gaan, roept hij zichzelf tot de orde. Ze is hier om hem te beschermen en daar is een goede reden voor.

'Hoe gaat dit eigenlijk verder in zijn werk? Eet je hier? Slaap je hier?'

'Ja, ik slaap ook hier.'

'Vindt je vriend dat niet erg?' Wat zegt hij nu voor rare dingen? 'Sorry, dat gaat mij niets aan.'

'Ik woon alleen met mijn kat, Levi.' De vrouw lacht om zijn verbaasde gezicht. 'Ik ben inderdaad de buurvrouw van Thomas.' Haar gezicht versombert.

'Heb je nog iets over hem gehoord?'

'Jazeker. Hij is geopereerd en ligt op de ic, nu is het een kwestie van afwachten.'

Hij gaat aan de eettafel zitten en denkt aan het plan om samen met Lara naar Berlijn te gaan op zoek naar hun echte ouders. Dat is voorlopig niet aan de orde. Eerst moet alles weer normaal worden, als dat nog kan.

Hij haalt het dossier dat hij heeft teruggekregen van zijn vader uit de plastic zak en legt het voor zich neer. Met een schuin oog kijkt hij naar zijn beveiliger, die voor het raam in de woonkamer staat te bellen, maar concentreert zich dan op de papieren. Hij moet aan de slag, hier zit een verhaal in waar de kranten voor in de rij zullen staan.

Het dossier van Horst is compleet, op het blad met namen en adressen na, dat hij eerder heeft gegeven aan Lara, zijn zus. Zou ze hem al 'haar broer' noemen? Die uitslag van de DNA-test kan niet snel genoeg komen.

Bovenop liggen de papieren met informatie over zijn leven, dat in Oost-Berlijn begon. Hij pakt het bovenste blaadje op en leest het opnieuw. Nadat hij als baby vanuit de DDR naar Nederland is gekomen, is hij in Den Haag ondergebracht bij zijn Oost-Duitse nepouders. Hoofdschuddend legt hij het A4'tje voor zich neer.

'Dat oogt gedateerd.'

Hij kijkt op. De vrouw staat vlak naast hem en weer merkt hij dat ze iets bij hem losmaakt. Hij schraapt zijn keel. 'Het komt uit de jaren tachtig. Het is een relikwie van de Koude Oorlog en bevat onder andere informatie over de Stasi.' Hij zegt het nonchalant, alsof het niet belangrijk is.

'Interessant. Ik heb geschiedenis gestudeerd in Amsterdam en volg nu de master militaire geschiedenis.'

'Dit beveiligingswerk...'

'Is tijdelijk, inderdaad.'

Ze gaat ongevraagd naast hem zitten, leest een stukje van het eerste blad en kijkt hem vragend aan.

'Mijn vader blijkt mijn vader niet te zijn, hij is een Stasi-agent.'

'Echt? Dat meen je niet.'

Mathias pakt het dossier op. 'De rest gaat over een geheim plan uit de jaren tachtig, ik weet niet of… Ach, wat maakt het uit.' Hij schuift de map terug.

Ze bladert door de vellen papier. 'Dit zou een uitstekend onderwerp voor mijn scriptie zijn.'

'Het moet natuurlijk terug naar de AIVD.'

'Dat begrijp ik. Het is gedegen werk. Ik zie dat er zelfs analyses van veiligheids- en achtergrondonderzoeken in de map zitten.'

Ze geeft hem de vellen papier en hij leest ze door. Op de kwaliteit van de analyses is inderdaad niets aan te merken. Er wordt diep ingegaan op de achtergrond van de leden van Operation B. Zijn stiefvader moet aan het verzamelen van deze informatie veel werk hebben gehad.

'Dit kan niet waar zijn', roept hij dan uit en geeft een blad aan zijn beveiliger. 'Moet je zien. Deze vrouw is door haar man vastgezet in de gevangenis wegens verraad van de DDR en heeft haar twee kinderen afgestaan aan de Stasi. Daar bedoelen ze vast ons mee, ik bedoel mijn zus en mij. Dan gaat dit toch om mijn moeder? Dat kan haast niet anders.'

De vrouw leest de passage door. 'Er staat niet bij hoe ze heet. Het betekent wel dat, als dit inderdaad over jou gaat, je een tweelingzus hebt en dat je moeder vastzat in de gevangenis.'

Hij staat abrupt op. 'Dat ga ik uitzoeken in Berlijn.'

'Wat? Nu?'

'Wil je me tegenhouden?' vraagt hij uitdagend.

'Dat ga ik inderdaad doen. Ten eerste omdat het mijn werk is om jou te beschermen en ten tweede omdat je niet naar een archief kunt rennen zonder goede voorbereiding. Ik heb door mijn studie ervaring met archieven, ook in Duitsland. Laat mij je helpen.'

Hij laat zijn hoofd zakken en gaat weer zitten. 'Sorry. Ik weet niet wat me bezielt.'

'Ik begrijp je verwarring en je behoefte aan meer duidelijkheid. Heb jij eigenlijk een vriendin?'

'Ik ben gescheiden.'

'Dat spijt me voor je. Maar geen vriendin dus?'

'Waarom vraag je dat?'

'Omdat het laat kan worden als we jouw trip naar Berlijn voorbereiden.'

# 44

## Autobahn 2, Duitsland

Terwijl ze met hoge snelheid over de autobahn razen, slaat de regen op de voorruit van de Skoda. Ze zijn net Hannover voorbij. Ze kijkt opzij, de oude man ligt met zijn hoofd tegen het raam te slapen. Eigenlijk wilde ze alleen naar Helmstedt, maar Carl stond erop dat ze Horst Vogel meenam, om verrassingen te voorkomen. Toen ze de Engelse mail in de YotaPhone had gelezen, heeft ze Scott gebeld om met hem en Carl te overleggen. Ze wisten al dat Konrad Fischer een verrader was, maar in zijn mail schreef hij dat er nog iemand geïnteresseerd was om over te lopen. Maar wie?

Toen ze ermee had ingestemd om Horst mee te nemen, heeft het team in Finsterwolde hem nogmaals binnenstebuiten gekeerd en geen wapens of gps-apparatuur gevonden. Uit voorzorg heeft hij nog andere kleding gekregen en er rijdt een bewapende beveiliger mee op de achterbank. Het moet voldoende zijn.

Dat was een paar uur geleden. Nu ze onderweg zijn heeft ze er spijt van dat ze naar Carl heeft geluisterd. Een pijnlijke tinteling in haar rechterhand herinnert haar eraan waakzaam te blijven. Ze kent deze Stasi-agent niet. Wat ze over hem weet, komt uit een oud MIVD-dossier en is niet bepaald geruststellend. Ze blikt nog een keer opzij, alsof hij haar ieder moment kan aanvallen. In haar borstkas groeit het monster dat twijfel heet. Laat ze zich bij de Oost-Duitser niet te veel door haar gevoel leiden omdat hij Mathias heeft gered van het Russische doodseskader? Een keiharde professional mag je niet onderschatten.

'Kunnen we daar stoppen? Ik moet naar het toilet.' De oude man is wakker geworden en wijst naar een bord dat aangeeft dat de afslag naar een *Raststätte* en tankstation over twee kilometer is.

Ze neemt de afslag naar het tankstation, zet hem en de beveiliger af bij het restaurant en parkeert de auto op een parkeerterrein ernaast. Op Google Maps kijkt ze waar ze zijn. De snelweg voor Helmstedt is donkerrood gekleurd: er staat blijkbaar een flinke file. Volgens de navigatie zijn ze, via een omleidingsroute, op drie kwartier van de opgegeven locatie. Ze besluit Scott te bellen.

'Waar zijn jullie?' vraagt ze.

'We moeten nog iets meer dan een halfuur naar Helmstedt. Hebben meer dan twee uur vastgestaan en rijden nog steeds maar stapvoets. Je kunt er beter zo snel mogelijk af gaan.'

'Pff, dat klinkt niet goed, de navigatie geeft het ook al aan; ik neem de volgende afslag.'

Nu ze allebei bijna tegelijkertijd in Helmstedt zullen aankomen, spreken ze af in een dorp vlak voor hun uiteindelijke doel, zodat ze samen naar de locatie kunnen gaan.

Met haar hoofd leunt ze tegen de hoofdsteun en ze staart naar de komende en vertrekkende voertuigen. Hoelang is het geleden dat ze werd opgeroepen om naar Utrecht te gaan omdat de politie het lichaam van Gert Verheijen had gevonden? Daarna is het één grote rollercoaster geworden.

Nog eens scrolt ze door het dossier over Horst Vogel. De informatie stamt uit de jaren tachtig. Is hij nu nog steeds zo'n goede manipulator en keiharde killer? Als de duivel hinkend komt aanlopen, de beveiliger in zijn kielzog, stopt ze haar telefoon in haar jaszak.

Horst stapt in en laat zich relaxed tegen de rugleuning zakken.

'We rijden een stuk binnendoor. De snelweg voor Helmstedt staat vast. Ik heb afgesproken met de anderen in een dorp in de buurt.'

De beveiliger knikt, Horst zegt niets.

Lara rijdt de snelweg weer op en al snel verschijnen de rode lichten van remmende auto's. De file begint al.

'Wat willen de Russen eigenlijk bereiken met het verspreiden van nepnieuws?' vraagt ze semi-nonchalant.

De oude man gaat verzitten, is even stil en begint dan te vertellen. 'Het oorspronkelijke plan van de Russen dateert uit 2019. Het ging om het tegen elkaar opzetten van burgers in samenlevingen, in het Westen, maar vooral in het oude Oost-Europa. De kloof tussen arm en rijk en tussen het politieke linker- en rechterdeel wordt groter. Onrust en polarisatie nemen toe, rechtse populistische partijen groeien. En die partijen zijn ontvankelijk voor invloed van de Russen, die hun invloed vervolgens verder vergroten door politici om te kopen en verkiezingscampagnes te financieren. Maar dat plan is niet gelukt, omdat...'

'Je zei "het oorspronkelijke plan"; is er in de tussentijd iets aan het plan gewijzigd?'

'Dat gaat vooral over heel veel geld.' Hij klinkt teleurgesteld.

Ze zwijgt, wacht tot hij verder praat.

'Toen ik van Operation B hoorde, dat was na de val van de Muur, was ik woedend op de CIA. Later besefte ik dat ik vooral boos was op mezelf, dat ik niets gemerkt heb. De opdrachten die ik van Rolf Schneider kreeg...'

'Verheijen?'

'In die tijd heette hij nog Schneider. Met zijn opdrachten verzwakte ik de DDR en ik had niets in de gaten. Het plan van de Amerikanen zat serieus goed in elkaar. Het is hun gelukt en de landen binnen de Sovjet-Unie zijn bevrijd van de Russen.' Hij gromt even. 'Een vreedzame revolutie: een groot contrast met de normale CIA-politiek.'

Ze denkt aan Scott, de hitman, en kan Horst geen ongelijk geven.

'De Russen hebben de werkwijze van het Amerikaanse plan gekopieerd en sinds 2019 proberen ze op die manier de samenlevingen in het Westen te ondermijnen.'

Een teug adem ontsnapt uit haar mond. 'Als dit het oorspronkelijke plan was en er is nu een aangepast plan, wat is dat dan?'

'De kliek in Moskou had andere ideeën...'

'Geld, zoals je al zei.'

Hij knikt. 'De club oudgedienden in het Kremlin verdient miljarden over de rug van Russische militairen die sneuvelen in Oekraïne, door hun aandelenkapitaal in wapenfabrieken in binnen- en buitenland. En geld betekent macht.'

Als de man zijn relaas vervolgt, worden de knokkels van haar handen wit, zo hard knijpt ze in het stuur. Een leider van een land die een oorlog begint om geld te verdienen? Omdat iedere kogel of granaat die het Russische of Oekraïense leger afschiet, kassa betekent voor de aandeelhouders, ergo de kring rond Poetin.

Het wordt haar langzaam duidelijk. 'En nu je niet meer nodig bent voor je kennis over Operation B, ben je ten dode opgeschreven.'

'Het is goed dat ik meega naar Helmstedt', verandert hij van onderwerp.

'Hoezo?'

‘Dat zul je vanzelf zien, als mijn vermoeden juist is.’

Langzaam komt de volgende afslag dichterbij en eindelijk kunnen ze de snelweg verlaten. Over een tweebaansweg rijden ze binnendoor naar hun bestemming. Landerijen worden afgewisseld door bos. Na een halfuur rijden ze het dorp binnen waar Scott en Carl wachten.

Ze parkeert de Skoda naast de Mercedes E-klasse met Nederlands kenteken. Haar vriend gebaart dat ze achter hen aan moet rijden. Nog geen tien minuten later stoppen ze voor een gebouw in het oude centrum van Helmstedt.

# 45

## Helmstedt

De voordeur van het pand springt van het slot als Carl zijn telefoon tegen een zwart kastje houdt dat aan de muur naast de voordeur hangt. Hij duwt de deur open. Het vertrek waar ze in lopen ziet eruit als de receptieruimte van een bedrijf.

Gefascineerd kijkt Lara rond. Er staat een balie en een zitje. Het meest in het oog springende is het logo van Rheinhafen AG dat achter de receptiebalie hangt: bruine ruiten op een gele achtergrond. De vormen en kleuren kent ze van de slaapkamers in Utrecht en Arnhem, en van haar eigen kinderkamer. Meteen hoort ze ook weer de minachtende stem van haar stiefvader. Ze was zo blij met haar negen voor geschiedenis maar kromp in elkaar door zijn reactie. *Hoe moeilijk kan het zijn? Het is maar geschiedenis, alles is al gebeurd, je hoeft het alleen te onthouden.* Ze bijt hard op haar kiezen.

Iemand pakt haar bij de arm, het brengt haar terug naar het kantoor van Rheinhafen.

'Ben je er weer?' vraagt Scott. 'Dit heb je vaker de laatste tijd.'

'Dat logo doet me denken aan…'

'Alle wapens gaan hierin', zegt Carl door haar heen. Hij staat bij de deur van een kluis. ‘Ik vertrouw jullie niet genoeg voor waar we naartoe gaan.’

‘Ik ga mijn wapen niet afgeven’, zegt de beveiliger. Hij houdt zijn mitrailleur tegen zijn borst.

‘Prima, maar dan blijf je hier met hem op ons wachten’, zegt Carl, die daarbij naar de oude Stasi-agent wijst.

Niet veel later staat ze met Carl en Scott in een verlaten trappenhuis. Het is er schemerig en het ruikt bedompt. Ze lopen de trap af en komen uit bij een stalen deur met het CIA-embleem. Opnieuw haalt Carl zijn telefoon tevoorschijn en binnen enkele seconden zwaait de deur open.

Hij drukt op een knop en de tl-verlichting springt aan. Over de ruimte verdeeld staan tientallen stellingkasten in rijen, die volgepropt zijn met verouderde computerapparatuur. Het is onheilspellend stil, nog geen piepje is er te horen.

‘In de jaren tachtig werden vanuit dit datacenter de acties van Operation B gemonitord en de gegevens verzameld en opgeslagen. We waren hier onze tijd ver vooruit.’

Carl maakt een handgebaar en ze volgen hem weer naar een volgende trap, die ze af lopen. Als ze beneden zijn, strekt een enorm grote ruimte zich voor hen uit. Er staan wel honderden serverkasten opgesteld. In tegenstelling tot de serverruimte boven, is deze goed verlicht.

Voor een serverkast blijft Carl staan en zegt: ‘Dit hier is de hoofdserver. Ik ga nu het systeem opdracht geven om alle nepnieuwsgegevens die hier opgeslagen zijn, over te zetten naar de servers in Langley.’

‘Wat zijn dat?’ vraagt ze, terwijl ze naar twee doosjes wijst, het ene opvallend rood en het andere blauw.

‘Externe harde schijven. O, en mocht je naar het toilet moeten, dan kun je daar terecht.’ Hij wijst naar een deur verderop in de ruimte.

Ze loopt ernaartoe. Er is één toilet. Ze sluit de klep van het toilet en gaat erop staan. Met haar hand voelt ze aan het rooster van de afzuiging. Bingo. Het zit inderdaad los, zoals Carl haar toefluisterde in Finsterwolde.

Naast het rooster zit een plank. Ze beweegt haar hand erlangs, pakt het wapen en houdt het voor zich. Het is een Glock, met een magazijn voor zeventien patronen. Het pistool is ongebruikt. Waar heeft ze het voor nodig? Ze stopt het wapen achter de broekriem op haar rug en stapt weer op de vloer.

Ze spoelt het toilet door en loopt terug naar Carl en Scott, die nog bij de server staan. Blijkbaar duurt het overzetten van de bestanden naar de Verenigde Staten langer dan gedacht.

'Ik kijk even rond', zegt ze en ze slentert tussen de serverkasten. Dan hoort ze een bekende stem.

'Waar is ze?' hoort ze Horst vragen. Het klinkt niet erg vriendelijk.

Zonder geluid te maken loopt ze terug naar de plek waar ze Carl en Scott achterliet. Voorzichtig kijkt ze om een serverkast heen het pad in waar de anderen zich bevinden. Hoe is het de oud-Stasi-agent gelukt de beveiliger te overmeesteren?

'Ze is naar het toilet', hoort ze Carl zeggen. 'De bestanden zijn al overgezet naar Langley.'

Horst lacht om de opmerking van Carl. 'Het nepnieuws? Dat interesseert me geen ene moer. De Russen zoeken het maar uit. Maar ze hebben het vast over mij gehad toen ze jou een voorstel deden?'

'Je bedoelt Olga?' Carl glimlacht. 'Ze heeft me bijna gesmeekt om over te lopen. Maar ik ben niet te koop, niet voor geld en niet voor seks. En ik weet inderdaad van je geheimpje.'

'Dan weet je ook van het bestand en waar ik dat kan vinden.'

Lara verstopt zich achter de serverkast. Over welk geheim

hebben ze het? Ze haalt het wapen van achter haar rug tevoorschijn. Verwachtte Carl deze zet van Horst? Ze kijkt weer om de serverkast naar de drie mannen.

'Waar gaat dit over?' hoort ze haar vriend vragen.

'Deze Oost-Duitser hier staat op plek twee in de top vijf van meestgezochte Stasi-agenten. Voor de top vijf bestaat er geen amnestie en geen verjaringstermijn, wat wel geldt voor de meeste medewerkers van de Stasi. De top vijf bestaat uit gestoorde psychopaten, die ook na 1989 doorgegaan zijn met moorden, tegen betaling.'

Het schot komt totaal onverwacht.

Carl vloekt en grijpt naar zijn buik. Traag zakt hij in elkaar.

'Waar is je vriendinnetje?' vraagt Horst terwijl hij zijn wapen op Scott richt.

Lara beseft dat ze in moet grijpen. Horst Vogel schuwt niet de trekker over te halen en nu wordt haar vriend bedreigd.

'Wapen weg!' Haar vinger ligt om de trekker. Een kort rukje is genoeg, net zoals bij die Russin in Friesland.

Horst Vogel negeert haar volledig en hij geeft Carl een schop tegen zijn benen. 'De bestanden! Nu!'

'Oké, oké, rustig, jij je zin. Het is de blauwe harde schijf daar. Daar staat alles op van het Stasi-archief. Ook het rapport dat je zoekt.'

'Zijn de bestanden van het archief ook overgezet?'

'Nee, alleen die van het nepnieuws. In Langley is men niet geïnteresseerd in geschiedenis.'

Terwijl hij met zijn ene hand het wapen op Scott gericht houdt, pakt hij met zijn andere hand beide harde schijven en laat ze verdwijnen in een plastic tasje.

Terwijl Horst achteruit richting de stalen deur loopt, houdt hij de mitrailleur gericht op Scott.

Ook Lara komt dichterbij, nog steeds niet wetend of ze moet

schieten. Als ze hem raakt, en Horst haalt in een reactie de trekker over, dan is Scott dood.

Weer klinkt er een schot. Direct voelt ze een pijnlijke steek in haar zij en ze laat zich op de grond vallen. In een reflex haalt ze ook de trekker over, maar de kogel verdwijnt in het plafond. Ze richt de Glock opnieuw, maar het is te laat.

Een kogelregen op de serverkasten uit de mitrailleur zorgt voor een oorverdovend lawaai. Er ontstaat kortsluiting, rook kringelt omhoog, een alarm gaat af. Vanuit sproeiers aan het plafond wordt een schuimlaag over de serverkasten uitgestort. Horst is uit het zicht verdwenen.

Snel rent ze naar de anderen. De pijn wordt heviger en ze legt haar hand op de wond in haar zij. Het bloedt, maar het is niet meer dan een schampschot. Ze knielt bij Carl, die op zijn rug op de grond ligt, zijn gezicht is lijkwit. Op de vloer naast hem ligt een grote plas bloed.

'Ik ga het niet redden. Luister, Lara. Het systeem heeft de nepnieuwsbestanden overgezet, er is niets verloren gegaan. Over tien minuten worden alle bestanden hier automatisch vernietigd.' De man verkrampt van de pijn en ademt diep in. 'Zoek naar servernummer 1011-89/90. Het is een paar rijen verderop, een lichtgrijze serverkast. Die bestanden bevatten onder andere informatie over medewerkers van de Stasi-gevangenis Bautzen II.'

Ze prent het nummer in haar hoofd.

'De originele bestanden zijn vorig jaar door de Russen bij een hack in het Stasi-archief gestolen.' Hij pakt haar hand en geeft haar een USB-stick. 'Zet de bestanden hierop en geef deze stick aan het archief in Berlijn.'

'Staat er ook informatie op over mijn moeder?'

'Nee, dat niet, maar in Berlijn zullen ze je zeker helpen als je ze dit geeft.'

Lara knikt. 'Hoe wist je dat van Horst Vogel?'

'Ik ken het rapport al veel langer en ik verwachtte dat hij dit zou proberen. Dat hij zo snel zou schieten had ik niet ingecalculeerd.' Hij valt even weg, maar opent weer zijn ogen.

'Die klootzak heeft beide harde schijven meegenomen', zegt Lara. 'Het is hem gelukt.'

Ondanks de pijn glimlacht Carl. 'De rode is een echte klapper.'

Ze begrijpt niet wat hij bedoelt, maar laat het erbij als hij kreunt.

Scott komt naast haar staan. 'De stalen deur is op slot. We kunnen er via die weg niet meer uit.'

De wond in haar zij steekt als ze zich naar Carl toe buigt. 'Is er een andere uitgang?'

'Ik...' Hij trekt haar naar zich toe. 'Er is een achteruitgang.' Hij fluistert haar de code in.

Scott trekt haar overeind. 'We moeten hier weg. De brand is geblust door het schuim, maar de rook lijkt dikker te worden.'

Ze kijkt naar Carl, ze kunnen hem hier niet achterlaten. Op dat moment slaakt hij een diepe zucht. Zijn ogen staren in het niets.

'Hij is dood', zegt Scott. Hij knielt, sluit Carls ogen en staat weer op. 'Kom mee.'

Ze lopen de serverruimte door, weg van de brand. Bij iedere stap die ze zet, lijkt iemand een mes in haar zij te steken.

'Ga naar de verste linkerhoek', geeft ze aan. 'Ik moet nog iets doen.' En ze rent terug tussen de serverkasten naar die ene die Carl noemde. Een lichtgrijze. Ze checkt de nummers en komt dan in het juiste pad, daar hangt gelukkig minder rook. Al snel heeft ze de server gevonden en ze steekt de stick in de daarvoor bestemde poort. In korte tijd is het bestand gedownload en ze rent hoestend van de rook richting de hoek van de ruimte waar

Scott een deur probeert te openen. Hij vloekt.

Op het paneel toetst ze de code in en de deur zwaait open. Ze komen uit in een donkere gang waar alleen de noodverlichting brandt. De deur sluit zich automatisch achter hen.

Ze gaat tegen de wand zitten, kijkt omhoog naar Scott. 'Hoorde je wat hij over Horst zei? Hij moet vreselijke dingen hebben gedaan in die gevangenis: martelingen, verkrachtingen.' Scott knikt maar zegt niets.

'Mijn moeder heeft volgens Konrad in Bautzen II vastgezeten.' Zou Horst haar moeder hebben gekend, misschien wel hebben gemarteld? O God, het zal toch niet… Het zal toch niet zo zijn dat die man haar vader is. O God, laat het niet waar zijn.

'Kom', zegt Scott, hij steekt zijn hand uit en trekt haar overeind. Opnieuw voelt ze een pijnlijke steek in haar zij. De USB-stick in haar broekzak schuift over haar bovenbeen naar boven.

'Ik heb erin toegestemd om Horst mee te nemen. Dat betekende Carls dood.'

Scott pakt haar kin. 'Daar heb je hem een plezier mee gedaan. Hij zou eerdaags definitief met pensioen gaan. Zie jij iemand als hij, die dit werk zijn hele leven heeft gedaan, thuiszitten? Hij zag er enorm tegen op om te stoppen.'

Ze lopen naar de hal. Bij de receptie ligt de beveiliger op de grond. Scott checkt of hij nog leeft, schudt dan zijn hoofd en ze lopen door naar buiten.

Daar staat de Mercedes langs de stoep, de Skoda is verdwenen.

Scott kruipt achter het stuur, zij ernaast en ze rijden weg in westelijke richting. In de verte gaat de zon onder, ze klapt de zonneklep naar beneden. Het licht schijnt eronderdoor en ze knijpt haar ogen samen.

'Hier, dit helpt', zegt Scott.

Ze pakt de Nike-baseballcap aan. 'Ik wist niet dat je zo'n ding had.'

'Ik draag hem soms als ik met een karwei bezig ben, zoals nu. Ik heb hem al jaren.'

Ze houdt de cap tegen haar neus. Hij ruikt niet naar Scott, maar naar de dood. De dood van mensen die zijn geliquideerd. Mensen die zonder proces zijn veroordeeld. Naast de pijn in haar zij schiet er nu ook een venijnige steek door haar rechterarm. Haar twijfel over de relatie met Scott verandert in zekerheid: het is een volmondig 'nee'. Ze geeft de cap aan hem terug.

'Dank je, maar ik heb hem niet nodig.'

# 46

## Leipzig

In hoog tempo is hij vanuit Helmstedt naar huis gereden. Nu is hij in zijn appartement om spullen bij elkaar te zoeken: kleding, schoenen, reisdocumenten en contant geld. Wat hij nu niet meeneemt, koopt hij op zijn uiteindelijke bestemming. Dat die plek ver weg is, is zeker.

Hij werpt een blik in zijn werkkamer, staart naar het ingelijste krantenartikel. Vergeeld en slecht leesbaar, maar de tekst kent hij uit zijn hoofd en hij is er trots op. Van de vijf meestgezochte Stasi-medewerkers is hij de enige die nooit is gevonden.

Het Stasi-rapport is geen probleem meer. Alle bestanden zijn in zijn bezit of zijn vernietigd. Wat nog wel een probleem is, omdat de Russen die in handen hebben, is de lijst met recent afgehandelde doelwitten. Op een *hitlist* staan van een Russische geheime dienst en in vrijheid leven, dat gaat niet samen. Die kwestie is alleen op te lossen door een nieuwe identiteit aan te nemen. Direct na de val van de Muur was dat een fluitje van een cent, maar met de hedendaagse technieken is het niet zo eenvoudig meer. Misschien dat zijn contacten in Myanmar hem daarbij kunnen helpen.

Voorzichtig schuift hij het glasgordijn in de keuken opzij en kijkt naar de speeltuin onderaan zijn appartementenblok. Hij is niet geïnteresseerd in de plek, wel in een van de moeders die er vaak op een bankje zit, terwijl haar kind in de zandbak speelt. Ze is gelukkig en dat straalt ze ook uit. Heel lang kan hij naar haar kijken, voelen hoe de tintelingen in zijn oude lichaam toenemen. Al zal hij nooit meer een hoogtepunt bereiken.

Een scherpe pijn in zijn kruis herinnert hem aan het voorval in de gevangenis, vlak voordat hij zou worden uitgezonden naar Nederland. Hij denkt terug aan die dag in de Stasi-gevangenis in het dorp Bautzen, waarop zijn leven definitief veranderde.

De vrouw lag vastgebonden op een tafel voor het intensieve verhoor dat zou volgen. Hij stond naast haar, genietend van haar naakte lichaam. Ze werd opgepakt omdat ze zich minachtend had uitgelaten tegenover haar collega over de westerse auto's waarin de leiders van de DDR werden vervoerd. De collega was een ware patriot van de staat en gaf haar aan. Op een tafeltje legde hij alvast wat messen en tangen klaar. De druk moest vaak nog wat verder worden opgevoerd. Uiteindelijk vertelden ze altijd alles, zelfs als er niets te vertellen viel.

Door zijn opwinding zag hij de blik in haar ogen niet veranderen. Ze had haar hand los weten te krijgen en reikte naar een mes op het tafeltje. En stak. En bleef steken. Sindsdien is hij impotent en heeft hij chronische problemen met zijn prostaat. Het enige wat nog mogelijk is, is fantaseren. Vandaag is het echter te koud om buiten te spelen.

Hij verplaatst zijn blik naar het parkeerterrein. De grote Skoda valt op tussen de oude bakken die er verder staan. Het is het beste om de auto hier achter te laten, een doodlopend spoor.

De Russische geheime dienst zal zijn contactpersoon gaan missen en mogelijk naar Olga op zoek gaan. Dan weten ze dat ook een van hun YotaPhones is verdwenen, samen met de chauffeur en de Hyundai. Hij weet zeker dat ze hem daarvoor verantwoordelijk houden. Maar de Russen zullen hem niet vinden, daar zorgt hij wel voor.

Hij gaat achter zijn bureau zitten en sluit de blauwe harde schijf aan op zijn computer. Achteraf bezien is hij nog vrij eenvoudig aan de bestanden gekomen. Vooral in films zijn misdadigers en rechercheurs vaak belachelijk dom. Daar schaart hij zich zeker niet onder. Zijn openhartigheid en de YotaPhone hebben wonderen gedaan bij dat mens, hij heeft niet eens excuses hoeven maken voor de klap die hij haar heeft gegeven in het ziekenhuis. Mensen zijn zo achteloos als ze een vette worst wordt voorgehouden.

De rapporten waarin staat wat hij heeft uitgevoerd in zijn Stasi-tijd, zijn allemaal vernietigd, op één na. Dit is het laatste bestand. Hij hoeft nu niet meer op zijn hoede te zijn dat een geheime dienst hem met de informatie onder druk zet of dat de informatie tegen hem wordt gebruikt in een rechtszaak. Of dat hij wordt opgepakt op een afgelegen vliegveld.

Het sentiment over wat er in de DDR is gebeurd, is in de afgelopen jaren veranderd. De slachtoffers, zoals ze zich nu noemen, van zijn handelen in de gevangenis, willen gerechtigheid en krijgen steeds vaker die mogelijkheid. In zijn ogen zijn het nog steeds verraders die de straf kregen die ze verdienden.

Op de blauwe harde schijf staat maar één bestand. Hij dubbelklikt erop en op het scherm verschijnt een video. Het is een relaas van Carl die over zijn tijd bij de CIA vertelt, over zijn leven. Het is niet interessant. Carl moet hebben voorzien dat hij dit in handen zou krijgen. Hij wordt kwaad: de schoft heeft tegen hem gelogen, zelfs terwijl hij stervende was. Zijn boosheid ebt wat weg: professioneel gezien heeft hij respect voor de CIA-leider: loyaal tot in de dood.

Hij zucht. Deze bestanden zijn zijn eigen zwakke plek, de

worst die hém werd voorgehouden. Het is niet anders dan wat hij deed bij Lara met de YotaPhone. En hij is er met open ogen in getuind. Hij richt zich op, misschien staan de bestanden op de andere schijf die hij heeft meegenomen. Hoopvol gestemd sluit hij de rode schijf aan op zijn laptop. Er verschijnen diverse mappen op het scherm. Die CIA-agent op zijn retour was in de war, de rode schijf is de juiste. Opgelucht klikt hij op het bestand met de naam 'Horst Vogel'.

De explosie is enorm als de springstof in de rode behuizing ontploft. Hij wordt uit zijn bureaustoel geblazen, klapt tegen de muur achter hem en zakt langzaam op de vloer. Een vreemde energie neemt bezit van zijn lichaam: hier gaat het eindigen. De lach om zijn eigen domme fout gaat over in een diep gekrenkt gebrul. Het volgende moment is hij stil en hoort hij alleen de wind die door het kapotte venster waait en het ruisen van water dat uit een gesprongen leiding stroomt.

Zonlicht schijnt naar binnen door het raam. Voor zijn ogen verschijnt het gezicht van zijn kamergenoot op Schloss Struvenberg en hij weet het zeker: zijn leven is bepaald door die ene gebeurtenis in 1971, toen hij Sepp de dood in joeg. Het maakte van hem een lege huls, een lichaam zonder inhoud of gevoel.

Hij mompelt nog een keer '*Der Sozialismus siegt*', wetende dat niemand hem hoort, dat niemand hem überhaupt in zijn leven ooit heeft gehoord.

# 47

*Twee dagen later*

**Amsterdam**

De deurbel gaat en op het scherm van haar telefoon ziet ze dat Mathias voor de deur staat. Ze wacht hem op bovenaan de trap.

Hij omhelst haar en houdt haar even vast. 'Ik ben zo blij dat ik hier ben.'

Ze observeert hem als hij zijn jas uittrekt en op de bank gaat zitten. Hij is naar de kapper geweest en ziet er daardoor veel jonger uit. Ze geeft hem een formulier.

'Wat is dit?'

'De uitslag van het DNA-onderzoek… broer.'

Hij springt op van de bank en opnieuw wordt ze door hem omhelsd. 'Ik wist het, zus!'

Ze geeft hem een kus en duwt hem van zich af. 'Ga even zitten. Er is meer.'

In grove lijnen vertelt ze wat er in Helmstedt is gebeurd, over de bestanden die ze heeft gedownload en dat zijn stiefvader is gedood door een ontploffing in zijn huis in Leipzig. De Duitse politie houdt het op een gasexplosie, maar ze weet eigenlijk zeker dat Carl Braun erachter zit: post-mortemwraak. Ze vertelt over de zinspeling op een knaller vlak voordat hij stierf. Over het gesprek in de auto met Scott en haar beslissing zwijgt ze; op een ander moment zal ze Mathias vertellen dat de relatie voorbij is.

'Ik heb een groot deel van de bestanden over Horst gelezen', zegt Lara en ze wijst naar de USB-stick die op tafel ligt. 'Jouw stiefvader was een wolf in schaapskleren. Op het eerste gezicht was hij een zeer beminnelijke man, maar het rapport dat over hem is samengesteld over zijn begintijd bij de Oost-Duitse geheime dienst schetst een heel ander beeld. Hij heeft bijvoorbeeld dissidenten gemarteld en verkracht omdat ze iets gedaan hadden wat de Stasi niet aanstond.'

'Dat klopt wel met mijn ervaring. In de auto onderweg naar Finsterwolde kwam hij heel beschaafd over. Hij maakte zelfs excuses dat hij mij in 1990 in de steek heeft gelaten. Maar achteraf gezien heeft hij mij gebruikt om via jou dichter bij Carl te komen.'

'Carl wist van het Stasi-rapport. Hij heeft Horst opzettelijk naar zich toe gelokt en beiden hebben dat met de dood moeten bekopen.'

'En nu?' vraagt Mathias.

'Er is nog iets dat ik alleen in Berlijn kan controleren.'

'Wat dan?'

'Een hersenkronkel over Horst Vogel.'

'Je denkt dat hij onze biologische vader is?'

'Dat is wel wat ik vermoed. Denk jij dat ook?'

'Ik ben er bang voor. De verkrachtingen, het feit dat we in de gevangenis zijn geboren. Het zou zomaar kunnen.'

'We moeten niet te hard van stapel lopen. Het is een vermoeden, daarom wil ik naar het archief. Er moet meer informatie zijn.'

'Ik heb samen met Susan al wat voorwerk gedaan', vertelt haar broer. 'Ze wilde mee naar Berlijn, maar ik ga liever met jou.'

'Ik ga sowieso mee.'

‘Kun je wel weg?’

‘Ik heb een paar maanden sabbatical, daarna zie ik wel verder.’ En ze vertelt over haar bezoek aan het kantoor in Zoetermeer een paar dagen geleden. Het was anders verlopen dan ze zich van tevoren had voorgesteld. Interne Zaken wilde haar spreken over haar toekomst bij de dienst, omdat het Team Speciale Onderzoeken wordt ontbonden. Alle onderzoeken worden voortaan weer door een landelijke eenheid van de politie gedaan, de oude hiërarchie wordt hersteld. Het voelt alsof ze heeft gefaald, het niet goed genoeg heeft gedaan. Toch mag ze zo niet over zichzelf denken: de onderzoeksresultaten waren heel goed.

‘Mijn baas heeft me bij de Dienst Landelijke Recherche voorgesteld. Met mijn ervaring maak ik een goede kans, zei hij, en het is ook een mooie stap.’ Ze pakt Mathias’ hand. ‘Maar dat is voor later, eerst wil ik me volledig richten op belangrijkere zaken dan werk: dat we samen op zoek gaan naar onze biologische moeder.’

Ze boeken een vlucht voor aankomende vrijdag en reserveren twee stoelen.

‘We geven de bestanden op deze stick terug aan het Stasiarchief. Volgens Carl kunnen zij ons helpen met onze zoektocht.’

# 48

*Een week later*

**Berlijn**

De hoofdstad van Duitsland ademt geschiedenis. Hoewel de overblijfselen van de Koude Oorlog het straatbeeld niet meer domineren, zijn de geheimen van lang geleden voelbaar.

'Echt een hoog ding.'

Hoewel ze vaker in Berlijn is geweest, is ook zij iedere keer geïmponeerd door de televisietoren die de skyline van de Duitse hoofdstad tekent. 'Dat was de bedoeling van de Oost-Duitse leiders: indruk maken op de inwoners van West-Berlijn. Morgen hebben we tijd om naar boven te gaan. Het uitzicht is geweldig.'

Voor het *Rotes Rathaus* dalen ze af naar metrolijn U5, die hen naar het Stasi-museum, waarin het archief is ondergebracht, zal brengen.

Op station Magdalenenstrasse stappen ze uit en wandelen naar het museum, dat gevestigd is in het voormalige hoofdkantoor van de Stasi.

Ze melden zich bij de informatiebalie. De directeur van het archief is door de AIVD op de hoogte gebracht van de vondst van de informatie op de stick. Ze worden ontvangen door het hoofd van de digitaliseringafdeling, die zich voorstelt als Silke, en ze nemen plaats aan een tafel in een doelmatig ingericht kantoor. Na een voorstelronde geeft Lara de stick met de Stasi-bestanden aan de vertegenwoordiger van het museum.

De vrouw stopt de stick in een laptop die voor haar staat. Tevreden knikt ze naar Lara en Mathias. 'Het zijn inderdaad de bestanden die we kwijt waren. Zo te zien zijn ze schoon. Onze IT-expert zal er nog een keer naar kijken voordat ze weer online worden gezet. Ik bel hem even, dan kan hij de stick ophalen.'

Als ze haar telefoon terugstopt in haar jasje, zegt ze: 'Hij komt eraan. En dank je wel, dit bestand is heel belangrijk voor het archief. Het is namelijk het enige bestand dat gedetailleerde gegevens bevat van Stasi-medewerkers die in gevangenis Bautzen II hebben gewerkt.'

Silke staat op en geeft de stick aan haar collega die in de deuropening is verschenen, en meteen weer wegloopt. 'Goed. En dan nu jullie zoektocht. Jullie vragen zijn door jouw vriendin, eh...' Ze kijkt Mathias aan.

'Susan.'

'Zij heeft mij de vragen en de informatie die al bekend was over jullie moeder toegestuurd. Op basis van die gegevens kunnen we het archief doorzoeken.'

Dan wordt de laptop naar hen toe gedraaid. 'Omdat die gegevens vrij specifiek zijn, geeft dat meestal goede resultaten. We hebben een vrouw, bevallen in Bautzen II, haar man zat bij de Stasi. Dat zullen er niet veel zijn, vermoed ik.' De vrouw tikt de gegevens in een zoekbalk in en drukt op 'enter'.

In beeld verschijnt een balkje om aan te geven dat het systeem aan het zoeken is. Het duurt zo lang dat Lara bang is dat er helemaal geen hits zijn.

Dan verschijnt er een naam op het scherm.

'Elsa Linde', zegt Silke en ze klikt op de link. De pop-up toont een jonge vrouw met lang zwart haar in een gevangenisoutfit. Ze kijkt triest. Van een zwangerschap is nog niets te zien.

'Hier staat dat ze getrouwd was maar onder haar meisjesnaam in de gevangenis is ingeschreven.'

'U heeft geen naam van haar man?'

'Nee. Er staat dat ze op aangeven van haar man is aangehouden en vastgezet in Bautzen II.' Ze wijst naar het scherm. 'Deze code betekent dat haar man bij de Stasi werkte. Hij wordt in het dossier verder niet bij naam genoemd, waarschijnlijk uit veiligheidsoverwegingen.'

Lara's mond is droog, de woorden zijn moeilijk uit te spreken. Ze slikt een paar keer, maar dan stelt ze de vraag toch. 'Werkte ene Horst Vogel ten tijde van haar detentie in Bautzen II?'

Zeker tien minuten is Silke op haar computer aan het zoeken. Dan zegt ze: 'Hier heb ik hem: Horst Vogel. Hij heeft voor de Stasi als ondervrager gewerkt in Bautzen II en daarna op afdeling IV van het hoofdkantoor. Hij behoorde tot een exclusieve groep ondervragers met verregaande rechten om mensen aan het praten te krijgen.' Ze wisselt van scherm. 'Ik check nog even de tijd dat Elsa Linde in Bautzen II zat. Ah, ik zie het: in de tijd dat zij er gevangenzat, werkte Vogel daar niet.'

'Dat is een eh… goed om te horen', fluistert Mathias. Zijn stem klinkt schor.

Ook Lara is geëmotioneerd, ze voelt een last van haar schouders vallen. Ze knikt dankbaar naar Silke, die zonder het te vragen twee glazen water heeft gehaald en voor hen neerzet.

Lara neemt een slokje water en vraagt: 'Heb je misschien meer gegevens voor ons over Elsa Linde?'

'Zeker, ik zal de gegevens die ik hier heb voor jullie printen. En wat ik ook voor jullie kan doen, is in het *Bundesarchiv* zoeken om te kijken of er een adres bekend is van jullie moeder. Ik moet daarvoor even naar een andere computer.’

‘Dat zou heel fijn zijn.’ Mathias heeft nog steeds zijn normale stem niet terug.

# 49

*De volgende dag*

**Bonn**

'Nog vijfentwintig minuten.' Mathias wijst naar het navigatiescherm van hun huurauto.

Lara knikt. Sinds ze vanochtend uit Berlijn vertrokken, zeggen ze niet veel. Ze zijn nog steeds stil van de informatie die ze gister bij het Stasi-archief hebben gekregen. Silke had hun verteld dat Elsa Linde zich na de val van de Muur heeft gevestigd in Bonn en ze gaf een papier met daarop het adres waar hun moeder het laatst stond ingeschreven. Daar zijn ze nu naar op weg.

Mathias stuurt de huurauto een weg in die steil omhoogloopt. 'Hadden we niet eerst moeten bellen?'

'Twijfel je?'

'Straks zit ze niet op ons te wachten of woont ze hier niet meer.'

'Dan zoeken we verder.' Echt toegeven zal ze het niet, maar ze is net zo bang als haar broer.

Na twee kilometer komen ze uit bij een grote boerderij waar twee nieuwe vleugels aan gebouwd zijn. Het groen en de bestrating voor het gebouw zien er keurig onderhouden uit.

'Kijk, het is een verzorgingstehuis', zegt ze en ze wijst naar een bord dat aan de gevel hangt.

Mathias draait de auto in een parkeervak, ze stappen uit en lopen naar de ingang.

Achter de balie lacht een jongeman hen vriendelijk toe.

'We komen voor mevrouw Linde, Elsa Linde', zegt Lara.

Hij maakt een verontschuldigend gebaar. 'Die naam ken ik helaas niet. Weet u zeker dat ze bij ons woont?'

'Misschien is ze overleden? Kun je zien of ze hier heeft gewoond?'

'Ik werk hier nog niet zo lang, ik ga het even vragen.' En hij verdwijnt achter een deur.

Lara kijkt Mathias aan. 'Ik denk dat we misschien zo heel teleurgesteld gaan zijn.'

Voordat Mathias kan antwoorden is de jongeman weer terug. Achter hem loopt een wat oudere vrouw met een wit uniform aan.

'Ik ben Katja. Jullie zijn op zoek naar mevrouw Linde? Jullie zijn familie?'

Lara slikt. 'We zijn erachter gekomen dat Elsa Linde onze biologische moeder is, en dat ze ons gekregen heeft toen ze in een Stasi-gevangenis zat. Bij het Stasi-archief gaven ze ons dit adres.'

'Mevrouw Linde… jullie moeder, is… Misschien kunnen we beter even rustig gaan zitten.'

De vrouw gaat hen voor naar een spreekkamer. Ze nemen plaats aan een tafel.

'Ik heb Elsa lang verzorgd. We hadden een speciale band, ze was meer een vriendin dan een cliënt. En ze heeft me over jullie verteld…'

'"Hadden"?' Ze kijken de vrouw geschrokken aan.

'Elsa is begin 2018 overleden. Het verbaast me dat jullie hier zoveel jaar later zijn.'

Met een brok in haar keel doet Lara verslag van de gebeurtenissen van de afgelopen dagen: dat zowel Mathias als zij pas sinds kort weten dat hun ouders niet hun biologische ouders zijn, dat Elsa Linde hun moeder is en hoe ze daarachter zijn gekomen. Ze moet zich een paar keer herpakken. De teleurstelling dat ze nooit haar echte moeder zal ontmoeten, werkt verlammend.

'Wat een verhaal', zegt de vrouw met zachte stem. Ze is overduidelijk onder de indruk. 'Het klopt met wat Elsa me destijds heeft verteld. In de gevangenis is ze meerdere keren door verschillende mannen verkracht en vervolgens zwanger geraakt.' Katja kijkt van Lara naar Mathias. 'Begrijp me niet verkeerd, ze was een goed mens, maar ze kon daar niet goed voor jullie zorgen en wilde haar kinderen niet laten opgroeien in de verschrikkingen van die gevangenis.'

Haar broer kijkt somber voor zich uit en Lara wrijft even over zijn rug.

'Het spijt me voor jullie. Maar jullie moeten begrijpen dat ze geen andere keuze had. Toen ze op leeftijd was, heeft ze vaak getwijfeld of ze de goede beslissing had genomen. Ze had zo graag willen weten hoe het haar kinderen was vergaan in het leven. Of jullie goed terecht zijn gekomen.' De vrouw is even stil. 'Wat zou ze trots zijn geweest op zo'n mooie zoon en dochter.'

Zowel bij Mathias als bij Lara stromen de tranen over de wangen. De vrouw laat hen alleen, maar komt binnen een paar minuten terug.

'Toen Elsa wist dat ze ging overlijden, heb ik iets van haar gekregen en dat wil ik jullie graag geven.' Ze legt een doosje op tafel. 'Maak maar open.'

Lara pakt het doosje, haalt het deksel eraf en houdt een gouden ketting in haar handen. Ze wrijft over het hangertje, het is een rond plaatje met twee hartjes erin gegraveerd.

# 50

*Een paar maanden later*

**Lauriergracht, Amsterdam**

Ze is net thuisgekomen uit Driebergen. De eerste week bij de Dienst Landelijke Recherche was interessant, maar ook druk. Het opzetten van een nieuw team kost nu eenmaal tijd. En vandaag is ze jarig, vijfenveertig alweer, en daar hoort iets lekkers bij: sushi, pizza of Nederlands? Zuchtend schuift ze de bezorgmenu's, die voor haar op de keukentafel liggen, van zich af. Eigenlijk wil ze nu niet alleen eten. Ze pakt haar jas en loopt naar beneden. Het nieuwe eetcafé om de hoek is gezellig en het eten is er goed. En daar heeft ze in ieder geval mensen om zich heen.

Ze trekt de voordeur open en... '*Surprise!*' Iemand schiet een confettikanon af. De stukjes glimmend papier dwarrelen om haar heen naar de grond. Ze kijkt in de lachende gezichten van Mathias, Susan, Thomas en Lis.

'Wat een verrassing en wat leuk! Kom verder.' Ze gaat haar bezoek voor naar de eerste verdieping.

'Wat willen jullie drinken? Ik heb wijn en fris, of bier.'

Lis zet een boodschappentas op tafel. 'Overal is voor gezorgd. Pak jij champagneglazen, dan zet ik de hapjes neer.'

Lara loopt naar de kast in de woonkamer en komt terug met

vijf glazen. Susan heeft de fles ontkurkt, schenkt de glazen vol en geeft er ieder een aan. De tafel staat vol met lekkere toastjes, dipjes en stokbrood.

Mathias omhelst haar. 'Gefeliciteerd, zus.'

'Eh… jij ook, broer. Heb jij dit georganiseerd?'

'Ik vond onze verjaardagen een mooi moment om te vieren dat we elkaar hebben gevonden. Proost!'

'Proost', roepen ook de anderen in koor.

Ze zijn met z'n allen aan de keukentafel gaan zitten. Het gesprek gaat over Mathias, die naast zijn werk als freelancejournalist bezig is met een boek over Horst Vogel, en over de plannen van hem en Susan om samen te gaan wonen. Over het gezin van Lis, en over Levi, volgens Thomas de liefste kat van de hele wereld.

Lis pakt de sneeuwbol op die op tafel staat en schudt. 'Sneeuw in Los Angeles?'

'Die heb ik van Evy gekregen toen ze hier vorige maand was.' Lara wuift met haar hand. 'Een *mutual joke.*' Als de anderen haar niet-begrijpend aankijken, legt ze uit: 'Door de sneeuwbollen waren Evy en ik achterdochtig geworden over Scotts werk.' Bij het cadeautje zat een uitnodiging om snel naar Los Angeles te komen, waar ze zeker gebruik van gaat maken.

'Hoe gaat het met haar?'

'Ik vond haar heel positief en vol plannen; ze gaat aan een nieuwe studie beginnen op de universiteit in Los Angeles. En het gesprek met haar vader over wat hij voor ons heeft verzwegen heeft de lucht geklaard. Toch heeft ze afstand van hem genomen, in ieder geval voor een tijdje.'

Dan stoot Thomas haar aan. 'Dit lag op de trap.' Hij geeft Lara een verschoten polaroid.

De polaroid moet uit haar zak gevallen zijn toen ze haar jas uittrok. De personen op de foto zijn amper meer te herkennen, maar ze weet zo ook wel wie het zijn: haar nepmoeder en zijzelf.

Het vierkante kartonnetje was ooit haar talisman. Nu betekent het niet meer dan een slechte herinnering, ze verscheurt de foto en gooit de stukjes papier in de prullenbak.

'Hoe gaat het met jou?' verandert ze van onderwerp. Ze heeft hem vaak opgezocht, eerst in het ziekenhuis, later in zijn tijdelijke onderkomen omdat zijn huis in Zaandam nog onbewoonbaar is, maar de laatste weken kwam het er niet van.

'De revalidatie gaat heel goed en volgende week mag ik voorzichtig weer een paar uurtjes aan het werk.'

'Heb je weleens een andere baan overwogen?'

Thomas kijkt haar glazig aan.

'Lis heb ik namelijk al kunnen strikken voor mijn nieuwe team bij de landelijke recherche. We zijn nog op zoek naar een teamlid met ervaring.'

Hij lacht. 'Dat is het beste aanbod in jaren.'

Ze kijkt wisselend van Thomas naar Lis. Ze is zo blij dat het met allebei goed gaat komen. En als Thomas ook de overstap maakt naar de landelijke recherche, dan zijn ze weer compleet. Ze glimlacht bij de gedachte.

Colofon



Redactie: Karin Dienaar
Omslagontwerp: Buro Blikgoed
Omslagbeeld: Oleg Babkin/Shutterstock
Foto auteur: Hadewych Veys
Zetwerk: Mat-Zet bv
Druk: Wilco

Eerste druk januari 2025

ISBN 978 94 6068 672 6
E-ISBN 978 94 6309 907 3
NUR 332, 338



Uitgeverij Marmer BV
Noorderstraat 55
3742 BB Baarn
+31 649881429
www.uitgeverijmarmer.nl
info@uitgeverijmarmer.nl